No te olvidaré

Bestseller

Biografía

Colleen Hoover empezó a escribir a los cinco años. Autopublicó su primer libro en enero de 2012 y en pocos meses estaba en la lista de los más vendidos de *The New York Times*. Hasta la fecha es autora de más de veinte novelas y cuenta con el reconocimiento y apoyo incondicional de millones de lectores en todo el mundo. Ha ganado el Goodreads Choice Award a la mejor novela romántica en tres ocasiones y su novela *Romper el círculo* se ha convertido en uno de los mayores fenómenos literarios globales de los últimos años. En 2015 Hoover fundó junto con su familia The Bookworm Box, una organización sin ánimo de lucro que promueve la lectura y cuyos beneficios son donados a distintas organizaciones benéficas.

Colleen Hoover

No te olvidaré

Traducción de Lara Agnelli

Planeta

Título original: *Reminders of Him*

Avda. Diagonal, 662-664, 08034 Barcelona (España)
www.editorial.planeta.es
www.planetadelibros.com

Adaptación de la cubierta: Booket / Área Editorial Grupo Planeta a partir de la idea original de Caroline Johnson
Primera edición en Colección Booket: octubre de 2024

Depósito legal: B. 14.371-2024
ISBN: 978-84-08-29371-2
Impresión y encuadernación: CPI Black Print
Printed in Spain - Impreso en España

Este libro es para Tasara

1

Kenna

Hay una pequeña cruz de madera clavada en el suelo, en la cuneta, con la fecha de su muerte escrita en ella.

Scotty la odiaría. Me apuesto algo a que fue su madre quien la puso ahí.

—¿Puede parar un momento?

El conductor reduce la velocidad hasta detener el taxi. Bajo y me dirijo hacia la cruz. La sacudo a lado y lado hasta que la tierra que la sujeta se afloja y consigo arrancarla.

¿Moriría aquí mismo o en medio de la carretera?

No presté demasiada atención a los detalles durante la vista previa del juicio. Al escuchar que se había alejado a rastras varios metros del coche, empecé a canturrear mentalmente para no oír lo que decía el fiscal. Y luego, para no tener que enfrentarme a los detalles si el caso llegaba a juicio, me declaré culpable.

Porque, técnicamente, lo fui.

Tal vez no lo matara con mis actos, pero sin duda lo maté con mi inacción.

«Pensé que estabas muerto, Scotty, pero los muertos no pueden arrastrarse.»

Regreso al taxi con la cruz en la mano. La dejo en el asiento trasero, a mi lado, y espero a que el taxista vuelva a la carretera, pero no lo hace. Busco su mirada a través del retrovisor y compruebo que me observa con una ceja alzada.

—Robar memoriales de accidentes debe de traer mal karma. ¿Está segura de que quiere llevárselo?

Aparto la mirada y le miento.

—Sí, fui yo quien lo puso.

Noto sus ojos todavía clavados en mí mientras se incorpora a la carretera.

Mi nuevo apartamento está a dos kilómetros y medio de aquí, en dirección contraria a donde solía vivir. No tengo coche, por lo que me decidí por un piso más céntrico para poder ir andando al trabajo. Siempre y cuando consiga un trabajo, claro, lo que no será fácil dado mi historial y mi falta de experiencia. Por no hablar del mal karma que debo de llevar conmigo ya, si le hago caso al taxista.

Robar el memorial de Scotty tal vez traiga mal karma, pero se podría argumentar que dejar ahí la cruz de alguien que expresó abiertamente el odio que sentía por los memoriales de carretera tampoco puede ser bueno. Por eso le pedí al taxista que se desviara por esta carretera secundaria. Estaba segura de que Grace habría colocado algo en el lugar del accidente y sentía que tenía que quitarlo. Se lo debía a Scotty.

—¿Efectivo o tarjeta? —pregunta el conductor al parar.

Tras consultar el importe en el taxímetro, saco efectivo del bolso y le pago, añadiendo una propina. Cojo la maleta y la cruz de madera que acabo de robar, salgo del taxi y me dirijo al edificio.

Mi nuevo apartamento no forma parte de un gran bloque. Es un único edificio flanqueado por un aparcamiento abandonado a un lado y un pequeño supermercado al otro. En la planta baja hay una ventana tapada con un tablón de madera contrachapada. También hay varias latas de cerveza en distintos grados de descomposición tiradas por el suelo. Le doy una patada a una de ellas para que no se me enganche en las ruedas de la maleta.

El sitio tiene peor aspecto al natural que por internet, pero no esperaba otra cosa; la casera ni siquiera me pidió el nombre cuando llamé para preguntar si tenían algún apartamento disponible. Me dijo: «Siempre hay apartamentos disponibles. El pago es en efectivo. Yo estoy en el número uno». Y colgó.

Llamo al apartamento número uno. Un gato me mira desde la ventana. Está tan quieto que me empiezo a plantear si se trata de una estatua, pero luego pestañea y se escabulle.

Se abre la puerta y una diminuta mujer mayor me mira con expresión contrariada. Lleva rulos en el pelo y la nariz manchada de pintalabios.

—No necesito nada de lo que vende.

No puedo apartar la vista del pintalabios, que se escurre en las arrugas que le rodean la boca.

—Llamé la semana pasada preguntando por un apartamento. Me dijo que tendría uno disponible.

La expresión de la mujer, tan arrugada que parece una ciruela pasa, cambia al reconocerme. Hace un sonido despectivo mientras me examina de arriba abajo.

—No te imaginaba así.

No sé cómo tomarme su comentario. Bajo la vista hacia los vaqueros y la camiseta mientras ella se aparta de la puerta un momento y regresa con un monedero de los que cierran con cremallera.

—Son quinientos cincuenta al mes. La primera mensualidad y la última me las pagas ahora.

Cuento el dinero y se lo entrego.

—¿No hacemos contrato?

Ella se ríe mientras guarda el dinero en el monedero.

—Estás en el apartamento número seis. —Señala con el dedo hacia arriba—. Es justo encima del mío, así que no montes escándalo, que me acuesto temprano.

—¿Qué servicios se incluyen en el alquiler?

—El agua y las basuras, pero la luz la pagas tú. Toca pagarla ya. Tienes tres días para hacer el cambio de nombre. Hay que dejar un depósito de doscientos cincuenta dólares para la compañía.

«Joder.»

¿Tres días para conseguir doscientos cincuenta dólares? Empiezo a cuestionarme si he acertado al venir tan pronto. Cuando se me acabó el período en la vivienda tutelada, tuve que elegir entre gastarme los ahorros tratando de sobrevivir en aquella ciudad o recorrer trescientos kilómetros y gastarme el dinero aquí.

Y decidí que prefería gastarlos en la ciudad donde vive la gente que estuvo ligada a Scotty en el pasado.

La mujer retrocede un paso.

—Bienvenida a los apartamentos Paradise. Te llevaré un gatito cuando ya estés instalada.

Inmediatamente apoyo la mano en la puerta para impedir que la cierre del todo.

—Un momento. ¿Qué? ¿Un gatito?

—Sí, un gatito. Es como un gato, pero más pequeño.

Doy un par de pasos atrás, como si la distancia fuera a protegerme de lo que acaba de decir.

—No, gracias. No quiero un gatito.

—Es que tengo demasiados.

—No quiero un gatito —repito.

—¿Quién no querría un gatito?

—Yo misma.

Ella resopla, como si mi respuesta le resultara del todo irracional.

—Te propongo un trato —me dice—. Me sigo ocupando yo de la luz durante dos semanas si te llevas un gatito.

«Pero ¿dónde me he metido?»

—Vale —añade como si mi silencio fuera una táctica de negociación—. Un mes entero. Pago yo la luz de todo el mes si te llevas uno. Solo uno.

Entra en el piso, pero deja la puerta abierta.

No quiero un gatito ni de broma, pero por ahorrarme pagar doscientos cincuenta dólares este mes me quedaría con varios.

Vuelve a aparecer con un minino negro y naranja, que me deja en las manos. Al parecer es una hembra, porque dice:

—Ahí la tienes. Me llamo Ruth, por si necesitas algo, pero intenta no necesitar nada. —Va a cerrar la puerta otra vez.

—Un momento. ¿Podría decirme dónde puedo encontrar una cabina telefónica?

Ella se echa a reír.

—Sí, en 2005 —responde, y esta vez cierra la puerta del todo.

La gatita maúlla, pero no es un sonido dulce; más bien suena como un grito de socorro.

—Ya somos dos —murmuro.

Me dirijo a la escalera con la maleta y... mi gatita.

Tal vez debí haber esperado un poco más antes de regresar. Trabajé hasta reunir dos mil dólares, pero me lo he gastado casi todo en el traslado. Tendría que haber ahorrado más. ¿Y si me cuesta encontrar trabajo? Y ahora encima tengo la responsabilidad de mantener viva a esta gatita.

Mi vida acaba de volverse diez veces más complicada, así, de golpe.

Llego al apartamento con la gatita colgando de la camiseta.

Meto la llave en la cerradura, pero he de hacer fuerza con ambas manos para que gire. Cuando abro la puerta de mi nuevo piso, contengo el aliento: me da miedo el olor que me encontraré.

Enciendo la luz y echo un vistazo alrededor, soltando el aire lentamente. No huele mucho a nada... y eso es bueno y malo.

Hay un sofá en el salón. Básicamente, eso es todo lo que hay.

El salón es pequeño; la cocina, todavía más pequeña, y no hay comedor. Ni dormitorio. Es un estudio, de un solo ambiente, con un armario y un baño tan pequeño que el retrete está pegado a la bañera.

Es un puto antro. Un cuchitril que no llega a los cincuenta metros cuadrados, pero para mí es una gran mejora. He pasado de compartir una celda de nueve metros cuadrados con otra interna a compartir una vivienda tutelada con seis compañeras de piso, y ahora esto: un piso de cincuenta metros cuadrados para mí sola.

Tengo veintiséis años y es la primera vez que vivo oficialmente sola. Es tan aterrador como liberador.

No sé si podré seguir permitiéndome vivir aquí el mes que viene, pero lo intentaré, aunque tenga que pedir trabajo en todas las tiendas que vea.

Necesito vivir en mi propia casa si quiero defender mi caso ante los Landry. Necesito que vean que soy independiente, aunque esa independencia no vaya a ser fácil de conseguir.

La gatita quiere bajar, así que la dejo en el suelo del salón.

Camina en círculos llamando a alguien que ha dejado abajo. Siento una punzada en el pecho al verla buscar una salida. Busca el camino de vuelta a casa. Quiere volver con su madre y sus hermanos.

Parece un abejorro o algo disfrazado para Halloween, con el pelaje moteado de negro y naranja.

—¿Cómo te vamos a llamar?

Sé que, casi seguro, seguirá sin nombre durante unos cuantos días hasta que me decida; me tomo la responsabilidad de ponerles nombre a las cosas muy en serio.

La última vez que me encargué de ponerle nombre a alguien, me lo tomé más en serio que ninguna otra cosa en la vida. Supongo que ayudó el hecho de que, durante los meses que pasé embarazada en la celda, no tenía nada más que hacer que pensar en nombres para el bebé.

Elegí el nombre de Diem porque sabía que, en cuanto me soltaran, volvería aquí y haría todo lo posible por encontrarla.

Y aquí estoy.

«*Carpe Diem.*»

2

Ledger

Mientras aparco la camioneta detrás del bar, me fijo en que aún llevo las uñas de la mano derecha pintadas.

«Mierda.»

Había olvidado que anoche jugué a los disfraces con una niña de cuatro años. Al menos, el lila de las uñas combina con la camisa del uniforme.

Cuando bajo de la camioneta, veo que Roman está tirando las bolsas de basura en el contenedor. Se fija en la bolsa de regalo que llevo en la mano y sabe que es para él, así que me la quita.

—Deja que lo adivine. ¿Una taza? —Echa un vistazo a la bolsa.

Es una taza. Una taza con asa para el café. Como siempre.

No me da las gracias. Nunca me las da.

Ninguno de los dos reconocemos lo que esas tazas significan, pero le compro una todas las semanas. Con esta ya van noventa y seis.

Tal vez debería dejar de comprarlas, porque tiene el piso lleno de tazas de café, pero a estas alturas ya no puedo parar. Lleva casi cien semanas sobrio y estoy esperando a ese momento para regalarle una taza especial: una de los Broncos de Denver, el equipo que más odia.

Roman señala hacia la puerta trasera del bar.

—Hay una pareja dentro molestando a otros clientes. Será mejor que no los pierdas de vista.

Qué raro. No solemos tener clientes problemáticos tan temprano; todavía no son ni las seis de la tarde.

—¿Dónde se sientan?

—Cerca de la máquina de discos. —Cuando se fija en mis uñas, añade—: Bonitas uñas, tío.

—¿Verdad? —Levanto la mano derecha y meneo los dedos—. No está mal para tener cuatro años.

Abro la puerta trasera del bar y me recibe el molesto sonido de mi canción favorita perpetrada por Ugly Kid Joe.

«No me jodas.»

Cruzo la cocina y al asomarme al bar los veo inmediatamente. Están inclinados sobre la máquina de discos. Me acerco a ellos sin hacer ruido y veo que ella está marcando los mismos cuatro números una y otra vez. Miro por encima de sus hombros mientras ambos se ríen como niños traviesos. *Cat's in the cradle* va a sonar treinta y seis veces seguidas.

Me aclaro la garganta.

—¿Os parece divertido que vaya a tener que escuchar la misma canción durante las próximas seis horas?

Mi padre se da la vuelta al oír mi voz.

—¡Ledger! —Me da un abrazo. Huele a cerveza y a aceite de motor. Y... ¿a limas, tal vez?

«¿Están borrachos?»

Mi madre se aparta de la máquina de discos.

—Estábamos tratando de arreglarlo. No hemos sido nosotros.

—Claro, claro. —Le doy un abrazo.

Nunca me avisan de cuándo van a venir. Simplemente aparecen y se quedan un día o dos o tres, y luego vuelven a marcharse en su autocaravana. Lo que resulta novedoso es lo de presentarse borrachos. Miro por encima del hombro y veo que Roman está detrás de la barra. Señalo a mis padres y le pregunto:

—¿Esto se lo has hecho tú o ya venían así?

Roman se encoge de hombros.

—Un poco de cada.

—Es nuestro aniversario —anuncia mi madre—. Estamos de celebración.

—Espero que no hayáis venido conduciendo hasta aquí.

—No —responde mi padre—. El coche está en el taller, igual que la autocaravana. Hemos llamado a un conductor de Lyft. —Me da palmaditas en la mejilla.

—Queríamos verte, pero llevamos dos horas esperando a que llegues y ahora ya nos vamos porque tenemos hambre.

—Por eso os digo que me aviséis cuando vayáis a venir. Tengo una vida.

—¿Te habías olvidado de nuestro aniversario? —me pregunta mi padre.

—Se me ha pasado, lo siento.

—Te lo dije —le dice a mi madre—. Afloja, Robin.

Mi madre se mete la mano en el bolsillo y le da un billete de diez dólares.

Apuestan constantemente, sobre cualquier cosa. Sobre mi vida amorosa. Sobre qué días señalados recuerdo y cuáles no. Sobre todos los partidos de fútbol americano que he jugado... Aunque sospecho que llevan varios años intercambiándose el mismo billete de diez dólares.

Mi padre levanta el vaso vacío y lo sacude.

—Otra copa, camarero.

Cojo el vaso.

—¿Qué tal un poco de agua fresca? —Los dejo junto a la máquina de discos y voy a la barra.

Mientras les estoy sirviendo dos vasos de agua, una chica entra en el bar con pinta de despistada. Mira a su alrededor como si fuera la primera vez que estuviera aquí y, en cuanto ve un sitio vacío en un extremo de la barra, va directa hacia allí.

La sigo con la mirada mientras cruza el bar. La observo con tanta atención que los vasos se desbordan y lo lleno todo de agua. Cojo un trapo y seco el desastre que he montado. Cuando miro a mi madre, veo que ella está examinando a la chica. Luego a mí. Y otra vez a la chica.

«Mierda.»

Lo último que necesito es que trate de emparejarme con una clienta. Le encanta hacer de celestina cuando está sobria; no me quiero ni imaginar lo que es capaz de hacer tras haberse tomado unas copas. Debo sacarlos de aquí.

Les llevo los vasos de agua y le doy la tarjeta de crédito a mi madre.

—Id al Jake's Steakhouse. Yo invito. Id andando para que se os pase un poco la borrachera por el camino.

—Qué amable. —Ella se lleva las manos al pecho teatralmente y mira a mi padre—. Benji, lo educamos tan bien... Vamos a celebrar nuestro éxito como padres con su tarjeta de crédito.

—Lo hicimos francamente bien —corrobora mi padre—. Deberíamos tener más hijos.

—Menopausia, cariño. ¿Te suena de algo? Fue aquella época en que te odié durante un año entero. —Mi madre coge el bolso y se llevan los vasos de agua para el camino.

—Deberíamos pedir entrecot, ya que paga él —murmura mi padre mientras se alejan.

Suelto un suspiro de alivio y regreso al interior del local. La chica sigue tranquilamente en su rincón, escribiendo en una libreta. Roman no está en la barra en ese momento, así que supongo que nadie le ha tomado nota aún.

«Me presento voluntario como tributo.»

—¿Qué quieres que te traiga? —le pregunto.

—Agua y una Coca-Cola light, por favor.

No levanta la cabeza, así que voy a preparar lo que me ha pedido. Cuando vuelvo con las bebidas, sigue escribiendo. Trato de ver lo que ha anotado, pero ella cierra la libreta y alza la mirada.

—Gra... —Se queda atascada a media palabra—. Gracias —murmura, antes de meterse la pajita en la boca. Parece sofocada.

Quiero preguntarle cómo se llama y de dónde viene, pero con los años que llevo como propietario de este local he ido aprendiendo que hacerles preguntas a tipos solitarios puede acabar en conversaciones interminables de las que luego me cuesta escabullirme.

Lo que pasa es que, en general, la gente que entra en el bar no me llama la atención como ella. Señalando las dos bebidas, le pregunto:

—¿Esperas a alguien?

Ella se acerca los vasos un poco más.

—Nop. Es que tengo sed. —Rompe el contacto visual y se echa hacia atrás, tirando de la libreta y volcando toda su atención en ella.

Pillo la indirecta y me voy a la otra punta de la barra para darle intimidad.

Roman regresa de la cocina y la señala con la cabeza.

—¿Quién es?

—No lo sé, pero no lleva anillo de casada, así que no es tu tipo.

—Muy gracioso.

3

Kenna

Querido Scotty:

La vieja librería es ahora un bar. ¿Te lo puedes creer? Menuda mierda.

Me pregunto qué habrán hecho con el sofá donde nos sentábamos todos los domingos.

Te juro que es como si la ciudad fuera un enorme tablero de Monopoly y como si, después de que murieras, hubiera venido alguien a cambiar las fichas de sitio.

Todo está distinto; nada me resulta familiar. He pasado dos horas caminando por el centro, empapándome de todo. Iba de camino a la tienda a comprar provisiones cuando he visto el banco donde solíamos comer helado. Me he sentado y he estado mirando a la gente pasar.

Parece como si nadie tuviera preocupaciones aquí. Todos caminan como si su mundo estuviera del derecho, como si no estuvieran a punto de caerse del suelo y de ir a parar al cielo. Avanzan por la vida sin ser conscientes de las madres que pasean sin sus hijas.

Es mi primera noche aquí y supongo que no debería estar en un bar, y no lo digo porque tenga problemas con el alcohol. Aquella noche espantosa fue una excepción. Pero lo último que querría sería que tus padres se enteraran de que he pasado por un bar antes de ir a verlos.

Lo que pasa es que pensaba que este sitio era una librería y en las librerías suelen tener café. Me he llevado un disgusto cuando he entrado, porque ha sido un día muy largo entre el autobús y luego el taxi. Esperaba encontrar algo con más cafeína que una Coca-Cola light.

Tal vez sirvan café en el bar; no lo he preguntado.

Supongo que no debería contarte esto, aunque te aseguro que lo entenderás antes de que acabe de escribir esta carta, pero una vez besé a un guardia en la cárcel.

Nos pillaron. A él lo cambiaron de unidad y yo me sentí fatal por haberle causado problemas. Pero es que me hablaba como si fuera una persona y no un número. No me resultaba especialmente atractivo, pero sabía que él se sentía atraído por mí. Por eso, cuando se inclinó para besarme, le devolví el beso. Fue una forma de darle las gracias. Creo que él era consciente de la situación y que le parecía bien. Habían pasado dos años desde la última vez que me tocaste. Por eso, cuando me empujó contra la pared y me agarró por la cintura, pensé que sentiría algo más.

Me dolió no ser capaz de sentir más.

Te cuento esto porque al besarlo descubrí que sa-

bía a café, pero no era el mismo café que nos servían a las internas. Sabía como el café caro del Starbucks, el que cuesta ocho dólares y lleva caramelo, nata montada y una cereza. Por eso seguí besándolo. No porque disfrutara del beso, o de él, o de su mano en mi cintura, sino porque echaba de menos el café caro y sabroso.

Y a ti. Echo de menos el café caro y a ti.

Con todo mi amor,

Kenna

—¿Te traigo algo más? —me pregunta el camarero. Tiene los dos brazos tatuados. Los tatuajes desaparecen debajo de las mangas de la camisa del uniforme, de color lila intenso, un color que no suele verse a menudo en la cárcel.

Antes de entrar, nunca me había planteado ese tipo de cosas, pero la cárcel es un lugar muy apagado, sin color. Con el paso del tiempo, te acabas olvidando de cómo son los árboles en otoño.

—¿Tenéis café? —le pregunto.

—Claro. ¿Con leche y azúcar?

—¿Tenéis caramelo? ¿Y nata montada?

Él se echa el trapo por encima del hombro.

—Por supuesto. ¿Leche de soja, de almendras, semidesnatada, entera?

—Entera.

El camarero se echa a reír.

—Era broma. Esto es un bar. Tengo una cafetera que lleva cuatro horas hecha. Puedes elegir entre leche y azúcar, solo leche, solo azúcar o nada de nada.

El color de su camisa y lo bien que le sienta a su tono de piel ya no me impresionan.

«Capullo.»

—Tráemelo como quieras —murmuro.

El camarero va a prepararme mi café carcelario. Lo observo mientras levanta la cafetera y se la lleva a la nariz para olfatearla. Hace una mueca y tira el café por el fregadero. Abre el grifo mientras le sirve otra cerveza a un tipo, pone otra cafetera, le cobra la cuenta a alguien y sonríe lo justo, pero no demasiado.

Nunca he visto a nadie moverse con esa fluidez. Es como si tuviera siete brazos y tres cerebros perfectamente sincronizados. Es fascinante contemplar a alguien que es bueno en lo que hace.

Yo no sé qué se me da bien. No sé si hay algo en este mundo que pudiera hacer así, como si no me costara nada.

Hay cosas en las que me gustaría ser buena, eso sí lo sé. Me gustaría ser una buena madre. Para los hijos que tenga en el futuro, pero, sobre todo, para la hija que ya traje al mundo. Quiero tener un jardín donde plantar cosas. Cosas que florezcan y no se mueran. Quiero aprender a hablar con la gente sin desear retirar luego todo lo que he dicho. Quiero que se me dé bien sentir cosas cuando un tipo me toque la cintura. Quiero que se me dé bien vivir, que parezca fácil, aunque de momento mi travesía por la vida ha resultado ser de lo más tormentosa.

El camarero regresa cuando acaba de preparar el café. Mientras me lo sirve en la taza, lo observo y, esta vez, me fijo en lo que estoy viendo. Es guapo; tan guapo que una chica que quiere recuperar la custodia de su hija debería mantenerse alejada de él. Tiene la mirada de alguien que ha visto un par de cosas en la vida y las manos de quien probablemente ha pegado más de un puñetazo. Su pelo revela la misma fluidez que el resto del cuerpo. La melena larga y oscura le cubre los ojos y se mueve siguiendo la dirección de su cabeza. No se toca el pelo; no se lo ha tocado ni una vez desde que lo estoy observando. Deja que le tape la cara, pero de vez en cuando hace un leve movimiento y el pelo se coloca donde él quiere. Es un cabello fuerte, con volumen, moldeable, un cabello donde tengo ganas de hundir las manos.

Cuando la taza está llena, alza un dedo y me dice:

—Un segundo.

Se da la vuelta, abre una neverita y saca un cartón de leche entera. Sirve un poco en el café, guarda la leche y abre otra nevera de donde saca —¡sorpresa!— nata montada. Esconde una mano a la espalda y, cuando me la muestra, lleva una cereza que coloca cuidadosamente sobre la bebida que acaba de preparar. Empuja la taza hacia mí y abre los brazos, como si acabara de hacer magia.

—No tengo caramelo —me dice—, pero, bueno, no está tan mal teniendo en cuenta que esto no es una cafetería.

Probablemente se piensa que ha preparado una bebida pretenciosa para una niña mimada acostumbrada a pagar ocho dólares por un café todos los días. No sabe el tiempo que hace que no me tomo una taza de café decente. Incluso durante los meses que pasé en el piso tutelado, servían café carcelario a las chicas carcelarias con pasados carcelarios.

Podría llorar.

Y lloro.

En cuanto él se dirige a atender a alguien en el otro extremo del bar, doy un trago al café, cierro los ojos y lloro porque la vida puede ser tan jodidamente cruel y dura que he querido dejar de vivir muchas veces. Pero luego hay momentos como este que me recuerdan que la felicidad no es algo permanente que se pueda conseguir en la vida, es otra cosa. Es algo que asoma la cabeza de vez en cuando, aunque sea en dosis diminutas, pero que nos bastan para seguir adelante.

4

Ledger

Sé lo que hay que hacer cuando llora un niño, pero no sé qué hacer cuando la que llora es una mujer adulta. Por eso me alejo todo lo posible mientras se toma el café.

No he descubierto gran cosa sobre ella desde que llegó, pero de algo estoy seguro: no ha venido aquí para verse con nadie, sino buscando tranquilidad. Tres hombres han tratado de aproximarse a ella durante la última hora, pero los ha mantenido a distancia levantando una mano, sin establecer contacto visual con ninguno de ellos.

Se toma el café en silencio. Solo son las siete de la tarde. Tal vez esté haciendo tiempo antes de pasarse a bebidas más fuertes. Espero que no. Me intriga esta mujer que ha entrado en un bar y ha pedido cosas que normalmente no servimos, mientras se dedica a rechazar hombres sin tan siquiera echarles un vistazo.

Roman y yo estamos trabajando solos hasta que lleguen Mary Anne y Razi. El local se va llenando, por lo que no puedo prestarle la atención que me gustaría, que es toda. Me aseguro de pasarme por todos los rincones del bar para que no sienta que estoy encima de ella todo el rato.

Cuando se acaba el café, tengo ganas de acercarme a preguntarle si quiere algo más, pero me obligo a esperar y la dejo con la taza vacía durante diez minutos. Creo que esperaré cinco minutos más antes de acercarme a ella.

Mientras tanto, le lanzo miradas de reojo. Su cara es una obra de arte. Ojalá hubiera un retrato suyo colgado en algún museo para poder observarlo hasta cansarme. Pero, en vez de eso, he de conformarme con echarle vistazos clandestinos para asegurarme de que los mismos rasgos que conforman el rostro de todo el mundo se coordinan mejor en el suyo.

No es habitual que alguien se presente en el bar en ese estado tan vulnerable, por la tarde, al inicio de un fin de semana. No va vestida para salir de noche. Lleva una camiseta verde, gastada, con el logo de la marca de refrescos Mountain Dew. El tono de la camiseta es igual que el de sus ojos. Son tan iguales que parece que se haya pasado horas buscando el tono exacto y, sin embargo, estoy seguro de que ni se ha fijado en lo que se ha puesto. Es pelirroja. Tiene todo el pelo del mismo color, sin mechas. Y lo lleva todo a la misma medida, sin capas, justo por debajo de la barbilla. De vez en cuando se acaricia el pelo y, cada vez que lo hace, tengo la sensación de que está a punto de hacerse un ovillo. Me entran ganas de salir de detrás de la barra, hacerla bajar del taburete y darle un abrazo.

Me pregunto cuál es su historia.

No quiero saberlo.

No necesito saberlo.

Nunca salgo con chicas que he conocido en este bar. He roto la regla en dos ocasiones y las dos veces me he arrepentido.

Hay algo en ella que no sé definir, pero que me resulta aterrador. Cuando hablo con ella, es como si la voz se me quedara atrapada en el pecho. No quiero decir que me deje sin aliento; es algo más íntimo. Como si mi cerebro me estuviera advirtiendo para que no interactúe con ella.

¡Bandera roja! ¡Peligro! ¡Abortar misión!

«Pero ¿por qué?»

Nuestras miradas se cruzan cuando le retiro la taza. No ha mirado a nadie más desde que ha llegado. Solo a mí. Debería sentirme halagado, pero me asusta.

He sido jugador profesional de fútbol americano y soy dueño de un bar, pero me asusta mantener el contacto visual con una chica guapa. Debería ponerlo en mi perfil de Tinder: «Jugué con los Broncos. Tengo un bar. Me da miedo el contacto visual».

—¿Qué más te pongo? —le pregunto.

—Vino. Blanco.

No es fácil ser dueño de un bar y mantenerse sobrio. No quiero que nadie se emborrache, pero necesito clientes. Sirvo la copa de vino y se la dejo delante.

Me quedo cerca de ella, fingiendo secar vasos que llevan secos desde ayer. Noto que traga saliva lentamente mientras se queda observando la copa, como si dudara. Ese instante de vacilación —o de arrepentimiento— es suficiente para hacerme pensar que tiene problemas con el alcohol. Siempre sé cuándo un cliente está a punto de lanzar por la borda su sobriedad por el modo en que mira la copa.

Beber solo es estresante para los alcohólicos.

Sin embargo, no toca el vino. Sigue bebiendo el refresco a sorbitos hasta que se lo acaba. Alargo la mano hacia el vaso al mismo tiempo que ella.

Cuando nuestros dedos se rozan, noto que algo más se me ha quedado encerrado en el pecho además de la voz. Tal vez sean unos latidos extras. O un volcán en erupción.

Ella aparta la mano y se la lleva al regazo. Le retiro el vaso de refresco y me llevo también la copa de vino. Ella no alza la cara ni me pregunta por qué. Suspira, como si se sintiera aliviada, pero, entonces, ¿para qué la ha pedido?

Le lleno el vaso con más Coca-Cola. Cuando no está mirando, tiro el vino por el fregadero y lavo la copa.

Ella sigue bebiendo el refresco un rato, pero ya no me mira ni una sola vez. Tal vez la he molestado.

Roman se da cuenta de que no la pierdo de vista. Apoyando un codo en la barra, me pregunta:

—¿Divorcio o muerte?

A Roman le gusta adivinar las razones por las que los clientes vienen solos y parecen sentirse fuera de lugar. A mí no me da la impresión de que esta chica esté aquí por un divorcio. En general, las mujeres suelen celebrarlos viniendo con sus amigas, y con una banda que reza: EXESPOSA.

Esta chica parece triste, pero no como si estuviera de luto.

—Yo apuesto por divorcio —dice Roman.

Yo no digo nada. No me apetece adivinar la causa de su tragedia porque espero que no sea ni un divorcio ni una muerte. Ni siquiera un mal día. Solo le deseo cosas buenas, porque tengo la sensación de que a esta chica hace demasiado tiempo que no le ocurren cosas buenas.

Dejo de mirarla mientras atiendo a otros clientes. Lo hago para darle privacidad, pero ella aprovecha para dejar dinero en la barra y escabullirse.

Me quedo unos instantes observando el taburete vacío

y el billete de diez dólares que ha dejado de propina. Se ha ido y no sé su nombre, ni su historia, ni si volveré a verla alguna vez; por eso salgo corriendo tras ella. Recorro la barra, cruzo el bar y voy hacia la puerta por la que acaba de salir.

En el exterior me recibe un cielo en llamas. Me cubro los ojos. Siempre me olvido de cómo molesta el sol a esta hora.

La chica se da la vuelta justo cuando la localizo. Está a unos tres metros de distancia. Ella no necesita cubrirse los ojos porque tiene el sol a su espalda, rodeándole la cabeza de luz, como si fuera un halo.

—He dejado el dinero en la barra —me dice.

—Ya lo sé.

Nos quedamos observándonos en silencio un instante. No sé qué decir y me quedo ahí pasmado, como un idiota.

—¿Y entonces?

—Nada —respondo, aunque me arrepiento al instante. Desearía rectificar y decir: «Todo».

Ella me mira. Nunca lo hago y sé que no debería hacerlo, pero también sé que, si dejo que se marche, no podré quitarme de la cabeza a la chica triste que me dejó diez dólares de propina cuando tengo la sensación de que no puede permitírselo.

—Deberías volver esta noche a las once.

Sin darle la oportunidad de negarse ni de explicarme por qué no puede venir, regreso al bar. Espero que mi propuesta le despierte la curiosidad y haga que vuelva.

5

Kenna

Sentada en el colchón hinchable con mi gatita sin nombre, me repito todas las razones por las que no debo regresar a ese bar.

No he venido aquí a conocer hombres, ni siquiera tipos tan guapos como el camarero. Estoy aquí por mi hija, nada más.

Mañana es un día importante. Necesito sentirme poderosa, fuerte como Hércules, pero, sin querer, el camarero me ha hecho sentir débil al retirarme la copa de vino. No sé qué vio en mi cara que lo impulsó a actuar así. No pensaba tomármelo. Solo lo pedí para sentir que controlaba la situación. Pensaba mirarlo y olerlo, y luego irme sintiéndome mucho más fuerte que cuando entré.

Pero ahora me siento inquieta, porque él vio cómo miraba el vino, y su modo de retirarme la copa me hace pensar que dio por hecho que tengo un problema vigente con el alcohol.

Y no es verdad. Hace años que no pruebo ni una gota, porque el alcohol combinado con una tragedia arruinó los últimos cinco años de mi vida. Los últimos cinco años de mi vida me han traído a esta ciudad, y esta ciudad me pone nerviosa. Lo único que me calma cuando estoy así es enfrentarme a cosas que me hagan sentir que controlo mi vida y mis decisiones.

«Por eso quería ser yo la que rechazara el vino, maldita sea.»

Y ahora no podré dormir bien. No tengo ningún motivo para sentirme orgullosa de mí misma porque él me ha hecho sentir justo lo contrario. Si quiero dormir bien esta noche, tendré que buscar otra cosa que rechazar.

O, quien dice cosa, dice persona.

Hace mucho mucho tiempo que no deseo a nadie. Concretamente desde que conocí a Scotty. Pero el camarero estaba bastante bueno y tenía una sonrisa preciosa. Además, prepara un buen café y me ha invitado a volver al bar. Sería fácil pasarme por allí y rechazarlo.

Entonces podría dormir bien y estaría preparada para enfrentarme al día más importante de mi vida.

Ojalá pudiera llevarme a la gatita conmigo. Siento que me vendría bien una compinche, pero está durmiendo en el cojín nuevo que le he comprado hace un rato.

No he comprado gran cosa: el colchón hinchable, un par de almohadas y sábanas, galletas saladas y queso, comida para gatos y arena. He decidido que voy a vivir al día. Hasta que no sepa lo que pasará mañana, no pienso derrochar el dinero que me ha costado seis meses ahorrar. De hecho, ya he gastado más de la cuenta, por eso no llamo a un taxi.

Salgo del apartamento y vuelvo al bar caminando. Esta vez no llevo ni el bolso ni la libreta. Lo único que necesito es la documentación y las llaves. Hay unos dos kilómetros de distancia hasta el bar, pero la noche es agradable y la calle está bien iluminada.

Estoy un poco preocupada por si alguien me reconoce en el bar o por el camino, aunque estoy muy cambiada. Antes me arreglaba mucho, pero, tras cinco años en la cárcel, ya no me preocupo por cosas como el tinte, las extensiones, las pestañas o las uñas postizas.

No pasé aquí el tiempo suficiente para hacer amigos aparte de Scotty, por eso dudo que haya mucha gente que sepa quién soy. Seguro que muchos han oído hablar de mí, pero es difícil que te reconozcan quienes no te echan de menos.

Patrick y Grace podrían reconocerme si me vieran, pero solo los vi una vez antes de entrar en la cárcel.

«Cárcel.»

Nunca me acostumbraré a pronunciar esa palabra. Cuesta tanto decirla en voz alta... Cuando escribes las letras una por una en un papel, no parecen tan amenazadoras, pero cuando debes decir en voz alta *cárcel*, es durísimo.

Al pensar en el lugar donde he pasado los últimos cinco años de mi vida, prefiero referirme a él como «la institución». O simplemente me digo: «Cuando estuve fuera» y lo dejo así. No puedo decir: «Cuando estuve en la cárcel» como si nada. Nunca me acostumbraré.

Pero tendré que decirlo para encontrar trabajo. Me preguntarán si me han condenado alguna vez y tendré que explicar: «Sí, he pasado cinco años en la cárcel por homicidio involuntario».

Y luego decidirán si me contratan o no. Probablemente no.

Hay una doble vara de medir para las mujeres, también

para las que están entre rejas. Si una mujer dice que ha estado en la cárcel, la gente inmediatamente piensa: marginada, puta, adicta, ladrona. Cuando es un hombre el que lo dice, la gente suele añadir medallas a esos insultos, como, por ejemplo, marginado pero malote, adicto pero duro, ladrón pero impresionante.

Los hombres no se libran del estigma, pero las mujeres no tienen acceso a esas medallas honoríficas como premio de consolación.

Según el reloj de los juzgados, son las once y media cuando llego al centro. Espero que el camarero siga ahí, aunque llegue media hora tarde.

No me fijé en el nombre del bar; probablemente porque era de día y porque me había sorprendido ver que ya no era una librería. Ahora me fijo en el cartel de neón donde pone WARD'S.

Titubeo antes de volver a entrar. Mi entrada le enviará un mensaje a ese tipo, un mensaje que no estoy segura de querer que reciba. Aunque la alternativa es regresar a mi apartamento y quedarme a solas con mis pensamientos.

Y ya he pasado demasiado tiempo a solas con mis pensamientos durante los últimos cinco años. Tengo mono de gente, de ruido, de todo lo que no he tenido. Mi apartamento me recuerda un poco a la cárcel. Hay demasiada soledad y silencio.

Abro la puerta del bar. Hay más ruido y más humo que antes. También está más oscuro. No hay asientos vacíos, así que camino entre la gente hasta encontrar los baños. Hago tiempo en el pasillo, hago tiempo fuera, vuelvo a recorrer el bar. Por fin, una mesa se queda vacía y la ocupo.

Desde aquí observo al camarero, que se mueve relajadamente detrás de la barra. Me gusta lo tranquilo que parece. Dos clientes empiezan a pelearse, pero él ni se inmuta. Se limita a señalar hacia la puerta y los dos tipos salen. Me fijo en que lo hace bastante. Él señala y la gente hace lo que él les ha señalado que hagan.

Por ejemplo, señala a dos clientes mientras mantiene el contacto visual con otro camarero. Y, acto seguido, el otro camarero se acerca a esos clientes y les cobra.

Señala un estante vacío y una de las camareras asiente. Segundos después, el estante ya no está vacío.

Señala al suelo y otro camarero desaparece por las puertas batientes y vuelve a aparecer con un mocho para limpiar la bebida que se le ha caído a alguien.

Señala un colgador de la pared y otra camarera —embarazada— le da las gracias, cuelga el delantal y se va a casa.

Él señala y la gente hace cosas. Avisan de que el local está a punto de cerrar y poco después llega la hora del cierre. La gente va saliendo y nadie vuelve a entrar.

No me ha mirado en ningún momento. Ni siquiera una vez.

Me planteo qué estoy haciendo aquí. Parece ocupado; tal vez antes lo he malinterpretado. Cuando me dijo que regresara, pensé que tenía una buena razón, pero tal vez se lo dice a todos los clientes.

Me levanto antes de que me echen, pero, cuando él me ve levantarme, señala en mi dirección. Un gesto sencillo que me indica que vuelva a sentarme, y eso hago.

Me alivia ver que mi intuición no me había fallado; sin embargo, a medida que el local se va quedando vacío, me voy poniendo cada vez más nerviosa. Él debe de pensar que soy una mujer hecha y derecha, pero yo no me siento adulta. Soy una adolescente de veintiséis años, sin experiencia en la vida, que empieza de cero.

No estoy segura de que haya sido buena idea venir aquí. Pensé que podría entrar, coquetear con él y marcharme, pero ha resultado ser más tentador que un café de diseño. He venido para rechazarlo, pero no sabía que se iba a pasar la noche señalando, ni que me señalaría a mí.

No tenía ni idea de que señalar pudiera ser tan sexy.

Me pregunto si me habría parecido igual de sexy hace cinco años o si es que me he vuelto patéticamente facilona.

A medianoche ya solo quedamos los dos. Los otros empleados se han marchado. La puerta principal está cerrada con llave y él lleva una caja de envases hacia la puerta trasera.

Levanto una pierna y me abrazo la rodilla. Estoy nerviosa. No he vuelto a esta ciudad para conocer a un tío. He venido con un objetivo mucho más importante, aunque lo veo capaz de distraerme de mis objetivos con un solo dedo.

Una no es de piedra. Soy humana, y los humanos necesitamos compañía. No he venido aquí para conocer tíos, pero este en concreto es difícil de ignorar.

Cuando vuelve a aparecer por las puertas batientes, veo que se ha quitado el uniforme. Ya no lleva la camisa lila con las mangas remangadas que llevaban todos los camareros. Se ha puesto una camiseta blanca.

Tan simple y tan complicado.

Cuando llega a mi lado, sonríe, y siento que su sonrisa me cubre como si fuera una cálida manta.

—Has vuelto.

Trato de mostrarme impasible.

—Me invitaste.

—¿Quieres tomar algo?

—Estoy bien.

Él se echa el pelo hacia atrás mientras me observa.

Leo en sus ojos la guerra que se está llevando a cabo en su mente. Yo no soy de piedra, por eso me alegro cuando se acerca. Se acerca mucho. Cuando se sienta a mi lado, se me acelera el corazón. Me late más deprisa que el día en que Scotty se acercó a mi caja registradora por cuarta vez hace un montón de años.

—¿Cómo te llamas? —me pregunta.

No quiero decirle mi nombre. Debe de tener la edad que tendría Scotty si estuviera vivo, lo que significa que podría reconocer mi nombre, o a mí, o recordar lo que pasó. No quiero que nadie me reconozca; no quiero que me recuerden ni que avisen a los Landry de que estoy en la ciudad.

No es una ciudad pequeña, pero tampoco demasiado grande. Mi presencia no pasará inadvertida demasiado tiempo, pero necesito que pase inadvertida un poco más. Por eso miento, o digamos que falto a la verdad, y respondo con mi segundo nombre:

—Nicole.

Yo no le pregunto cómo se llama, porque me da igual. No pienso usar su nombre, ni pienso volver por aquí nunca más.

Jugueteo con un mechón de pelo, nerviosa por estar tan cerca de alguien después de tanto tiempo. Siento como si se me hubiera olvidado qué hacer en estos casos, por eso suelto lo que he venido a decir.

—No pensaba bebérmelo. —Él ladea la cabeza, confuso

por mi confesión, por eso se lo aclaro—: El vino. A veces yo... —Niego con la cabeza—. Sé que es una tontería, pero a veces pido alcohol específicamente para rechazarlo. No tengo un problema con la bebida; es más bien un tema de autocontrol, creo. Me hace sentir menos débil.

Él me observa mientras una sonrisa trata de abrirse camino entre sus labios.

—Me parece muy respetable —dice—. Yo apenas bebo por lo mismo. Me paso las noches rodeado de borrachos y, cuanto más tiempo paso en su compañía, menos me apetece ser uno de ellos.

—¿Un camarero que no bebe? Qué raro, ¿no? Pensaba que los camareros serían uno de los gremios con mayor grado de alcoholismo. Por lo del fácil acceso.

—El primero es el gremio de la construcción. Lo que probablemente no me favorezca nada, porque llevo varios años construyéndome una casa.

—Parece que te gusta el riesgo.

Él sonríe.

—Sí, eso parece. —Se acomoda un poco más en el banco—. ¿A qué te dedicas, Nicole?

Sé que este es el momento en que debería levantarme y marcharme de aquí, antes de hablar de más, antes de que me haga más preguntas. Pero me gusta su voz y me gusta su presencia. Creo que quedarme será una buena distracción y, francamente, ahora mismo necesito distraerme.

Pero no quiero hablar. Sé que lo único que conseguiré si sigo hablando será meterme en líos.

—¿De verdad te interesa saber a qué me dedico?

Estoy segura de que preferiría meterme la mano por debajo de la camiseta que no escuchar lo que respondería una chica normal en estas circunstancias. Y como a mí no me apetece nada admitir que no tengo ocupación porque me he pasado los últimos cinco años en la cárcel, me siento en su regazo.

Se muestra sorprendido, como si hubiera pensado pasarse una hora charlando conmigo, pero pronto su expresión pasa de la sorpresa a la aceptación. Me sujeta por las caderas y aprieta. Su contacto me hace estremecer.

Se mueve para ajustar la postura y quedo sentada un poco más arriba. Lo siento a través de los vaqueros. Hace cinco segundos lo tenía muy claro, pero ahora ya no. No será fácil irme de aquí. Mi plan era besarlo, darle las buenas noches y salir con la cabeza alta. Solo quería sentirme un poco poderosa para enfrentarme a lo que me espera mañana, pero él me acaricia la cintura, y el tacto de sus dedos sobre mi piel me hace sentir cada vez más débil e inconsciente. Y por inconsciente no me refiero a despreocupada, sino a que noto que la cabeza se me vacía, mientras se me llena el pecho. Es como si una bola de fuego se encendiera y creciera en mi interior.

Noto su mano derecha ascendiendo por mi espalda y contengo el aliento porque su contacto es como una corriente eléctrica. Me está acariciando la cara, delineando la mejilla y luego los labios con la punta de los dedos, mientras me observa como si quisiera averiguar de qué me conoce.

Aunque tal vez sean paranoias mías.

—¿Quién eres? —susurra.

Ya se lo he dicho, pero, igualmente, le repito mi nombre:

—Nicole.

Él sonríe y luego me pregunta, serio:

—Sé tu nombre, pero ¿de dónde has salido? ¿Por qué no te había visto nunca antes?

No quiero que me haga estas preguntas a las que no puedo responder con sinceridad. Por eso me acerco un poco más a su boca.

—¿Quién eres tú?

—Ledger —contesta y, con esa sencilla palabra, me devuelve al pasado, me abre en canal, me arranca los restos de corazón que quedaban, los tira al suelo y luego me besa.

Cuando se habla del amor, mucha gente usa el verbo *perder*. Dicen que alguien está perdidamente enamorado, que ha perdido el juicio, la cabeza... por amor. Pero *perder* es una palabra muy triste, que no se usa en sentido positivo. Pierdes el tiempo, el tren, pierdes la vida...

La primera persona que usó esa palabra para referirse al amor ya debía de haberlo perdido. Si no, habría usado un término más optimista.

Scotty me dijo que me quería cuando nuestra relación ya estaba bastante afianzada. Fue la noche en que iba a presentarme a su mejor amigo. Ya me había presentado a sus padres y, sí, le había hecho ilusión, pero no tanta como la que le hacía presentarme al tipo que era como un hermano para él.

No llegó a presentármelo. No recuerdo por qué; ha pasado mucho tiempo. Recuerdo que su amigo canceló la cita. Scotty estaba triste, así que le preparé galletas de chocolate, compartimos un porro y luego le hice una mamada. Era la novia perfecta.

«Hasta que lo maté.»

Pero lo que cuento pasó tres meses antes de que muriera. Esa noche en concreto, aunque estaba triste, estaba vivito y coleando. El corazón le latía, la sangre le circulaba a toda prisa por las venas y el pecho le subía y le bajaba con fuerza cuando me dijo, con lágrimas en los ojos: «Joder, Kenna, te quiero. Te quiero más de lo que he querido nunca a nadie. Te echo de menos todo el rato, hasta cuando estamos juntos».

Esa frase se me quedó grabada. «Te echo de menos todo el rato, hasta cuando estamos juntos.»

Pensaba que era lo único que se me había quedado grabado ese día, pero no. Hubo otra cosa. Un nombre.

«Ledger.»

El mejor amigo que no se presentó. El mejor amigo que no llegué a conocer.

El mejor amigo que acaba de meterme la lengua en la boca, la mano por debajo de la camiseta y su nombre en el pecho.

6

Ledger

No entiendo cómo funciona esto de la atracción.

¿Qué es lo que hace que una persona se sienta atraída por otra? ¿Cómo es posible que entren en el bar decenas de mujeres todas las semanas sin que me despierten nada y que, de pronto, entre esta chica y no pueda quitarle los ojos de encima?

Y ahora, además, no puedo quitarle la boca de encima.

No entiendo por qué estoy rompiendo la regla que yo mismo me impuse: «Nada de líos con clientas». Pero hay algo en ella que me dice que esta será mi única oportunidad. Tengo la sensación de que está de paso o, al menos, que no tiene previsto volver por aquí. Creo que está haciendo una excepción en su rutina habitual y que, si desaprovecho la ocasión, me arrepentiré toda la vida. Será uno de esos errores que todavía me echaré en cara cuando sea viejo.

Parece una persona callada, pero no tímida. Es callada de un modo fiero. Como una tormenta que te sorprende desprevenido, y que no ves venir hasta que el trueno te sacude los huesos.

Es mujer de pocas palabras, pero ha dicho las suficientes para dejarme con ganas de oír más. Sabe a manzanas, aunque antes se ha tomado un café. Y las manzanas son mi fruta favorita. Sospecho que, a partir de hoy, van a ser mi comida favorita, en general.

Nos besamos unos segundos. Aunque ha sido ella la que ha dado el primer paso, parece sorprendida cuando pego mi boca a la suya.

Tal vez creía que tardaría un poco más en probarla o tal vez no pensaba que fuera así. Espero que sea tan especial para ella como lo está siendo para mí. No sé por qué ha contenido el aliento antes de besarme, pero sé que lo deseaba tanto como yo.

Se aparta un instante, como si dudara, pero enseguida se decide. Se acerca a mí y vuelve a besarme con más convicción que hace un momento.

Sin embargo, esa convicción no dura mucho; desaparece tan deprisa como apareció. Vuelve a separarse y esta vez leo el arrepentimiento en sus ojos.

Niega con la cabeza rápidamente y me apoya las manos en el pecho. Yo las cubro con las mías mientras ella dice:

—Lo siento.

Se levanta deslizándose sobre mi regazo. Su muslo me roza la cremallera, haciendo que me endurezca aún más. Se desplaza por el banco para marcharse y trato de detenerla agarrándola de la mano, pero sus dedos se escurren entre los míos y se aleja.

—No debería haber vuelto.

Se gira y se dirige hacia la puerta.

Me desanimo.

No he memorizado su cara y no me apetece nada que se

vaya sin poder recordar la forma exacta de la boca que hace un momento estaba pegada a la mía.

Me levanto y la sigo.

No puede abrir la puerta. Mueve el pomo y la empuja, como si le faltara tiempo para alejarse de mí. Quiero rogarle que se quede, pero también quiero ayudarla a salir; por eso suelto el pestillo superior con la mano y el inferior con el pie. Cuando la puerta se abre, ella sale a toda prisa.

Inspira profundamente y luego se vuelve hacia mí.

Yo le examino la boca, deseando tener memoria fotográfica.

Sus ojos ya no son del mismo color que la camiseta. Son más claros porque se le están llenando de lágrimas. De nuevo, no sé cómo reaccionar. Nunca me he encontrado con una chica que pase de esta manera de un extremo al otro en tan poco tiempo, y su actitud no me parece forzada o dramática. Cada vez que hace algo o que siente algo, es como si tratara de contener sus emociones, de esconderlas dentro de ella.

Parece avergonzada.

Le falta el aire.

Se seca las lágrimas que no puede reprimir y, como no sé qué coño decir, la abrazo.

¿Qué otra cosa podría hacer?

La atraigo hacia mí. Durante un instante, se tensa, pero casi inmediatamente suelta un suspiro de alivio y se relaja.

Estamos solos. Ya es pasada medianoche. Todo el mundo está en su casa, durmiendo, viendo una película o haciendo el amor. Pero yo estoy aquí, en la calle Mayor, abrazando a una chica francamente triste, preguntándome por qué está tan triste y deseando que no me pareciera tan bonita.

Tiene la cara hundida en mi pecho y me abraza con fuerza por la cintura. La frente le llega a la altura de mi boca, pero ha agachado la cabeza, agazapándose bajo mi barbilla.

Le acaricio los brazos.

Tengo la camioneta aparcada en la esquina. Siempre aparco en el callejón, pero ella está muy disgustada y no me parece adecuado decirle que me acompañe a un callejón en ese estado. Me apoyo en el poste de una marquesina y la atraigo hacia mí de nuevo.

Pasan dos minutos, o tal vez tres, y no se suelta. Parece amoldarse a mi cuerpo, empapándose del consuelo que le ofrecen mis brazos, mi pecho, mis manos. Le froto la espalda, arriba y abajo, en silencio. Todavía tengo la voz atrapada en la garganta.

Sé que le pasa algo, algo que no estoy seguro de querer saber a estas alturas. Lo que sí sé es que no puedo dejarla así en la acera y marcharme.

Creo que ya ha dejado de llorar cuando dice:

—Debo irme a casa.

—Te llevo.

Ella niega con la cabeza y se aparta de mí. Yo la sigo sosteniendo por los brazos. Ella se cruza de brazos y, al hacerlo, me roza la mano con los dedos. Es un gesto muy rápido, pero no ha sido accidental. Me ha parecido que quería tocarme por última vez antes de separarse de mí.

—No vivo lejos; iré andando.

Está loca si cree que dejaré que se marche a pie.

—Es demasiado tarde para andar sola por las calles. —Señalo el callejón—. Tengo la camioneta aparcada allí, a tres metros.

Ella titubea unos instantes, desconfiando por razones obvias, pero luego acepta mi ofrecimiento de ayuda y me sigue.

Cuando la camioneta queda a la vista, se detiene. Me vuelvo hacia ella, y veo que está mirando el vehículo con preocupación.

—Puedo pedirte un Uber si lo prefieres, pero te juro que solo pretendo llevarte a casa. No espero nada a cambio.

Ella agacha la cabeza y sigue andando hacia la camioneta.

Le abro la puerta del copiloto. Ella sube, pero no mira al frente; me sigue mirando a mí y sus piernas no me dejan cerrar la puerta. Me mira como si estuviera destrozada. Tiene las cejas separadas y una expresión muy triste. Creo que nunca he visto a nadie así, es como si estar triste no le costara nada, como si fuera su estado natural.

—¿Estás bien?

Ella apoya la cabeza en el respaldo sin dejar de observarme.

—Lo estaré —responde en voz baja—. Mañana es un día importante para mí. Son nervios.

—¿Qué pasa mañana?

—Es un día importante para mí.

Es evidente que no quiere darme explicaciones, así que asiento y respeto su privacidad.

Desvía la mirada y se queda observándome el brazo. Me toca el dobladillo de la manga y yo le apoyo la mano en la rodilla, porque quiero tocarla y su rodilla me parece un sitio prudente donde apoyar la mano hasta que ella me diga si prefiere que la apoye en otro sitio.

Desconozco cuáles son sus intenciones. Casi todo el mundo que entra en un bar las deja claras desde el principio. Se nota quién viene a ligar y quién viene a emborracharse.

Pero con esta chica es distinto. Es como si hubiera abierto la puerta del bar por error y no supiera qué es lo que quiere.

Tal vez simplemente quiera que la noche pase rápido para enfrentarse a eso tan importante que va a ocurrir mañana.

Estoy esperando a que me dé alguna señal para saber qué quiere que haga. Pensaba llevarla a casa, pero no se ha sentado mirando hacia delante. Es como si quisiera que volviera a besarla, pero no quiero hacerla llorar otra vez.

«Aunque quiero besarla otra vez.»

Le acaricio la cara y ella se reclina contra mi mano. Todavía no estoy seguro de si se siente cómoda, por eso dudo hasta que ella se acerca a mí. Me coloco entre sus piernas y ella me rodea las caderas con los muslos.

«Vale, pillo la indirecta.»

Le recorro los labios con la lengua y ella me atrae hasta que noto su dulce aliento en mi boca. Todavía sabe a manzanas, pero su boca está más salada y su lengua se mueve con más decisión. Ella se inclina hacia mí y yo me inclino hacia la camioneta, hacia ella. Lentamente, se deja caer hacia atrás, arrastrándome en la caída. Me cierno sobre ella, de pie entre sus piernas, y presiono justo ahí.

Su modo de inspirar entrecortadamente mientras la beso me está volviendo loco.

Cuando ella cuela una de mis manos por debajo de su camiseta, le agarro un pecho mientras me rodea con las piernas. Nuestros vaqueros entran en contacto y nos balanceamos unidos como si estuviéramos en el puto instituto y no tuviéramos otro sitio adonde ir.

Quiero llevarla de vuelta al bar y arrancarle la ropa, pero esto es suficiente. Si fuéramos más allá sería demasiado. Para ella. O tal vez para mí. No lo sé. Solo sé que con su boca y la camioneta me basta.

Tras un minuto de meternos mano en la oscuridad, me separo de su boca lo justo para ver que tiene los ojos cerrados y los labios entreabiertos.

Sigo embistiéndola a buen ritmo y ella alza las caderas. Juro que con la fricción de nuestra ropa se podría encender una hoguera. Sus muslos arden, pero no creo que pueda acabar así. Y yo tampoco. Lo único que conseguiremos es volvernos locos como no encontremos la manera de acercarnos más, o de parar del todo.

La invitaría a mi casa, pero mis padres están por aquí y no pienso llevar a nadie a casa hasta que se larguen.

—Nicole —susurro. Me hace sentir incómodo sugerirle esta opción, pero no puedo seguir metiéndole mano en un callejón, como si no se mereciera una cama—. Podemos volver a entrar.

Ella niega con la cabeza.

—No, me gusta tu camioneta —dice, y me atrae hacia ella hasta que nuestras bocas vuelven a encontrarse.

Si a ella le gusta mi camioneta, a mí me encanta. Mi camioneta es ahora mismo mi segundo lugar favorito en el mundo.

El primero es su boca.

Cuando ella conduce mi mano hasta el botón de sus vaqueros, no me hago de rogar y se los desabrocho, mientras mi lengua se mueve sobre la suya. Cuelo la mano en sus vaqueros hasta que mis dedos se deslizan sobre sus bragas. Ella gime, y el sonido resuena escandalosamente en contraste con la silenciosa banda sonora de la ciudad dormida.

Le echo las bragas a un lado y encuentro piel suave, calor y un gemido. Cuando inspiro hondo, noto que ella no es la única que respira entrecortadamente.

Le hundo la boca en el cuello, pero justo en ese momento las luces de un coche iluminan la calle.

—Mierda.

La camioneta está aparcada en el callejón, pero cualquiera que se asome desde la calle nos verá. Las luces nos devuelven a la realidad y nos despegamos a toda prisa. Le saco la mano de los vaqueros y ella se los abrocha. La ayudo a incorporarse y se sienta, al fin mirando al frente, mientras se arregla el pelo.

Cierro la puerta y rodeo la camioneta mientras el coche se acerca lentamente y se detiene justo frente al callejón. Echo un vistazo al coche y veo que es Grady con su coche patrulla. Baja la ventanilla, así que me alejo de la camioneta y me acerco a él.

—¿Mucho trabajo? —me pregunta inclinándose hacia el asiento del acompañante para verme desde su asiento.

Me vuelvo hacia Nicole y luego lo miro a él.

—Sí, acabo de cerrar. ¿Estás de guardia esta noche?

Él baja el volumen de la radio.

—A Whitney le han cambiado el turno en el hospital, así que vuelvo a trabajar por las noches de momento. Me gusta. Más tranquilo.

Le doy una palmadita en el capó y retrocedo un paso.

—Me alegro. Debo irme. ¿Nos vemos mañana en el partido?

A Grady no se le escapa que me traigo algo entre manos. Normalmente no me lo quito de encima tan deprisa. Se inclina hacia delante y se echa a un lado, tratando de ver quién está en la camioneta, pero yo me inclino hacia la derecha, bloqueándole la vista.

—Pasa buena noche, Grady. —Le señalo la calle dándole a entender que por mí ya puede seguir patrullando.

Él sonríe.

—Sí. Y tú.

No es que quiera ocultarla; es que la esposa de Grady es una cotilla y no me apetece ser la comidilla del partido de béisbol infantil de mañana.

Subo a la camioneta y veo que ella ha apoyado los pies en el salpicadero. Está mirando por la ventanilla, rehuyendo el contacto visual. No quiero que se sienta incómoda; de hecho, es lo último que quiero. Por eso alargo el brazo y le coloco un mechón de pelo por detrás de la oreja.

—¿Estás bien?

Asiente, pero es un gesto tenso, tan tenso como ella y como su sonrisa.

—Vivo al lado de la Cefco.

Esa gasolinera está a más de dos kilómetros de aquí. Antes me ha dicho que vivía cerca, pero más de dos kilómetros no es cerca, y menos por la noche.

—¿La Cefco que está en la esquina con Bellview?

Ella se encoge de hombros.

—Creo que sí. Aún no conozco los nombres de las calles; me he mudado hoy mismo.

Eso explica por qué no me resultaba familiar. Quiero

preguntarle de dónde viene y qué la trae a la ciudad, pero no digo nada porque tengo la sensación de que no quiere que lo haga.

A estas horas, sin tráfico, solo se tarda un par de minutos en recorrer esa distancia. Dos minutos es poco tiempo, pero pueden hacerse eternos cuando vas al lado de una chica a la que has estado a punto de follarte. Y no habría sido un buen polvo. Sin duda habría sido un aquí te pillo, aquí te mato. Un polvo rápido, torpe, egoísta, en absoluto memorable para ella.

Quiero disculparme, pero no estoy seguro de por qué y tampoco quiero que piense que me arrepiento de lo que ha pasado. Lo único que lamento es llevarla a su casa y no a la mía.

—Es ahí —dice señalando los apartamentos Paradise.

No vengo mucho por esta zona. Está justo en el extremo opuesto de mi casa, y apenas paso por esta carretera. Francamente, pensaba que habían cerrado estos apartamentos por su estado ruinoso.

Me detengo en el aparcamiento con la idea de apagar el motor y abrirle la puerta, pero ella baja antes de que haya acabado de girar la llave.

—Gracias por traerme —dice—. Y... por el café. —Cierra la puerta y se da la vuelta, como si despedirse así fuera lo más normal del mundo.

Abro la puerta.

—Eh, espera.

Se detiene, pero aguarda a que la alcance antes de girarse. Se está abrazando, mordiéndose el labio y rascándose el brazo, nerviosa. Me mira y me dice:

—No hace falta que digas nada.

—¿A qué te refieres?

—Quiero decir... que ya sé lo que hay. Sin más. —Sacude la mano señalando hacia la camioneta—. No hace falta que me pidas el número; ni siquiera tengo teléfono.

¿Sabe lo que hay? Pues qué suerte, porque yo no tengo ni idea de lo que ha pasado. Mi mente sigue tratando de procesarlo. Tal vez debería preguntárselo a ella: «¿Qué es lo que hay? ¿Qué ha pasado? ¿Podríamos repetir?».

No sé qué se supone que debo hacer ahora. He tenido rollos de una noche, pero las cosas habían quedado claras desde el principio. Y siempre nos habíamos acostado en una cama o algo parecido.

Pero es que con ella... Hemos empezado a meternos mano de manera inesperada, y luego nos han interrumpido. Y todo esto en un callejón. Me siento como un auténtico capullo.

No sé qué decir. Ni dónde poner las manos. Creo que debería darle un abrazo de buenas noches, pero no tengo la impresión de que le apetezca, por eso me meto las manos en los bolsillos de los vaqueros.

—Me gustaría volver a verte —le digo, y no es mentira.

Ella mira de reojo hacia los apartamentos.

—Yo no... —Suspira antes de añadir—: No, gracias.

Me ha rechazado en un tono tan educado que no puedo enfadarme.

Me quedo observándola mientras sube la escalera, entra en el apartamento y desaparece de mi vista. Incluso entonces permanezco aquí, quieto. Creo que estoy en shock o, al menos, aturdido.

No la conozco de nada, pero hacía mucho tiempo que

una persona no me intrigaba tanto. Quiero hacerle más preguntas. Ni siquiera me ha respondido a lo único que le he preguntado sobre su vida. ¿Quién demonios es?

Y ¿por qué siento la necesidad de averiguar más cosas sobre ella?

7

Kenna

Querido Scotty:

Cuando dicen que el mundo es un pañuelo, no exageran. Es diminuto, minúsculo. Y está abarrotado.

¿Por qué te digo esto? Pues porque, aunque sé que no puedes leer estas cartas, esta noche he visto la camioneta de Ledger y casi me echo a llorar.

De hecho, las ganas de llorar han empezado antes, porque cuando ha dicho su nombre me he dado cuenta de quién era, pero lo he besado igual y me he sentido muy culpable. He salido corriendo. Ha sido muy patético y casi me da un ataque de ansiedad.

Pero sí. La maldita camioneta. No me puedo creer que todavía la conserve. Aún me acuerdo de la noche en que me pasaste a buscar con ella; sí, en nuestra primera cita. Me eché a reír porque era de un naranja tan chillón que me costaba entender qué tipo de persona elegiría ese color sin que lo obligaran.

Te he escrito más de trescientas cartas y hoy, mientras las repasaba, me he percatado de que en ninguna menciono los detalles de cuando nos conoci-

mos. Escribí sobre nuestra primera cita, pero no sobre el momento en que nos vimos por primera vez.

Trabajaba como cajera en el Dollar Days. Fue el primer trabajo que tuve después de irme de Denver. No conocía a nadie, pero me daba igual. Estaba en un estado nuevo, en una ciudad nueva, y nadie tenía ideas preconcebidas sobre mí. Nadie conocía a mi madre.

Cuando te acercaste a la caja, al principio no me fijé en ti. Normalmente no miraba a los clientes, sobre todo si eran chicos de mi edad. Los chicos de mi edad no me habían dado más que disgustos hasta ese momento. Empezaba a sospechar que debía fijarme en tipos más mayores o incluso en mujeres, porque con ninguno de los chicos con los que había salido me había sentido a gusto. Entre los silbidos y piropos y las expectativas sexuales había perdido la fe en la población masculina de mi generación.

La tienda era pequeña y todo lo que vendíamos costaba un dólar, por lo que, en general, la gente llegaba a la caja con el carrito lleno de cosas, pero tú llegaste con un plato. Solo un plato llano. Me pregunté qué clase de persona compraba únicamente un plato. Casi todo el mundo recibe amigos en casa de vez en cuando, o al menos espera que vengan. Pero comprar un único plato es como admitir que vas a comer siempre solo.

Lo pasé por el lector de códigos, lo envolví y lo metí en una bolsa antes de dártelo.

No fue hasta la segunda vez que llegaste a la caja, unos minutos más tarde, cuando te miré por fin a la cara. Acababas de comprar otro plato llano. Me ale-

gré por ti. Te cobré el segundo plato, tú me diste el dólar y algo suelto y, al darte la bolsa, me sonreíste.

En ese momento me conquistaste, aunque probablemente no te diste cuenta. Sentí tu sonrisa como una cálida caricia que se deslizaba sobre mí. Fue una sensación de peligro, pero, al mismo tiempo, me sentí cómoda. No supe qué hacer con esas emociones contradictorias, así que aparté la mirada.

Dos minutos más tarde volviste a aparecer con un tercer plato.

Te cobré. Tú pagaste. Envolví el plato y te di la bolsa, pero esta vez hablé.

—Vuelve pronto —te dije.

Tú sonreíste y replicaste:

—Si insistes...

Saliste por la caja, volviste a entrar y te dirigiste directamente al pasillo donde estaban los platos. No había nadie esperando para pagar en ese momento, así que estuve observando el pasillo hasta que volviste a aparecer con un cuarto plato.

Te lo cobré y te dije:

—Sabes que puedes comprar más de una cosa al mismo tiempo, ¿verdad?

—Lo sé —respondiste—. Pero es que solo necesito un plato.

—Y, entonces, ¿por qué has comprado cuatro?

—Porque estoy tratando de armarme de valor para invitarte a salir.

Eso era justo lo que deseaba oír. Te di la bolsa, deseando que me rozaras los dedos al recogerla. Lo hiciste.

Tal como imaginaba, nuestros dedos parecieron atraerse como si estuvieran imantados. Me costó mucho apartar la mano.

Traté de mostrarme desenfadada, porque siempre me había comportado así con los chicos; por eso te dije:

—Los empleados no podemos salir con clientes. Va contra la política de la empresa.

Lo dije en tono de broma, ya que era del todo falso; pero creo que te gustó el jueguecito, porque me dijiste:

—Vale, dame un minuto; ahora lo arreglo.

Te dirigiste a la única otra cajera de la tienda, situada a poca distancia. Te oí decirle:

—Me gustaría devolver estos platos, por favor.

La otra cajera había estado hablando con un cliente por teléfono durante tus cuatro visitas a mi caja, así que no creo que supiera que estabas de coña. Se volvió hacia mí e hizo una mueca. Yo me encogí de hombros, como si no supiera qué le pasaba al tipo que tenía cuatro recibos distintos para cuatro platos. Entonces llegó otro cliente y dejé de miraros.

Poco después volviste a mi caja y me plantaste un comprobante de devolución en el mostrador.

—Ya no soy un cliente. Y ahora ¿qué?

Cogí el comprobante y fingí leerlo con atención. Te lo devolví mientras decía:

—Salgo a las siete.

Doblaste el papel y, sin mirarme, dijiste:

—Nos vemos dentro de tres horas.

Tendría que haberte comentado que salía a las seis, porque al final ese día salí antes del trabajo. Pasé la hora que faltaba en la tienda de al lado, comprándome un modelito nuevo. A las siete y veinte aún no habías llegado, así que me rendí. Mientras me dirigía al coche, entraste en el aparcamiento a toda velocidad y te detuviste a mi lado. Bajaste la ventanilla y te disculpaste:

—Siento llegar tarde.

Yo llego siempre tarde a todas partes, así que no se me pasó por la cabeza juzgarte por el retraso, pero te aseguro que sí te juzgué por la camioneta. Pensé que tal vez estabas loco o que tenías un exceso de confianza en ti mismo. Era una camioneta Ford F-250, un modelo viejo, con una cabina grande, dos hileras de asientos y el tono naranja más feo que he visto nunca.

—Me gusta tu camioneta —dije sin saber si estaba mintiendo o diciendo la verdad. Era tan fea que era imposible no odiarla, pero, precisamente por ser tan fea, me encantó que vinieras a buscarme en ella.

—No es mía, es de mi mejor amigo. Mi coche está en el taller.

Me alivió saber que no era tuya, aunque al mismo tiempo me sentí un poco decepcionada, porque el color me parecía muy divertido. Me invitaste a subir con un gesto. Se te veía satisfecho y olías a caramelo.

—¿Por eso has llegado tarde? ¿Se te ha estropeado el coche?

Tú negaste con la cabeza y dijiste:

—No, tenía que romper con mi novia.

Me volví bruscamente hacia ti.

—¿Tienes novia?

—Ya no. —Me dirigiste una mirada traviesa.

—Pero ¿la tenías cuando me has invitado a salir antes?

—Sí, pero al comprar el tercer plato ya tenía claro que iba a romper con ella. Debería haberlo hecho hace tiempo —me respondiste—. Los dos teníamos ganas de cortar, pero lo íbamos dejando por pereza y por comodidad. —Pusiste el intermitente, paraste en una gasolinera y te acercaste a un surtidor para repostar—. A mi madre le sabrá mal, le caía muy bien.

—Yo no suelo caer bien a las madres —admití, o tal vez fue una especie de advertencia.

Sonreíste.

—Me lo imagino. Las madres suelen preferir que sus hijos salgan con chicas recatadas. Tú eres demasiado sexy para la paz mental de las madres.

No pensaba ofenderme porque un tipo me llamara «sexy». Me había esforzado bastante ese día para estarlo. Me había gastado un pastizal en el sujetador y en la camiseta escotada con la idea de que mis pechos parecieran recién salidos de fábrica, así que agradecí el piropo, aunque fuera un poco ordinario.

Mientras llenabas el depósito de la camioneta de tu amigo, pensé en la chica a la que acababas de romperle el corazón solo porque yo había aceptado salir contigo y, francamente, me sentí como una serpiente rastrera.

De todos modos, aunque me sintiera como una serpiente, no tenía ninguna intención de salir arrastrándome. La energía que desprendías me gustaba tanto que pensé que me enroscaría a tu alrededor y no te soltaría nunca.

Cuando Ledger me ha dicho su nombre hace un rato, con su boca pegada a mis labios, he estado a punto de preguntarle: «¿El Ledger de Scotty?», pero no lo he hecho, porque estaba segura de que era tu Ledger. ¿Cuántos Ledgers puede haber por el mundo? Yo no conozco a ninguno más.

No le he preguntado nada porque se me han agolpado tantas preguntas a la vez que me han abrumado. Y cuando me ha besado, he sentido que me rompía en dos, porque quería devolverle el beso, pero las ganas de hacerle preguntas sobre ti eran aún mayores. Quería preguntarle: «¿Cómo era Scotty de niño? ¿Qué es lo que más te gustaba de él? ¿Te habló de mí alguna vez? ¿Todavía hablas con sus padres? ¿Has conocido a mi hija? ¿Puedes ayudarme a juntar los pedazos rotos de mi vida?».

Pero no podía hablar porque tu mejor amigo tenía su ardiente lengua en mi boca y sentí que me estaba grabando a fuego la palabra: INFIEL.

No sé por qué sentí que te estaba engañando. Llevas cinco años muerto, y besé al guardia en la cárcel, es decir, que ni siquiera eres el último hombre al que besé, pero con el guardia no sentí que te estuviera engañando; tal vez porque él no era tu mejor amigo.

O tal vez porque el beso de Ledger me ha despertado sensaciones muy parecidas a las que me despertaban tus besos. Pero me he sentido como una mentirosa, una inmunda infiel, porque él no sabía quién era yo. Ledger pensaba que estaba besando a una chica que iba de paso, una chica a la que no había podido dejar de mirar en toda la noche.

Pero yo sabía que estaba besando al guapo camarero cuyo mejor amigo murió por mi culpa.

Y todo estalló. Sentí que me rompía en mil pedazos. He permitido que Ledger me tocara sabiendo que probablemente habría preferido apuñalarme si hubiera sabido quién era yo. Romper ese beso me ha parecido tan difícil y peligroso como apagar un incendio con una bomba nuclear.

Quería disculparme. Quería escapar.

Las fuerzas me han abandonado al darme cuenta de que probablemente él te conocía mejor que yo. El único tipo al que he conocido en la ciudad es el único al que debería evitar a toda costa. Qué desastre.

Pero, cuando me he echado a llorar, Ledger no se ha marchado. Ha hecho lo que habrías hecho tú. Me ha abrazado y me ha dejado desahogarme todo el tiempo que he necesitado. Ha sido muy agradable, porque nadie me había abrazado después de ti.

He cerrado los ojos y me he imaginado que tu mejor amigo era mi aliado. Que estaba de mi lado. Me he imaginado que me abrazaba a pesar de lo que te hice; que quería ayudarme a sanar mis heridas.

Y tampoco he hecho nada para romper el beso porque me he imaginado que, si Ledger sigue viviendo en esta ciudad y sigue conduciendo la misma camioneta en la que te conocí años atrás, debe de ser un tipo de costumbres, fan de la rutina. Y es muy posible que nuestra hija forme parte de la rutina de Ledger.

¿Es posible que me encuentre a una sola persona de distancia de Diem?

Si pudieras ver las páginas en las que te escribo

esta carta, verías las marcas de las lágrimas. Parece que llorar es lo único que se me da bien en la vida. Llorar y tomar malas decisiones.

Y, por supuesto, soy muy buena escribiéndote poemas malos. Te dejo con uno que escribí en el autobús que me ha traído a esta ciudad.

Tengo una hija a la que nunca he abrazado.
Tiene un aroma que nunca he aspirado.
Tiene un nombre que nunca he gritado.
Tiene una madre que ya ha fracasado.

Con todo mi amor,

Kenna

8

Ledger

Anoche, al volver a casa, no aparqué en el garaje. A Diem le gusta mirar por la ventana cuando se levanta para asegurarse de que estoy en casa. Grace dice que, cuando dejo la camioneta en el garaje, se entristece.

Llevo viviendo en la casa de enfrente desde que Diem tenía ocho meses, pero, si no cuento el tiempo que pasé en Denver, técnicamente llevo viviendo en esta casa toda la vida.

Mis padres llevan varios años fuera, aunque ahora mismo están los dos durmiendo la mona en la habitación de invitados.

Compraron la autocaravana cuando mi padre se jubiló, y ahora se dedican a recorrer el país. Cuando volví de Denver, les compré la casa. Ellos recogieron sus cosas y se marcharon. Pensé que durarían en la carretera un año como mucho, pero ya llevan más de cuatro y no muestran signos de haberse hartado.

Lo que me iría muy bien sería que me avisaran cada vez que vienen de visita. Tal vez debería descargarles alguna app en el móvil que me avise cuando se acercan. Me gusta que vengan, pero me gustaría poder prepararme con tiempo para recibirlos.

Por eso en mi nueva casa construiré una verja que me dé intimidad.

Algún día.

La cosa va muy lenta porque Roman y yo lo hacemos casi todo nosotros. Cada domingo, desde que sale el sol hasta que se pone, subimos a Cheshire Ridge a trabajar. De las tareas más complicadas se encargan profesionales, pero hemos hecho mucho trabajo con nuestras propias manos. Tras dos años de dedicarle los domingos, la casa empieza a tomar forma. Creo que dentro de unos seis meses me podré trasladar al fin.

—¿Adónde vas?

Me doy la vuelta al llegar a la puerta que lleva al garaje. Mi padre está en la puerta de la habitación de invitados. En ropa interior.

—Diem tiene partido de béisbol infantil. ¿Queréis venir?

—Uy, no. Esta resaca no quiere niños cerca. Y debemos irnos ya.

—¿Ya os vais?

—Volveremos dentro de unas semanas. —Mi padre me da un abrazo—. Tu madre aún duerme, pero me despediré de tu parte.

—Si me avisáis la próxima vez, me cogeré el día libre.

Mi padre niega con la cabeza.

—Ni hablar. Nos encanta ver tu cara de sorpresa cada vez que llegamos sin avisar. —Se mete en el baño y cierra la puerta.

Cruzo el garaje y me dirijo a la casa de Patrick y Grace, al otro lado de la calle.

Espero que Diem no esté demasiado charlatana hoy, porque me va a costar mucho concentrarme. Solo puedo pensar en la chica de anoche y en las ganas que tengo de volver a verla. ¿Sería muy raro dejar una nota en su apartamento?

Llamo a la puerta de Patrick y Grace, y entro sin esperar. Vamos tan a menudo los unos a casa de los otros que un día nos cansamos de decir: «Está abierto». Siempre está abierto.

Grace está en la cocina con Diem. La niña está sentada en medio de la mesa, con las piernas dobladas y un bol con huevos en el regazo. Nunca se sienta en sillas, siempre se sube a lo alto de cosas, como el respaldo del sofá, la barra o la mesa de la cocina... Es una escaladora.

—¡Todavía en pijama, D! —Le quito el bol de las manos y señalo hacia el pasillo—. Vístete, tenemos que irnos. —Se va corriendo a su cuarto a ponerse la equipación.

—Pensaba que el partido era a las diez —se excusa Grace—. O ya estaría lista.

—Es a las diez —le confirmo—, pero me toca ocuparme del Gatorade, así que debemos pasar por la tienda además de recoger a Roman. —Me apoyo en la encimera y cojo una mandarina, que pelo mientras Grace pone en marcha el lavavajillas.

Sopla para apartarse un mechón de pelo de la cara.

—Quiere columpios —me dice—. Un parque infantil de esos absurdamente grandes, como el que tenías en el patio. A su amiga del cole, Nyla, le han regalado uno, y no podemos negarnos. Está a punto de cumplir cinco años.

—Todavía lo tengo.

—¿Lo conservas? ¿Dónde está?

—En el cobertizo, desmontado, pero podría ayudar a Patrick a montarlo. No será muy difícil.

—¿Crees que todavía estará en buen estado?

—Lo estaba cuando lo guardé. —No le digo que Scotty es la razón por la que lo retiré. Me ponía enfermo cada vez que veía los columpios después de que muriera. Me meto otro gajo de mandarina en la boca mientras me obligo a pensar en otra cosa—. No me puedo creer que vaya a cumplir cinco años ya.

Grace suspira.

—Lo sé. Parece mentira. Es tan injusto.

Patrick aparece en la cocina y me revuelve el pelo como si yo no tuviera casi treinta años y no fuera ocho centímetros más alto que él.

—Hola, chaval. —Alarga el brazo y coge una mandarina—. ¿Te ha contado Grace que hoy no podemos ir al partido?

—Todavía no —dice Grace. Pone los ojos en blanco antes de volverse hacia mí—. Mi hermana está en el hospital. Se opera porque quiere, está perfectamente, pero tenemos que ir a su casa para dar de comer a los gatos.

—¿Qué se hará esta vez?

Grace sacude la mano delante de la cara.

—Algo en los ojos. Ni idea. Es cinco años mayor que yo, pero aparenta diez menos.

Patrick le cubre la boca con la mano.

—Calla, estás perfecta.

Grace se ríe y le aparta la mano.

Nunca los he visto pelear; ni siquiera cuando Scotty era pequeño. Mis padres discuten mucho, casi siempre en plan de broma, pero nunca he visto a Grace y Patrick discutir en los veinte años que hace que los conozco.

Yo quiero algo así algún día, aunque de momento no

tengo tiempo. Trabajo demasiado y me da la sensación de que me exijo demasiado. Debería cambiar mi modo de vida si quiero conservar a alguna chica el tiempo suficiente para acabar teniendo lo que tienen Patrick y Grace.

—¡Ledger! —grita Diem desde su habitación—. ¡Ayúdame! —Recorro el pasillo para ver qué necesita. Está de rodillas frente al armario, revolviendo cosas—. No encuentro la otra bota. Necesito las botas.

Tiene una de sus botas de cowboy rojas en una mano y revuelve las cosas con la otra.

—¿Para qué quieres las botas? Necesitas las zapatillas con tacos.

—No quiero ponérmelas hoy. Quiero llevar botas.

Las zapatillas de tacos están junto a la cama. Las cojo y le digo:

—No puedes jugar al béisbol con botas. Venga, sube a la cama y te ayudo a ponértelas.

Ella se levanta y lanza la otra bota roja sobre la cama.

—¡La encontré! —Riendo, sube a la cama y empieza a calzarse las botas.

—Diem, toca béisbol. La gente no lleva botas para jugar a béisbol.

—Yo sí. Hoy yo voy a llevar botas.

—No, no puedes. —Me callo. No tengo tiempo para discutir con ella. Sé que cuando lleguemos al campo y vea a los demás niños con las zapatillas, dejará que le cambie las botas. Por eso la ayudo a ponérselas y me llevo las zapatillas, mientras la saco en brazos de la habitación.

Grace viene a nuestro encuentro para darle un zumo a Diem.

—Pásalo bien. —Le da un beso en la mejilla antes de darse cuenta de que lleva botas.

—No preguntes —le digo abriendo la puerta.

—¡Adiós, nana! —se despide Diem.

Patrick está en la cocina. Al percatarse de que Diem no se despide de él, se dirige hacia nosotros teatralmente, a grandes zancadas.

—¿Y qué pasa con el nono?

Patrick quería que la niña lo llamara «papá» cuando empezara a hablar, pero, por alguna razón, la niña empezó a llamar a Grace «nana» y a Patrick «nono». Resultaba tan graciosa que Grace y yo la animamos a seguir hasta que ya fue imposible cambiarlo.

—Adiós, nono —se despide Diem, riendo.

—Tal vez aún no estemos cuando volváis —me advierte Grace—. ¿Te importa quedarte con ella si no hemos llegado?

No sé por qué Grace siempre me pregunta lo mismo. Nunca le he dicho que no. Nunca le diría que no.

—Id tranquilos. La llevaré a comer a alguna parte.

Cuando salimos de la casa, dejo a la niña en el suelo.

—¡Al McDonald's! —grita.

—No quiero ir al McDonald's —replico mientras cruzamos la calle en dirección a la camioneta.

—¡Al McAuto!

Abro la puerta trasera de la camioneta y la ayudo a sentarse en el alzador.

—¿Y si vamos a un mexicano?

—Nop. Al McDonald's.

—¿Y a un chino? Hace siglos que no tomamos comida china.

—McDonald's.

—Te propongo un trato. Si te pones las zapatillas de tacos cuando lleguemos al campo, vamos al McDonald's —le digo mientras le abrocho el cinturón de seguridad.

Ella niega con la cabeza.

—No. Quiero llevar las botas. Da igual, no quiero comer. Estoy llena.

—Luego tendrás hambre.

—No. Me he comido un dragón. Estaré llena siempre.

A veces me preocupa que se invente tantas historias, pero es tan convincente que me tiene más impresionado que preocupado. No sé a qué edad debería distinguir un niño entre la imaginación y las mentiras, pero eso se lo dejaré a Grace y a Patrick. No me apetece reprimir mi parte favorita de Diem.

Arranco y empiezo a conducir.

—¿Te has comido un dragón? ¿Un dragón entero?

—Sí, pero era un dragón bebé, por eso me ha cabido en el estómago.

—¿Dónde has encontrado un dragón bebé?

—En Walmart.

—¿Venden dragones bebé en Walmart?

Ella me cuenta con todo lujo de detalles que venden dragones en Walmart, pero solo si tienes un cupón especial. Además, solo los niños se los pueden comer. Cuando llegamos a casa de Roman, me está explicando cómo se cocinan.

—Con sal y champú —me dice.

—Pero el champú no se come.

—¡No te lo comes! Lo usas para cocinar el dragón.

—Ah, vale. Qué tonto soy.

Roman sube a la camioneta con el mismo entusiasmo de alguien que fuera a un funeral. Odia los días de partido; no le gustan nada los niños. Si me ayuda a entrenar al equipo es porque ninguno de los otros padres quiere hacerlo. Y, como trabaja para mí, incluyo los entrenamientos en su horario laboral.

Es la única persona que conozco a la que pagan por entrenar a un equipo de béisbol infantil, pero no parece tener remordimientos.

—Hola, Roman —lo saluda Diem desde el asiento trasero con voz cantarina.

—Solo me he tomado una taza de café, no me hables. —A pesar de que Roman tiene veintisiete años, creo que ha decidido juntar su edad con la de Diem y hacer la media, porque tienen una intensa relación de amor-odio. Parece que los dos tengan doce años.

Diem se pone a dar golpecitos en el reposacabezas.

—Despierta, despierta, despierta.

Roman se vuelve hacia mí.

—Toda esta mierda de ayudar a niños pequeños en tu tiempo libre no te hará ganar puntos en el más allá, porque la religión es un constructo social creado por las sociedades que quieren controlar a sus miembros, por lo que el cielo no es más que un concepto. Y ahora mismo podríamos estar durmiendo.

—¡Uau! No me gustaría verte antes del café. —Salgo marcha atrás de la zona de aparcamiento de su casa y vuelvo a la calle—. Si el cielo es un concepto, ¿qué es el infierno?

—El campo de béisbol infantil.

9

Kenna

Ya he entrado en seis sitios buscando trabajo, y aún no son ni las diez de la mañana. En todos es igual: me dan un formulario, me preguntan si tengo experiencia y yo me veo obligada a decirles que no. Y tengo que decirles por qué.

Entonces ellos se disculpan mientras me dan un buen repaso de arriba abajo. Sé que están pensando lo mismo que me dijo mi casera, Ruth, cuando me vio por primera vez: «No te imaginaba así».

La gente piensa que todas las mujeres que vamos a la cárcel somos parecidas, que se nos nota. Pero no es verdad; somos madres, esposas, hijas... Seres humanos.

Y lo único que queremos es tener una oportunidad, un golpe de suerte.

Con uno nos conformamos.

El séptimo lugar al que entro es un supermercado. Me queda un poco lejos de casa, a unos cuatro kilómetros, pero me han rechazado en todos los comercios más cercanos.

Cuando llego al local, estoy sudando, así que voy directa a los baños. Me estoy lavando las manos cuando entra una mujer bajita con el pelo moreno y sedoso. En vez de meterse en uno de los cubículos, se apoya en la pared y cierra los ojos. Leo su nombre en la tarjetita que lleva en la camisa: AMY.

Cuando abre los ojos, se da cuenta de que le estoy mirando los zapatos. Lleva unos mocasines adornados con cuentas blancas y rojas que forman un círculo en la parte superior.

—¿Te gustan? —me pregunta levantando el pie y moviéndolo de lado a lado.

—Sí, son preciosos.

—Los hace mi abuela. Se supone que debemos llevar zapatillas deportivas, pero el gerente nunca me ha llamado la atención. Creo que me tiene miedo.

Bajo la vista hacia mis zapatillas manchadas de barro y me encojo al fijarme en ellas. No me había dado cuenta de que estaban tan sucias.

No puedo ir a pedir trabajo así. Me quito una zapatilla y me pongo a limpiarla en el lavamanos.

—Me estoy escondiendo —me explica la mujer—. Normalmente no suelo pasar el rato en los baños, pero hay una anciana en la tienda que siempre se queja de todo. La verdad, no estoy de humor para aguantar sus mierdas ahora mismo. Tengo una niña de dos años que no ha dormido en toda la noche. He estado a punto de llamar y decir que estaba enferma, pero la que organiza los turnos soy yo y quienes organizamos los turnos no llamamos para decir que estamos enfermos. Nos presentamos a trabajar.

—Y os escondéis en los baños.

Ella me sonríe.

—Exacto.

Me pongo la zapatilla mojada y empiezo a limpiar la otra. Con un nudo en la garganta, le pregunto:

—¿Necesitáis personal? Estoy buscando trabajo.

—Sí, pero no creo que te interese.

No debe de haberse percatado de lo desesperada que estoy.

—¿De qué es el trabajo?

—De embolsadora, para guardar la compra de los clientes en bolsas. Es un trabajo a tiempo parcial, y normalmente reservamos esas plazas para adolescentes con necesidades especiales.

—Vaya. Pues no querría quitarle el trabajo a nadie.

—No, tampoco es eso. La verdad es que no tenemos a nadie ahora mismo para hacerlo, porque no interesan los trabajos a tiempo parcial, pero nos hace bastante falta. Serían unas veinte horas a la semana.

Con eso no podré ni pagar el alquiler, pero si trabajo duro tal vez logre ascender.

—Contad conmigo hasta que una persona con necesidades especiales pregunte por el puesto. Me hace bastante falta el dinero.

Amy me examina de arriba abajo.

—¿Por qué estás tan desesperada? El sueldo es una mierda.

Me pongo la otra zapatilla.

—Yo, eh... —Me ato los cordones retrasando al máximo la inevitable confesión—. Acabo de salir de la cárcel. —Lo digo con rapidez y seguridad, como si no me afectara—. Pero yo no... Puedo hacerlo, en serio. No os defraudaré y no causaré problemas.

Amy se echa a reír a carcajadas, pero, al ver que no le sigo la broma, cruza los brazos y ladea la cabeza.

—Mierda, ¿lo decías en serio?

Asiento.

—Sí, pero si va en contra de la política de la empresa, lo entiendo. No pasa nada.

Ella sacude la mano en un gesto despreocupado.

—Bueno, la verdad es que no tenemos política de empresa. No somos una cadena, podemos contratar a quien queramos. Para serte sincera, estoy obsesionada con *Orange is the New Black*, así que, si me cuentas qué partes de la serie son inventadas, te doy un formulario.

Tengo ganas de llorar, pero me fuerzo a sonreír.

—He oído tantas bromas sobre esa serie que al final tendré que verla.

Amy asiente.

—Sí. Sí, sí. La mejor serie, el mejor reparto. Ven conmigo.

La sigo hasta el mostrador de atención al cliente que hay a la entrada de la tienda.

Mete la mano en un cajón hasta encontrar una solicitud de empleo. Me la da junto con un bolígrafo.

—Si la rellenas ahora, puedo apuntarte para que el lunes hagas ya el curso de formación.

Cojo el formulario y quiero darle las gracias, quiero abrazarla, quiero decirle que me está cambiando la vida, pero me limito a sonreír y me dirijo a un banco que hay junto a la puerta principal para rellenar la solicitud.

Escribo el nombre completo, pero entrecomillo mi segundo nombre, Nicole, para que sepan que prefiero que me llamen así. No puedo llevar una placa que diga KENNA en esta ciudad. Alguien podría reconocer el nombre y empezarían los chismorreos.

He completado ya media página cuando alguien me interrumpe:

—Hola.

Agarro el bolígrafo con más fuerza al oír su voz. Levanto la cabeza lentamente y veo a Ledger ante mí, con un carrito lleno de cajas de Gatorade.

Le doy la vuelta al formulario, rezando para que no haya leído mi nombre en la parte superior. Trago saliva y trato de aparentar que estoy más estable que ayer. Me temo que anoche me vio pasar por todos los estados de ánimo.

Señalo el Gatorade.

—¿Una oferta especial para esta noche en el bar?

Veo que se relaja un poco, como si hubiera estado esperando que lo mandara a la mierda.

Golpeando una de las cajas, responde:

—Soy entrenador de béisbol infantil.

Aparto la mirada porque, no sé por qué, su respuesta me incomoda. No tiene pinta de entrenador de béisbol infantil. Qué suerte tienen algunas madres.

Oh, no. Entrenador de béisbol infantil. ¿Tendrá un hijo? ¿Tendrá una esposa además de un hijo?

«¿Estuve a punto de acostarme con un entrenador de béisbol infantil casado?»

Golpeando con el bolígrafo el borde del portapapeles con pinza, se lo pregunto:

—No estarás casado, ¿no?

Su sonrisa me dice que no. Ni siquiera haría falta que respondiera, pero lo hace mientras niega con la cabeza.

—Soltero. —Señalando el portapapeles, añade—: ¿Buscas trabajo?

—Sí.

Me vuelvo hacia el mostrador de atención al cliente y veo que Amy me observa. Necesito el trabajo desesperadamente y tengo miedo de que piense que me distraeré con camareros sexis en horas de trabajo. Aparto la mirada preguntándome si la presencia de Ledger va a perjudicarme. Le doy la vuelta al portapapeles, pero lo inclino un poco para que no vea mi nombre. Empiezo a escribir mi dirección con la intención de que se vaya.

Pero no lo hace. Aparta el carro para dejar pasar a un tipo; luego apoya un hombro en la pared y me dice:

—Esperaba volver a encontrarme contigo.

Ahora no. No es el momento. No quiero darle esperanzas, porque no tiene ni idea de quién soy. Y tampoco quiero perder el trabajo por confraternizar con los clientes.

—¿Podrías marcharte? —susurro lo bastante fuerte para que me oiga.

Él hace una mueca.

—¿He hecho algo mal?

—No, es que debo entregar esto.

Se separa de la pared, con los dientes apretados.

—Es que pareces molesta y me siento mal por lo que pasó anoche.

—No pasa nada. Estoy bien. —Vuelvo a mirar hacia la tienda y veo que Amy sigue pendiente de mí. Mirando a Ledger, le suplico—: Necesito este trabajo, en serio. Y, ahora mismo, mi potencial nueva jefa está mirando hacia aquí. No te lo tomes a mal, pero tus tatuajes te dan un aspecto peligroso y necesito que ella sepa que no le daré ningún problema. No me importa lo que pasó anoche. Fue algo mutuo. No estuvo mal.

Él asiente lentamente y agarra el carro con fuerza.

—No estuvo mal —repite, aparentemente ofendido.

Por un instante, me siento mal por él, pero tampoco le mentiré. Me metió la mano dentro del pantalón y, si no nos hubieran interrumpido, probablemente habríamos acabado follando. En la camioneta. Tampoco habría sido tan espectacular, ¿no?

Aunque sé que tiene razón. Estuvo bien; mejor que bien. No puedo mirarlo sin quedarme embobada contemplando su boca. Sabe usarla, besa muy bien, pero eso es justo lo que menos necesito en estos momentos. Tengo cosas mucho más importantes que su boca en las que pensar.

Él permanece en silencio durante un par de segundos, luego mete la mano en una de las bolsas de la compra y saca una botella marrón.

—He comprado caramelo. Por si volvías. —Tira la botella en el carro—. En fin, buena suerte. —Parece incómodo cuando se aleja y sale de la tienda.

Trato de seguir rellenando el formulario, pero estoy temblando. Me siento como si me hubieran atado una bomba al pecho, una bomba que se activa en su presencia y que, cuando estalle, esparcirá mis secretos sobre él.

Termino de rellenar la solicitud, pero la letra me ha salido chapucera por culpa de los temblores. Cuando vuelvo al mostrador de atención al cliente, se la entrego a Amy, que me pregunta:

—¿Es tu novio?

Yo me hago la tonta.

—¿Quién?

—Ledger Ward.

¿Ward? El bar se llamaba Ward's. ¿Es el dueño del bar?

Le respondo negando con la cabeza.

—No, apenas lo conozco.

—Lástima. Los tíos como él no abundan por aquí. Está muy cotizado desde que rompió con Leah.

Lo dice como si debiera saber quién es Leah. Supongo que, en una ciudad de este tamaño, casi todos se conocen.

Echo un vistazo hacia la puerta por la que Ledger acaba de salir.

—No estoy buscando un tío especial; solo un trabajo normalito.

Amy se echa a reír y revisa la solicitud.

—¿Eres de aquí?

—No, nací en Denver. Vine para estudiar en la universidad.

No llegué a ir a la universidad, pero estamos en una ciudad universitaria y mis planes eran esos; lo que pasa es que no se cumplieron.

—Ah, ¿sí? ¿En qué te licenciaste?

—No acabé. Por eso he vuelto —miento—. Me matricularé el semestre que viene.

—Pues este empleo te irá perfecto. Podemos ajustar los horarios para que no te coincidan con las clases. Preséntate el lunes a las ocho para el curso de formación. ¿Tienes permiso de conducir?

Asiento.

—Sí, lo traeré. —No comento que me lo dieron el mes pasado, tras meses de gestiones para recuperarlo—. Gracias. —Trato de no sonar excesivamente ansiosa, pero no puedo evitar sentirme eufórica.

De momento, las cosas se están encarrilando. Tengo piso y trabajo.

Solo me falta encontrar a mi hija.

Me doy la vuelta para marcharme, pero Amy me llama:

—Espera. ¿No quieres saber cuánto vas a ganar?

—Oh, sí. Sí, claro.

—El salario mínimo. Es ridículo, ya lo sé, pero yo no mando aquí. Si dependiera de mí, lo subiría. —Se inclina hacia delante y baja la voz—. Probablemente encontrarías algo mejor en el almacén de Lowe. Pagan el doble, ya desde el primer día.

—Lo intenté la semana pasada, por internet, pero no me cogieron por los antecedentes.

—Oh, vaya. Bueno, pues nos vemos el lunes.

Antes de irme, doy un golpecito con el puño sobre el mostrador y hago una pregunta que probablemente no debería hacer:

—Una cosa. ¿El tipo con el que hablaba antes? ¿Ledger?

Ella alza una ceja y trata de no sonreír.

—¿Qué pasa con él?

—¿Sabes si tiene hijos?

—Una sobrina o algo así. A veces viene con ella. Es una niña monísima, pero estoy casi segura de que está soltero y no tiene hijos.

¿Una sobrina?

¿O tal vez la hija de su mejor amigo muerto?

¿Viene a comprar aquí con mi hija?

No sé cómo, logro devolverle la sonrisa a pesar de la sacudida de emociones que me recorre de arriba abajo. Le vuelvo a dar las gracias y salgo a toda prisa, con la esperanza de que la camioneta de Ledger siga aparcada fuera y que mi hija esté allí con él.

Busco por el aparcamiento, pero ya no está. Se me hace un nudo en el estómago, pero aún noto la adrenalina por las venas, disfrazada de esperanza. Porque ahora sé que es entrenador de béisbol infantil, lo que significa que Diem juega en su equipo casi seguro, porque... ¿para qué iba a entrenar, si no tiene hijos propios?

La tentación de ir directamente al campo de béisbol es enorme, pero necesito hacer las cosas bien. Y primero quiero hablar con Patrick y Grace.

10

Ledger

Estoy en el banquillo, sacando el equipamiento de la bolsa, cuando Grady se agarra al cercado metálico y me pregunta:

—¿Y bien? ¿Quién era?

Finjo no saber de qué me está hablando.

—¿Quién era quién?

—La chica de tu camioneta ayer.

Grady tiene los ojos enrojecidos. Se ve que la guardia de anoche le está pasando factura.

—Una clienta. Iba a acompañarla a casa.

La esposa de Grady, Whitney, aparece a su lado. Al menos ha venido sola y no con el resto de la brigada de madres, aunque por las miradas que me dirigen sé que los rumores ya se han extendido por todo el campo. Pero no soy capaz de enfrentarme a más de dos a la vez.

—Grady me ha dicho que estabas con una chica en la camioneta anoche.

Fulmino a Grady con la mirada, y él alza las manos, como si su esposa le hubiera arrancado la información y no hubiera podido negarse.

—No era nadie especial —repito—. Una clienta a la que acompañé a casa.

Me pregunto cuántas veces tendré que repetirlo hoy.

—¿Quién era? —insiste Whitney.

—Nadie que conozcas.

—Aquí nos conocemos todos —replica Grady.

—No es de por aquí —les digo. Tal vez sea verdad o tal vez no. No lo sé; no conozco casi nada de ella, aparte de su sabor.

—Destin ha estado practicando con el columpio —me dice Grady cambiando de tema para centrarse en su hijo—. Ya verás lo que ha aprendido a hacer.

Grady siempre quiere ser la envidia de los demás padres. No lo entiendo. El objetivo del béisbol infantil es divertirse, pero la gente tan competitiva como él estropea la diversión.

Hace dos semanas estuvo a punto de pelearse con el árbitro. Probablemente lo habría golpeado si Roman no lo hubiera sacado del campo. Creo que actuar así en un partido de béisbol infantil da muy mala imagen, pero él se toma los deportes de su hijo muy en serio.

Yo... no tanto, la verdad. A veces me pregunto si es porque Diem no es mi hija. Si lo fuera, ¿me enfadaría por un deporte en el que ni siquiera se anotan los puntos? Dudo que pudiera querer a un hijo biológico más de lo que quiero a Diem, por lo que no creo que me comportara de otra manera en el campo. Algunos padres pensaban que, al haber sido jugador profesional, sería más competitivo, pero he tratado con entrenadores competitivos toda la vida. De hecho, una de las razones por las que acepté entrenar a los niños fue para evitar que Diem tuviera como entrenador a algún capullo que fuera un mal ejemplo para ella.

Se supone que los niños están calentando, pero Diem está en el *home*, metiéndose bolas en los bolsillos de los pantalones del uniforme. Tiene dos en cada bolsillo y está tratando de meterse una tercera. Los pantalones se le empiezan a caer por el peso.

Me acerco y me arrodillo ante ella.

—D, no puedes llevarte todas las bolas.

—Son huevos de dragón. Los plantaré en el jardín para que salgan bebés dragones.

Le lanzo las bolas a Roman de una en una.

—Así no nacen los dragones. La mamá dragón debe sentarse sobre los huevos; no se entierran en el jardín.

Cuando Diem se echa hacia delante para recoger una piedrecita, veo que se había guardado dos bolas dentro de la camisa, a la espalda. Le saco la camisa de dentro de los pantalones y las bolas caen al suelo, a sus pies. Las chuto en dirección a Roman.

—¿Yo salí de un huevo?

—No, D. Tú eres humana. Los humanos no nacemos de huevos. Nacemos de... —Me detengo, porque estaba a punto de decir que nacemos del vientre de nuestra madre, pero nunca hablo sobre ese tema con Diem. No quiero que empiece a hacerme preguntas para las que no tengo respuesta.

—¿De dónde? ¿De los árboles?

«Mierda.»

Le apoyo la mano en el hombro e ignoro su pregunta, porque no tengo ni idea de qué le han contado Grace o Patrick sobre cómo se hacen los niños. El tema me queda grande; no estoy preparado para esta conversación.

De un grito llamo a los niños para que se acerquen al banquillo. Por suerte, Diem se distrae hablando con una de sus amigas y se aleja de mí.

Respiro aliviado porque la conversación no ha ido más allá.

He dejado a Roman en el bar para ahorrarle la visita al McDonald's. Y, sí, estamos en el McDonald's aunque Diem no se ha puesto las zapatillas para el partido, porque, normalmente, cuando está conmigo suele salirse con la suya.

«Elige tus batallas», dice el dicho, pero ¿qué pasa cuando nunca eliges batallar?

—No quiero jugar al béisbol nunca más —suelta Diem sin venir a cuento.

Me lo dice mientras moja una patata frita en miel. La miel se le escurre por la mano.

Yo siempre la animo a acompañar las patatas con kétchup, porque es mucho más fácil de limpiar, pero no sería Diem si no lo hiciera todo de la forma más complicada posible.

—¿Ya no te gusta? —Ella niega con la cabeza mientras se chupa la muñeca—. No pasa nada, pero quedan unos cuantos partidos y tienes un compromiso con el equipo.

—¿Qué es un compromiso?

—Cuando aceptas hacer algo. Tú aceptaste formar parte del equipo. Si lo dejas a mitad de temporada, tus amigos se pondrán tristes. ¿No podrías aguantar hasta el final de la temporada?

—Solo si venimos al McDonald's después de todos los partidos.

La miro con los ojos entornados.

—¿Por qué tengo la sensación de que me estás embaucando?

—¿Qué significa *embaucar*?

—Significa que me estás enredando para venir al McDonald's.

Diem sonríe y se come la última patata frita. Recojo los restos y los dejo en la bandeja. Cuando le doy la mano para salir del local, me acuerdo de la miel: tiene las manos más pegajosas que una trampa para moscas. Por eso precisamente llevo toallitas húmedas en la camioneta.

Un par de minutos más tarde, ya sentada en el alzador y con el cinturón de seguridad puesto, le estoy frotando las manos y los brazos con las toallitas cuando me pregunta:

—¿Cuándo se comprará mi mamá un coche más grande?

—Tiene un monovolumen. ¿Para qué quieres un coche más grande?

—No digo la nana; digo mi mamá. Skylar me ha dicho que mi mamá nunca viene a los partidos de béisbol, y yo le he dicho que vendrá cuando tenga un coche más grande.

Dejo de limpiarle las manos. Nunca saca el tema de su madre, pero hoy ya van dos veces. Supongo que es cosa de la edad, pero no tengo ni idea de qué le han contado Grace o Patrick sobre Kenna, y no tengo ni idea de por qué pregunta por el coche de su madre.

—¿Quién te ha dicho que tu mamá necesita un coche más grande?

—La nana. Me dijo que el coche de mi mamá no era lo bastante grande y que por eso yo vivo con ella y con el nono.

No entiendo nada. Niego con la cabeza mientras guardo las toallitas sucias en una bolsa.

—Ni idea. Pregúntaselo a la nana.

Cierro la puerta y le escribo un mensaje a Grace mientras me dirijo al asiento del conductor.

¿Por qué cree Diem que su madre
no está en su vida porque necesita
un coche más grande?

Estamos ya a varios kilómetros del McDonald's cuando Grace me llama. Asegurándome de que el altavoz no está conectado, le digo:

—Hola, Diem y yo estamos volviendo del McDonald's. —Es mi manera de hacerle saber que no puedo hablar con libertad.

Grace inspira hondo, como si se estuviera preparando para una larga explicación.

—Vale. Pues resulta que la semana pasada me preguntó por qué no vive con su madre. No supe qué decir, y le conté que vive conmigo porque el coche de su madre no es lo bastante grande para ir todos juntos. Fue lo primero que se me pasó por la cabeza. Me asusté, Ledger.

—Ya veo.

—Pensamos explicárselo, pero ¿cómo le dices a una niña que su madre está en la cárcel? Si ni siquiera sabe lo que es la cárcel.

—No te juzgo —le aseguro—, solo era por unificar criterios. Supongo que deberíamos pensar en una versión un poco más parecida a la realidad, ¿no crees?

—Sí, pero es que es tan pequeña...

—Ya, pero empieza a hacerse preguntas.

—Lo sé. Si vuelve a preguntarte, dile que yo se lo explicaré.

—Sí, eso es lo que he hecho. Prepárate para el interrogatorio.

—Genial —responde con un suspiro—. ¿Cómo ha ido el partido?

—Bien. Ha jugado con las botas rojas. Y hemos ido a McDonald's.

Grace se echa a reír.

—Te toma el pelo.

—Ya, qué me vas a contar. Hasta pronto. —Cuelgo y miro hacia el asiento de atrás. La cara de Diem es la viva imagen de la concentración—. ¿En qué piensas, D?

—Quiero salir en una peli.

—Ah, ¿sí? ¿Quieres ser actriz?

—No, quiero salir en una peli.

—Sí, a eso se le llama ser actriz.

—Entonces sí. Eso es lo que quiero ser. Actriz. Quiero salir en pelis de dibujos animados.

No le digo que en las películas de dibujos animados solo hay dibujos y voces.

—Creo que serías una gran actriz de películas de dibujos animados.

—Lo seré. Seré un caballo o un dragón o una sirena.

—O un unicornio —sugiero.

Ella sonríe y mira por la ventanilla.

Me encanta que sea tan imaginativa. Si algo tengo claro es que no lo sacó de Scotty; su mente era más cuadriculada que una libreta.

11

Kenna

Nunca he visto una foto de Diem. No sé si se parece a mí o a Scotty. ¿Tiene los ojos azules o marrones? ¿Tiene la sonrisa sincera de su padre? ¿Se ríe como yo?

«¿Es feliz?»

Es lo único que pido. Quiero que sea feliz.

Confío plenamente en Grace y Patrick. Sé que querían mucho a Scotty y es obvio que quieren a Diem. Ya la querían antes de que naciera.

Empezaron la lucha por la custodia el mismo día en que se enteraron de que estaba embarazada. Los pulmones del bebé todavía no habían acabado de formarse, pero ellos ya luchaban por su primer aliento.

Perdí la custodia de Diem antes de su nacimiento. Una madre pierde casi todos los derechos cuando recibe una sentencia de varios años.

El juez dijo que, dada la naturaleza de nuestra situación y el sufrimiento que le había causado a la familia de Scotty, no podía, en conciencia, concederme mi petición de derecho de visitas. Ni pensaba obligar a los padres de Scotty a facilitar una relación entre mi hija y yo mientras estuviera en prisión.

Me dijeron que podría reclamar esos derechos cuando cumpliera mi condena, pero, una vez que pierdes la custodia, hay pocas probabilidades de recuperarla.

Entre el nacimiento de Diem y mi liberación, casi cinco años después, nadie ha movido un dedo por ayudarme.

Solo cuento con mi fe, a la que me agarro con la fuerza de las manitas de un bebé.

Recé pidiendo que los padres de Scotty se ablandaran con el tiempo. En mi ignorancia, esperaba que algún día se dieran cuenta de que Diem me necesitaba en su vida.

No podía hacer gran cosa desde mi aislada posición en el mundo, excepto pensar. Y ahora que he salido, sé lo que debo hacer. Lo que no sé es cómo van a reaccionar ellos. No sé qué tipo de personas son. Solo los vi una vez mientras salía con Scotty, y no fue demasiado bien. He tratado de localizarlos en internet, pero sus perfiles son privados. No he sido capaz de encontrar ni una sola foto de Diem. Probé en los perfiles de todos los amigos de Scotty que pude recordar, pero no fueron demasiados. Además, todos los tenían en modo privado.

Sabía muy poco de la vida de Scotty antes de conocerme, y no estuvimos juntos el tiempo suficiente para que me presentara a sus amigos o a su familia. Solo seis meses de los veintidós años que vivió.

¿Por qué son todos tan maniáticos de la privacidad en su entorno? ¿Será por mi culpa? ¿Tendrán miedo de que pase justamente esto? ¿De que me presente un día por sorpresa reclamando formar parte de la vida de mi hija?

Sé que me odian, y tienen todo el derecho a hacerlo, pero una parte de mí lleva cuatro años viviendo con ellos, dentro de Diem.

Tengo la esperanza de que se haya abierto en ellos una grieta de perdón gracias a mi hija.

«Dicen que el tiempo cura las heridas, ¿no?»

Lo que pasa es que yo no me fui dejando atrás un herido. Dejé un muerto. Y su muerte fue tan desgarradora que es muy probable que nunca me perdonen. Sin embargo, me es imposible no aferrarme a la esperanza: llevo años esperando este preciso momento.

Un instante que puede completarme o destrozarme. No hay término medio.

«Lo sabré dentro de cuatro minutos.»

Estoy más nerviosa ahora que durante el juicio de hace cinco años. Agarro la estrella de mar de goma con más fuerza. Era el único juguete que vendían en la gasolinera que hay al lado del apartamento. Podría haberle pedido al taxista que me llevara a Target o a Walmart, pero ambas tiendas quedan en dirección contraria a donde espero que Diem siga viviendo. No puedo gastarme más dinero en taxis.

Tras haber sido contratada en el supermercado hace un rato, volví a casa y me eché una siesta. No quería presentarme en casa de Grace y Patrick mientras la niña estaba fuera. Si Amy no se equivoca y Ledger no tiene hijos, es razonable suponer que la niña a la que entrena es mi hija. A juzgar por la cantidad de Gatorade que compró, se estaba preparando para un día largo con muchos partidos, lo que, usando la lógica, quiere decir que pasará horas fuera de casa.

He esperado todo lo que he podido. Sé que el bar abre a las cinco, lo que significa que Ledger dejará a la niña en casa antes. No quiero encontrarme con él; por eso lo he calculado todo para que el taxi llegue allí a las cinco y cuarto. He evitado llegar más tarde para no presentarme mientras cenan o después de que Diem se haya acostado. Quiero hacerlo todo bien. No quiero que Patrick o Grace se sientan aún más amenazados por mi presencia.

No quiero que me pidan que me vaya antes de exponer mis razones y defender mi caso.

En un mundo ideal, me abrirían la puerta de su hogar y permitirían que me reuniera con la hija a la que nunca he abrazado.

«En un mundo ideal..., su hijo seguiría con vida.»

Me pregunto qué veré en sus ojos cuando me encuentren en su puerta: ¿sorpresa?, ¿odio?

¿Cuánto me despreciará Grace?

A veces intento ponerme en su piel.

Trato de imaginarme su odio hacia mí, sentir las cosas desde su punto de vista. A veces, tumbada en la cama, intento entender las razones por las que esta mujer me mantiene apartada de mi hija, para no odiarla.

Pienso: «Kenna, imagínate que eres Grace».

Imagínate que tienes un hijo.

Un joven guapo al que quieres más que a tu vida terrenal, más que a la vida eterna en el más allá. Es guapo, talentoso y, lo más importante, es amable. Todo el mundo te lo dice. Los demás padres desearían que sus hijos se parecieran al tuyo. Tú sonríes porque estás orgullosa de él.

Estás orgullosa incluso cuando él lleva a casa a su nueva novia, a la que oíste gemir demasiado fuerte en mitad de la noche.

La novia a la que viste mirar a su alrededor, distraída, mientras los demás rezaban, dando las gracias por la cena.

La novia a la que pillaste fumando a las once de la noche en el patio, pero no dijiste nada. Solo esperabas que tu perfecto hijo se cansara de ella pronto.

Imagínate que recibes una llamada telefónica del compañero de habitación de tu hijo, preguntándote si sabes dónde está. Tenía que entrar temprano ese día en el trabajo pero, por alguna razón, no se ha presentado.

Imagínate tu preocupación, porque tu hijo es de los que no faltan nunca al trabajo.

Imagínate que no responde al móvil cuando lo llamas para preguntarle por qué no ha ido a trabajar.

Imagínate que el pánico se apodera de ti a medida que pasan las horas. Normalmente puedes sentir su presencia, pero hoy no. Y el miedo ocupa el lugar que ha dejado vacío el orgullo.

Imagínate que empiezas a hacer llamadas telefónicas. Llamas a la facultad, a su jefe, incluso llamarías a esa novia que no te cae demasiado bien si tuvieras su número.

Imagínate que oyes la puerta de un coche cerrarse y por fin respiras aliviada, pero te caes al suelo al ver que se trata de un coche de policía.

Imagínate oír cosas como «lo siento» y «siniestro» y «accidente de coche» y «no ha sobrevivido».

Imagínate que no te mueres en ese momento.

Imagínate que te obligan a seguir viviendo, a sobrevivir a esa noche de pesadilla, a despertar al día siguiente y que te pidan que identifiques su cuerpo.

Su cuerpo sin vida.

Un cuerpo que creaste tú, al que le insuflaste vida, que creció en tu interior, al que enseñaste a caminar, a hablar, a correr y a ser amable con los demás.

Imagínate tener que tocar su rostro frío, helado, mientras tus lágrimas caen en la bolsa de plástico en la que lo han metido, con un grito encajado en tu garganta, mudo, como los gritos de las pesadillas que han empezado a acompañarte.

Y sigues viviendo. No sabes cómo.

De alguna manera sigues adelante sin la vida que fabricaste. Sufres. No tienes fuerzas ni para planificar su funeral. Te sigues preguntando cómo es posible que tu hijo perfecto, tu hijo amable, haya sido tan imprudente.

Estás destrozada, pero tu corazón sigue latiendo, una y otra vez, recordándote todas las veces que el de tu hijo no volverá a hacerlo.

Imagínate que las cosas empeoran.

Imagínatelo.

Imagínate que, cuando crees que has tocado fondo, te muestran un nuevo precipicio por el que tienes que caer cuando te cuentan que tu hijo no era quien conducía ese coche que iba demasiado deprisa sobre la grava.

Imagínate que te dicen que fue culpa de ella, de la chica que fumaba en el patio, la que no cerraba los ojos durante la oración y gemía demasiado fuerte rompiendo el silencio de tu casa.

Imagínate que te dicen que no tuvo cuidado ni amabilidad con la vida que tú creaste.

Imagínate que te dicen que ella lo abandonó allí. «Salió huyendo», te anuncian.

Imagínate que te cuentan que la han encontrado al día siguiente, en su cama, resacosa, cubierta de barro y grava, y de la sangre de tu amable hijo.

Imagínate que te dicen que tu hijo tenía un pulso perfecto y que habría vivido una vida perfecta si hubiera sufrido el accidente con una chica perfecta.

Imagínate descubrir que el accidente no tuvo por qué terminar con su vida.

Porque no murió en el acto. Calculan que sobrevivió aproximadamente unas seis horas. Y que se arrastró varios metros, buscándote, necesitándote, sangrando.

Muriéndose.

Durante horas.

Imagínate descubrir que la chica que gemía demasiado fuerte y que fumaba en tu patio a las once de la noche podría haberlo salvado.

Con una llamada telefónica que no hizo.

Con tres números que no marcó.

A ella le cayeron cinco años por su vida, pero tú lo criaste durante dieciocho. Y luego él se valió por sí mismo durante cuatro años, y tal vez tú habrías vivido cincuenta años más a su lado si esa chica no le hubiera cercenado la vida.

Imagínate tener que seguir viviendo después de enterarte de todo eso.

Y ahora imagínate a esa chica, esa de la que esperabas que tu hijo se cansara pronto. Imagínate que, después de todo el dolor que te ha causado, decide presentarse de nuevo en tu vida.

Imagínate que tiene el descaro de llamar a tu puerta.

Imagínate que te sonríe a la cara.

Que te pregunta por su hija.

Y que espera formar parte de la diminuta y preciosa vida que tu hijo logró dejar en este mundo antes de irse.

Imagínatelo. En serio, hazlo. Imagínate tener que mirar

a los ojos de la chica que dejó a tu hijo arrastrándose mientras agonizaba, mientras ella se echaba la siesta en su cama.

Imagínate lo que le dirías después de todo este tiempo.

Imagínate todas las maneras en que podrías devolverle el daño causado.

No me cuesta nada imaginarme por qué Grace me odia.

Cuanto más me acerco a su casa, más me odio yo también.

No sé por qué he venido sin prepararme más. Esto no va a ser fácil y, aunque llevo mentalizándome para este momento todos los días de los últimos cinco años, nunca he ensayado lo que voy a decir.

El taxista entra en la calle donde vivía Scotty. Siento un peso tan grande que me temo que me hundiré en el asiento y no podré salir nunca más.

Cuando veo su casa, mi miedo se hace audible. Me sale un ruido de la garganta que me sorprende a mí misma. Estoy usando todas mis fuerzas intentando mantener las lágrimas a raya, para que no se escapen.

Diem podría estar dentro de esa casa ahora mismo.

Estoy a punto de cruzar un patio donde Diem ha jugado.

Estoy a punto de llamar a una puerta que Diem ha abierto.

—Doce dólares justos —dice el taxista.

Saco quince dólares del bolsillo y le digo que se quede el cambio. Salgo del coche como si flotara. Es una sensación rarísima. Echo un vistazo hacia el asiento del que acabo de levantarme, para asegurarme de que no sigo allí sentada.

Me planteo pedirle al taxista que espere, pero eso sería admitir la derrota prematuramente; ya me plantearé cómo volver a casa más tarde. Ahora mismo prefiero aferrarme al sueño imposible de que pasarán horas antes de que me inviten a marcharme.

El taxista arranca en cuanto cierro la portezuela y me quedo de pie en la acera contraria a la casa. El sol aún brilla intensamente en el cielo, hacia el oeste.

Tendría que haber venido más tarde, tendría que haber esperado a que anocheciera; me siento un blanco fácil, en campo abierto.

Vulnerable a lo que está a punto de caerme encima.

Quiero esconderme.

Necesito más tiempo.

Ni siquiera he ensayado lo que voy a decir. He pensado en ello constantemente, pero nunca he practicado en voz alta.

Cada vez me cuesta más controlar la respiración. Me llevo las manos a la nuca y respiro. Dentro, fuera; dentro, fuera.

Las cortinas de la casa están corridas, por lo que creo que todavía no se han dado cuenta de mi presencia. Me siento en la acera para recomponerme un poco antes de acercarme a la casa. Me noto muy dispersa, como si las ideas se me hubieran caído al suelo y tuviera que recogerlas una a una y ponerlas en orden.

Disculparme.

Expresar mi gratitud.

Rogar que se apiaden de mí.

Debería haberme vestido mejor. Me he puesto los mismos vaqueros y la misma camiseta Mountain Dew de ayer. Era lo que tenía más limpio, pero, al verme ahora, me echaría a llorar. No quiero ver a mi hija por primera vez llevando una camiseta con el logo de Mountain Dew.

¿Cómo me van a tomar en serio Patrick y Grace si ni siquiera me presento bien vestida?

No debería haberme apresurado tanto en venir. Debería habérmelo pensado mejor. El pánico está empezando a apoderarse de mí.

Ojalá tuviera un amigo.

—¿Nicole?

Me vuelvo hacia su voz. Giro el cuello hasta que mi mirada se encuentra con la de Ledger. En circunstancias normales, encontrármelo aquí habría sido una sorpresa, pero ya he cubierto el cupo de emociones por hoy y a lo máximo que llego es a pensar algo parecido a «fantástico. Pues claro».

Me mira con tal intensidad que siento un escalofrío en los brazos.

—¿Qué haces aquí? —me pregunta.

«Joder, joder, joder.»

—Nada.

«Joder.»

Echo un vistazo rápido a la casa de enfrente. Luego miro detrás de Ledger, hacia la que supongo que es su casa.

Recuerdo que Scotty me dijo que Ledger vivía en la casa de enfrente.

¿En serio sigue viviendo en el mismo sitio?

No sé qué hacer. Me levanto y los pies me pesan como si fueran de cemento. Miro a Ledger, pero él ya no me está mirando a mí, sino a la casa de Scotty.

Se frota la mandíbula con la mano y su cara adquiere una expresión preocupante.

—¿Por qué miras esa casa? —me pregunta con la vista puesta en el suelo. Luego mira al otro lado de la calle, mira hacia el sol y, finalmente, cuando ve que no respondo, me mira a mí. Es una persona totalmente distinta a la que me he encontrado en la tienda esta mañana. Ya no es el tipo que se mueve con tanta elegancia en el bar que parece que lleve patines—. Tú no te llamas Nicole —dice como si hubiera llegado a una conclusión deprimente.

Hago una mueca.

Ha atado cabos.

Y ahora parece que quiere desatarlos y destrozarlo todo.

Señalando hacia su casa, me ordena:

—Entra. —Solo una palabra afilada, exigente. Doy un paso, alejándome de él, y empiezo a temblar. Él elimina la distancia que hay entre los dos. Con la mirada fija en la casa de enfrente, me rodea con el brazo y me empuja por la parte baja de la espalda, guiándome hacia la casa donde no vive mi hija—. Entra antes de que te vean.

Ya esperaba que atara cabos antes o después, pero podría haberlo hecho anoche y no ahora, que estoy a cinco metros de ella.

Miro hacia su casa y vuelvo a mirar hacia la de Patrick y Grace. No tengo manera de escapar. Lo último que quiero es montar una escena. Mi idea era llegar con calma y hablar las cosas lo más plácidamente posible, pero Ledger parece que quiere justo lo contrario.

—Por favor, déjame en paz —le digo apretando los dientes—. Esto no es asunto tuyo.

—Y una mierda —replica con rabia.

—Ledger, por favor. —Me tiembla la voz por el miedo y por las lágrimas. Tengo miedo de él, miedo de este momento, miedo de la sensación de que esto va a ser mucho más difícil de lo que me imaginaba. ¿Por qué, si no, iba a alejarme a empujones de su propiedad?

Vuelvo la cabeza hacia la casa de Patrick y Grace, pero mis pies siguen avanzando hacia la de Ledger. Podría resistirme, pero a estas alturas ya no estoy segura de poder encararme a los Landry. Cuando he subido al taxi pensaba que sí, pero ahora que estoy aquí, y Ledger está furioso, ya no lo creo. Los últimos minutos me hacen darme cuenta de que esperaban mi llegada y de que no soy bienvenida en absoluto.

Probablemente les notificaron mi salida de la cárcel y mi traslado al piso tutelado. Debían de estar esperando que esto pasara antes o después.

Los pies ya no me pesan como piedras. Vuelvo a sentir que floto, muy alto, como si fuera un globo, y me desplazo detrás de Ledger como si él me llevara atada de un cordel.

Me avergüenzo de estar aquí. Estoy tan avergonzada que sigo a Ledger como si no tuviera voz ni pensamiento propios. Y, desde luego, no tengo ni pizca de confianza en mí misma. La camiseta que llevo es absurda para un encuentro de esta magnitud. Soy una idiota por pensar que estaba haciendo las cosas bien.

Ledger cierra la puerta cuando entramos en su casa. Parece asqueado, no sé si por mi presencia o porque se está acordando de anoche. Camina arriba y abajo por el salón, con una mano apoyada en la frente.

—¿Por eso fuiste al bar? ¿Querías embaucarme para que te condujera hasta ella?

—No. —Mi voz suena patética.

Él se frota la cara con las manos, frustrado. Se detiene y murmura:

—Maldita sea. —Está furioso conmigo. ¿Por qué siempre tengo que tomar las peores decisiones?—. Llevas un día en la ciudad. —Coge unas llaves de la mesa—. ¿Realmente pensabas que era buena idea presentarte así, tan pronto?.

¿Tan pronto?

«Ya tiene cuatro años.»

Me abrazo el estómago revuelto. No sé qué hacer. ¿Qué hago? ¿Qué hago? Tiene que haber algo. Tenemos que llegar a algún tipo de acuerdo. No puede ser que ellos decidan lo que es mejor para Diem sin consultarlo conmigo.

¿Pueden?

Sí, sí que pueden.

Yo soy la única que no actúa de manera lógica en este asunto, lo que pasa es que tenía miedo de admitirlo. Quiero preguntarle qué puedo hacer para que me reciban y hablen conmigo, pero su modo de mirarme hace que me sienta muy culpable. Empiezo a plantearme si tengo derecho a hacer preguntas.

Él se fija en la estrella de mar de goma que llevo en la mano. Se acerca a mí y me tiende la mano, boca arriba. Yo dejo la estrella en su palma. No sé por qué lo hago. Tal vez si ve que he traído un juguete se dé cuenta de que vengo con buenas intenciones.

—¿En serio? ¿Un mordedor? —Lo tira sobre el sofá, como si fuera la tontería más grande que hubiera visto nunca—. Tiene cuatro años. —Se dirige a la cocina—. Te llevaré a casa. Espera hasta que meta la camioneta en el garaje. No quiero que te vean.

Ya no floto. Me siento pesada, congelada, como si tuviera los pies atrapados en una de las losas de cemento de la casa.

Miro por la ventana del salón hacia la casa de Patrick y Grace.

«Estoy tan cerca...»

Solo nos separa una calle. Una calle vacía, por donde no pasa nadie.

Me ha quedado claro por dónde van a ir los tiros. Patrick y Grace no quieren saber nada de mí, hasta el punto de que Ledger me ha interceptado, a sabiendas de lo que pasaría si me presentaba en su puerta. Y eso significa que no habrá ningún tipo de negociación ni de acuerdo. El perdón que esperaba de ellos no existe.

Siguen odiándome.

Y, al parecer, también me odia todo su entorno.

La única manera de conocer a mi hija pasa por los juzgados. Sería un milagro que aceptaran el caso. Y, si lo hicieran, costaría un dineral que no tengo y muchos años que no soportaría ver pasar.

Me he perdido ya una parte muy importante de su vida.

Si quiero ver a Diem alguna vez, esta es mi única oportunidad. Si quiero rogar a los padres de Scotty que me perdonen, es ahora o nunca.

«Ahora o nunca.»

Ledger tardará al menos diez segundos en percatarse de que no lo sigo. Puedo llegar a la puerta antes de que me alcance.

Salgo a la calle y la cruzo tan rápido como puedo.

«Estoy en su jardín.»

Estoy corriendo sobre el césped sobre el que Diem ha jugado.

Estoy tocando a su puerta.

Estoy llamando al timbre.

Estoy asomándome a la ventana por si la veo.

—Por favor —susurro llamando con más fuerza. Mi susurro se convierte en un grito de pánico al oír que Ledger se aproxima a mi espalda—. ¡Perdón! —grito aporreando la puerta—. ¡Lo siento! ¡Lo siento! Por favor, ¡dejadme verla!

Ledger tira de mí y, al no lograr alejarme, me lleva a cuestas hasta la casa de enfrente. Mientras lucho por liberarme, sigo con la vista clavada en la puerta, que se hace cada vez más pequeña, esperando ver a mi niña, aunque sea medio segundo, pero no veo ningún tipo de movimiento en su casa.

Ya no estoy en la calle. Vuelvo a estar en casa de Ledger, que me tira sobre el sofá.

Coge el teléfono y recorre el salón de arriba abajo mientras marca un número de tres cifras.

«¡Está llamando a la policía!»

El pánico vuelve a apoderarse de mí.

—No —le suplico—. No, no, no. —Recorro el salón a la carrera y trato de arrebatarle el teléfono, pero él me pone una mano en el hombro y me conduce de vuelta al sofá.

Me siento, apoyo los codos en las rodillas y junto los dedos temblorosos ante la boca.

—Por favor, no llames a la policía. Por favor...

Me quedo quieta, tratando de parecer inofensiva, esperando que me mire a los ojos el tiempo suficiente para que sienta mi dolor.

Me mira mientras me empiezan a caer lágrimas por las mejillas. Corta la llamada antes de que respondan. Me observa, estudiándome, esperando que le haga una promesa.

—No volveré.

Si llama a la policía, me perjudicará mucho. No puedo

permitirme ensuciar todavía más mi historial, aunque, que yo sepa, no he infringido ninguna ley. Pero solo presentarme sin una invitación ya sería un punto negativo en mi historial.

Él da un paso hacia mí.

—No puedes volver. Júrame que no volveremos a verte o llamaré a la policía ahora mismo.

No puedo. No puedo prometerle eso. ¿Qué me queda en la vida aparte de mi hija? Ella es todo lo que tengo. Ella es la razón por la que sigo con vida.

«Esto no puede estar pasando.»

—Por favor —le suplico llorando, sin saber exactamente qué le estoy pidiendo. Solo quiero que alguien me escuche.

«Que alguien entienda lo mucho que estoy sufriendo.»

Quiero que vuelva a ser el hombre que conocí anoche en el bar. Que me abrace y me haga sentir que tengo un aliado. Quiero que me diga que todo va a salir bien, a pesar de que en lo más hondo de mi alma sé que las cosas nunca estarán bien.

Los siguientes minutos pasan como si estuviera en una nebulosa. Estoy en medio de un remolino de emociones; me siento derrotada.

Entro en la camioneta de Ledger, que me aleja del barrio donde mi hija se ha criado. Tras todos estos años, al fin estoy en la misma ciudad que ella, pero nunca me había sentido tan lejos de mi hija como en este momento.

Apoyo la frente en la ventanilla y cierro los ojos, deseando poder volver a empezar desde el principio.

Desde el principio de todo.

«O, al menos, poder pasar rápido el resto hasta el final.»

12

Ledger

Lo normal es hablar bien de los muertos, a veces hasta el punto de que parezcan héroes. Pero nada de lo que se dijo sobre Scotty fueron exageraciones para que la gente tuviera un bonito recuerdo de él. Todo lo que se dijo era la pura verdad: era agradable, divertido, atlético, honesto, carismático, buen hijo. Y un gran amigo.

No pasa un solo día sin que desee haberme cambiado por él, en la vida y en la muerte. Daría gustoso mi vida a cambio de que él pudiera pasar un solo día con Diem.

No sé si me sentiría igual de furioso —y de protector con Diem— si Kenna simplemente hubiera tenido un accidente. Pero es que no fue solo el accidente. Iba conduciendo cuando no debería haberlo hecho, circulaba a más velocidad de la permitida, iba bebiendo, hizo volcar el coche.

Y luego se largó. Dejó a Scotty solo, lo abandonó agonizando; se marchó a casa a pie y se metió en la cama, pensando que no le pasaría nada.

Scotty murió porque ella no quiso meterse en líos.

¿Y ahora pretende que la perdonemos?

No puedo recrearme en los detalles de la muerte de Scotty ahora mismo, con ella sentada a mi lado en la furgoneta, porque preferiría la muerte a darle la satisfacción de conocer a Diem. Si tengo que tirarme de un puente con el coche para impedírselo, me veo capaz de hacerlo.

No entiendo cómo se le ha ocurrido presentarse así. Ya solo el hecho de que esté aquí me saca de quicio, pero mi enfado se multiplica cuando pienso que anoche ella sabía quién era yo. Sabía quién era mientras la besaba, mientras la abrazaba.

Debería haber hecho caso a mi instinto. Había algo raro en ella, aunque no se parece a la Kenna que vi en los artículos de hace cinco años.

La Kenna de Scotty tenía la melena larga y rubia. Aunque no me fijé en su cara en aquella época. No llegué a verla nunca en persona, pero pienso que debería haber recordado el rostro de la mujer que mató a mi mejor amigo, aunque solo la hubiera visto en una foto policial.

Me siento idiota. Estoy furioso, dolido; me ha utilizado. Incluso esta mañana, cuando me ha visto en la tienda, sabía quién era yo y, sin embargo, no me ha dicho nada.

Bajo la ventanilla, a ver si me calmo con el aire fresco. Agarro el volante con tanta fuerza que los nudillos se me ponen blancos.

Ella mira por la ventanilla con aire ausente. Tal vez esté llorando. No lo sé.

«Me importa una mierda.»

«En serio.»

No es la chica que conocí anoche. Esa chica no existe. Estaba fingiendo y yo caí en su trampa.

Patrick se angustió hace unos meses, cuando nos enteramos de que la habían soltado. Pensó que esto podría suceder, que podría plantarse en la puerta para conocer a Diem. Fue entonces cuando instaló una cámara de vigilancia en mi casa, enfocada hacia su jardín y su puerta principal. Por eso he visto que había alguien sentado en la acera.

Le dije a Patrick que no debía preocuparse.

«No se atreverá a presentarse. No después de lo que hizo.»

Agarro el volante aún con más fuerza. Kenna trajo a Diem al mundo, no lo discuto, pero ahí acaba la cosa. Eso no le da derecho a nada más.

Cuando ya estamos casi llegando a su edificio, aparco. No apago el motor, pero Kenna no parece tener intención de bajar. Pensaba que se marcharía de un salto, incluso antes de que acabara de parar, igual que anoche, pero, al parecer, quiere decir algo. O tal vez simplemente odia la idea de volver a ese apartamento tanto como debe de odiar estar en esta camioneta.

Tiene las manos sobre el regazo y la vista fija en ellas. Levanta una mano y se desabrocha el cinturón de seguridad, pero permanece en la misma postura.

Diem se parece a ella. Me imaginé que debía de parecerse a su madre, ya que nunca acabé de verle semejanzas con Scotty, pero, hasta este momento, nunca me había imaginado que se parecerían tanto. Tienen el mismo tono de pelo, castaño cobrizo, liso, con poco volumen, ni un rizo a la vista. Y los mismos ojos.

Tal vez eso fue lo que me despertó las alarmas anoche. Mi subconsciente la reconoció antes que yo.

Cuando Kenna se vuelve hacia mí, siento una gran decepción. Diem se parece tanto a ella cuando se entristece que es como si estuviera viendo el futuro, como si viera a la persona en la que Diem se convertirá algún día.

Odio que la persona que más aborrezco en este mundo me recuerde a la persona que más quiero.

Kenna se seca los ojos, pero no me inclino para abrir la guantera y sacar un pañuelo. Que use la camiseta que ya llevaba puesta ayer.

—No sabía quién eras cuando entré en el bar anoche —dice al fin, con la voz temblorosa.

Echa la cabeza hacia atrás hasta que se golpea con el reposacabezas, y mira al frente. El pecho le sube cuando inspira hondo. Suelta el aire justo cuando yo aprieto el botón que libera los seguros de las puertas. Es mi manera de decirle que se vaya.

—Me da igual lo de anoche. Lo único que me importa es Diem.

Veo que le resbala una lágrima por la mejilla. Odio conocer el sabor de sus lágrimas. Odio que parte de mí sienta la tentación de secárselas.

Me pregunto si lloraría mientras se alejaba de Scotty aquella noche.

Se inclina hacia delante, con movimientos tristes pero elegantes, y se presiona la cara con las manos. Al moverse, la camioneta se llena con el aroma de su champú. Huele a fruta. A manzanas. Apoyo el codo en la ventanilla y me aparto de ella, cubriéndome la boca y la nariz con la mano. Miro por la ventanilla para no verla. No quiero saber nada más de ella. No quiero saber a qué huele, cómo suena su voz, cómo son sus lágrimas, el efecto que tiene en mí verla sufrir.

—No te quieren en su vida, Kenna.

Un sollozo ahogado, teñido por un dolor añejo, se le escapa de la garganta cuando dice:

—Es mi hija. —Su voz ha decidido reconectar con su espíritu en ese momento. Ya no es un hilillo de aire escapando de su boca, es una voz cargada de pánico y desesperación.

Me aferro al volante y le doy golpecitos con el pulgar mientras trato de encontrar la mejor manera de pronunciar las palabras necesarias para que lo entienda.

—Diem es su hija. Te retiraron la custodia. Sal de mi camioneta y luego haznos un favor a todos y vuelve a Denver.

No sé si el sollozo que se le escapa es real o fingido. Tras secarse las lágrimas, abre la puerta y baja de la camioneta. Antes de cerrar, me mira. Se parece tanto a Diem que sus ojos se han aclarado igual que los de ella cuando llora.

Su mirada me afecta, pero sé que es por culpa del parecido. Siento lástima de Diem, no de esta mujer.

Kenna parece dudar entre alejarse, decirme algo o echarse a gritar. Se abraza y me mira con sus ojos enormes y devastados por el dolor. Alza la cara al cielo durante un instante e inspira hondo, entrecortadamente.

—Que te jodan, Ledger. —La agonía que tiñe su voz hace que me encoja por dentro, pero me obligo a mantener una fachada estoica. No me ha gritado, pero el tono calmado de su voz le ha dado aún más fuerza a sus palabras. Cierra dando un portazo y golpea el cristal con las dos manos—. ¡Que te jodan!

No espero a que lo diga una tercera vez. Meto la marcha atrás y salgo del aparcamiento. Tengo un nudo en el estómago que parece ir ligado a sus manos. Cuanto más me alejo, más se afloja.

No sé qué esperaba. Durante todos estos años he tenido una imagen de ella en mi cabeza. Me imaginaba a una chica incapaz de sentir remordimientos por lo que había hecho, ni apego por la hija que había traído al mundo.

No es fácil librarse así como así de cinco años de ideas tan preconcebidas como sólidas. En mi mente, Kenna era siempre así: incapaz de arrepentirse, de comprometerse, de preocuparse. Incapaz.

El torbellino emocional que parece generarle no formar parte de la vida de Diem no encaja con el desprecio que mostró por la vida de Scotty.

Me alejo dándole vueltas al millón de cosas que debería haberle preguntado, un millón de preguntas para las que aún no tengo respuesta:

«¿Por qué no llamaste pidiendo ayuda?»

«¿Por qué lo dejaste ahí?»

«¿Por qué crees que tienes derecho a causar otro terremoto en unas vidas que ya destrozaste?»

13

Kenna

Las cosas no podrían haber salido peor. No solo no he visto a mi hija, sino que la única persona que podría haberme conducido hasta ella es ahora mi peor enemigo.

Lo odio. Odio pensar que dejé que me tocara ayer. Durante el breve tiempo que compartimos anoche, le di toda la munición que necesitaba para tacharme de mentirosa, de puta y de alcohólica..., como si no tuviera bastante con considerarme una asesina.

Sé que irá a hablar con Grace y Patrick, y que hará que me odien todavía más. Los ayudará a construir un muro aún más sólido, alto y grueso entre mi hija y yo.

No puedo contar con nadie. No tengo un solo aliado. Nadie.

—Hola.

Estoy subiendo la escalera y me detengo al oír la voz. Hay una adolescente sentada en lo alto de la escalera. Tiene síndrome de Down y me dirige una sonrisa adorable, como si este no fuera el peor día de mi vida. Lleva un uniforme muy parecido al de Amy en el supermercado. Debe de trabajar allí. Amy comentó que reservaban el puesto de embolsador para personas con necesidades especiales.

Secándome las lágrimas de las mejillas, le devuelvo el saludo.

—Hola —digo rodeándola. Normalmente me esforzaría más en ser buena vecina, sobre todo si cabe la posibilidad de que vayamos a trabajar juntas, pero ahora mismo tengo más lágrimas que palabras en la garganta.

Abro la puerta del apartamento y, una vez dentro, cierro de un portazo y me dejo caer boca abajo en mi colchón medio deshinchado.

Ni siquiera puedo decir que he vuelto a la casilla de salida. Es como si hubiera retrocedido hasta una casilla negativa.

La puerta se abre con decisión y me siento, sobresaltada. La chica de la escalera ha entrado sin que la invite.

—¿Por qué lloras? —Cierra la puerta y se apoya en ella mientras examina el apartamento con curiosidad—. ¿Por qué no tienes nada?

A pesar de que ha entrado sin que le diera permiso, estoy demasiado triste para molestarme. Ya veo que no tiene filtro, es bueno saberlo.

—Acabo de mudarme.

La chica se acerca a la nevera y la abre. Ve un paquete empezado de Lunchables, uno de los platos preparados que compré para salir del paso, y lo coge.

—¿Me lo puedo acabar?

Al menos para esto ha pedido permiso.

—Claro.

Le da un mordisco, pero algo llama su atención. Lanza los Lunchables sobre la encimera y exclama:

—¡Oh! ¡Tienes un gatito! —Se acerca a la gata y la coge en brazos—. Mi madre no me deja tener uno. ¿Te lo ha dado Ruth?

En cualquier otra circunstancia me encantaría hablar con ella, en serio, pero no tengo fuerzas para ser sociable en uno de los peores momentos de mi vida. Necesito pegarme una buena llantina y no puedo hacerlo con ella aquí.

—¿Podrías marcharte, por favor? —le pido tan amablemente como puedo, aunque sé que pedirle a alguien que te deje en paz tiene que doler.

—Una vez, cuando tenía cinco años, ahora tengo diecisiete, pero entonces tenía cinco, tuve un gatito, pero pilló lombrices y se murió.

—Lo siento.

«Aún no ha cerrado la nevera.»

—¿Cómo se llama?

—Todavía no le he puesto nombre.

«Le he dicho que se vaya. ¿No me habrá oído?»

—¿Por qué eres tan pobre?

—¿Qué te hace pensar que soy pobre?

—No tienes comida, ni cama, ni cosas.

—He estado en la cárcel. —Tal vez eso la ahuyente.

—Mi padre está en la cárcel. ¿Lo conoces?

—No.

—Pero aún no te he dicho cómo se llama.

—Yo estuve en una cárcel exclusivamente para mujeres.

—Able Darby. Así se llama. ¿Lo conoces?

—No.

—¿Por qué lloras? —Me levanto y me dirijo a la nevera para cerrarla—. ¿Te han hecho daño? ¿Por qué lloras?

No me puedo creer que esté a punto de responderle.

Contarle mis penas a una adolescente desconocida que ha entrado en mi apartamento sin mi permiso me hace sentir aún más patética, pero creo que decirlo en voz alta me ayudará a desahogarme un poco.

—Tengo una hija, pero no me dejan verla.

—¿La han secuestrado?

Estoy tentada de decirle que sí, porque a veces es la sensación que tengo.

—No. Mi hija vivía con unas personas mientras yo estaba en la cárcel, pero ahora ya he salido y no me dejan verla.

—Pero ¿tú quieres verla?

—Sí.

Le da un beso en la cabeza a la gatita.

—Tal vez deberías alegrarte. A mí no me gustan los niños. Mi hermano a veces me pone mantequilla de cacahuete en los zapatos. ¿Cómo te llamas?

—Kenna.

—Yo Lady Diana.

—¿Es tu nombre de verdad?

—No, me llamo Lucy, pero me gusta más Lady Diana.

—¿Trabajas en el supermercado? —le pregunto señalando el uniforme. Ella asiente—. Yo empezaré a trabajar allí el lunes.

—Ya llevo casi dos años trabajando allí. Estoy ahorrando para comprarme un ordenador, pero todavía no he ahorrado nada. Me voy a cenar. —Me hace entrega de la gatita y se dirige a la puerta—. Tengo bengalas. ¿Quieres encenderlas conmigo cuando se haga de noche?

Me apoyo en la encimera y suspiro. No quiero decirle que no, pero me temo que, cuando empiece a llorar, no podré parar hasta mañana.

—Tal vez otro día.

Cuando Lady Diana sale del apartamento, cierro con llave e inmediatamente cojo la libreta para escribirle una carta a Scotty, porque es lo único que puede impedir que me derrumbe.

Querido Scotty:

Ojalá pudiera contarte cómo es nuestra hija, pero todavía no tengo ni idea. Tal vez sea culpa mía por no decirle anoche a Ledger quién era. Al parecer se lo ha tomado como una traición cuando se ha dado cuenta. Ni siquiera he visto a tus padres, porque Ledger se ha enfadado muchísimo y me lo ha impedido.

Solo quería ver a nuestra hija, Scotty. Solo quería mirarla; no he venido a arrebatársela. Ledger y tus padres no tienen ni idea de lo que es llevar a un ser humano dentro de ti durante meses y que te arranquen a esa personita sin darte tiempo ni de verle la cara.

¿Sabías que, a veces, si la presa está al final de la condena cuando da a luz, le permiten tener al bebé con ella? Es más habitual en las cárceles del condado, porque las sentencias suelen ser más cortas. A veces también pasa en las estatales, pero es menos frecuente.

Yo di a luz a Diem al inicio de mi condena; por eso no permitieron que se quedara conmigo. Fue un bebé prematuro y, según nació, vieron que no respiraba como debía. Se la llevaron de inmediato y la ingresaron en la unidad de cuidados intensivos para neonatos. A mí me dieron una aspirina, compresas grandes y me llevaron de vuelta al centro penitenciario con el vientre vacío y los brazos igual de vacíos.

Dependiendo de las circunstancias, a algunas madres les permiten extraerse leche. La guardan y luego se la hacen llegar al bebé. Yo no tuve esa suerte. A mí no me dejaron extraerme la leche, pero tampoco me ayudaron a que se me retirara.

Cinco días después del parto, estaba en la biblioteca de la cárcel llorando en un rincón porque me había subido la leche, tenía la ropa empapada y estaba físicamente agotada y emocionalmente destrozada. Y ahí fue cuando conocí a Ivy.

Llevaba un tiempo encerrada. Conocía a los guardias, conocía las reglas. Sabía hasta qué punto podía saltárselas y quién se lo permitiría. Me encontró llorando con un libro sobre la depresión posparto en las manos. Al verme la camisa empapada, me acompañó a los baños y me ayudó a limpiarme. Fue doblando toallas de papel y pasándomelas para que me las colocara dentro del sujetador.

—¿Niño o niña? —me preguntó.

—Niña.

—¿Cómo la has llamado?

—Diem.

—Buen nombre. Tiene fuerza. ¿Está sana?

—Fue prematura, así que se la llevaron en cuanto nació, pero una enfermera me dijo que estaba bien.

Ivy hizo una mueca al oírme.

—¿Te van a dejar verla?

—No, no lo creo.

Ivy negó con la cabeza. Yo entonces aún no lo sabía, pero Ivy era capaz de mantener largas conversaciones mediante diferentes maneras de mover la cabeza. Con el tiempo las iría aprendiendo todas, pero ese día aún no sabía que el modo en que había negado con la cabeza significaba «qué cabrones».

Me ayudó a secar la camisa y, cuando volvimos a la biblioteca, me sentó con cuidado y me dijo:

—Vas a hacer una cosa. Te leerás todos los libros que hay en esta biblioteca y pronto empezarás a vivir en los exuberantes universos que se describen en estos libros y no en el lóbrego mundo que es esta cárcel.

Nunca había sido una gran lectora, por lo que no me pareció un gran plan. Asentí, pero ella se dio cuenta de que no estaba convencida.

Sacó un libro de un estante y me lo dio.

—Te han arrebatado a tu bebé. No lo superarás nunca. Por eso debes tomar una decisión, aquí y ahora. ¿Vas a vivir en tu dolor o vas a morir en él?

Sus palabras fueron como un puñetazo en el vientre, un vientre que ya no albergaba a mi hija. Ivy no me estaba dando una charla motivacional, en absoluto. No me estaba diciendo que superaría lo que estaba sintiendo, que las cosas mejorarían. Me estaba diciendo que esa era mi nueva realidad. Que el dolor que sentía era mi nueva normalidad. Podía aprender a convivir con él o dejar que me consumiera.

Tragué saliva y le respondí:

—Voy a vivir en él.

Ivy sonrió y me apretó el brazo.

—Muy bien dicho, mamá.

Ivy no lo sabía, pero ese día su honestidad brutal me salvó. Tenía razón. Mi vida nunca volvió a ser igual. Ya me había pasado cuando te perdí a ti, pero perder a mi hija acabó de alejarme del todo de mi vida anterior.

Y el dolor que sentí cuando me la arrebataron es el mismo dolor y la misma sensación de derrota que siento ahora.

Ledger no sabe que sus actos de esta noche han acabado de romper los últimos pedazos enteros de mi alma.

Ivy no sabe que sus palabras de hace cinco años me siguen salvando la vida de alguna manera.

Creo que le pondré su nombre a la gatita: Ivy.

Con todo mi amor,

Kenna

14

Ledger

Durante el trayecto de vuelta a casa he recibido tres llamadas de Patrick, pero no le he respondido porque estoy demasiado furioso con Kenna para hablar sobre ella por teléfono. Tenía la esperanza de que los Landry no la hubieran oído aporreando su puerta, pero es obvio que lo han hecho.

Cuando llego, Patrick me está esperando en mi jardín y empieza a hablar antes de que baje de la camioneta:

—¿Qué quiere? Grace está alteradísima. ¿Crees que pretende recurrir la retirada de custodia? El abogado dijo que era imposible. —Me sigue hasta la cocina sin dejar de hacerme preguntas.

Lanzo las llaves sobre la mesa.

—No lo sé, Patrick.

—¿Crees que deberíamos pedir una orden de alejamiento?

—Creo que no tienes base legal para hacerlo. No ha amenazado a nadie.

Recorre la cocina de lado a lado, y me parece que se va encogiendo cada vez más. Le sirvo un vaso de agua y se lo bebe de un trago antes de sentarse en uno de los taburetes. Sosteniéndose la cabeza entre las manos, se lamenta:

—Lo último que Diem necesita es tener a esa mujer entrando y saliendo de su vida. Después de lo que le hizo a Scotty... No podemos...

—No volverá a asomarse por aquí. Tiene miedo de que avisemos a la policía.

Mis palabras no lo tranquilizan, sino todo lo contrario.

—¿Por qué? ¿Quiere mantener su expediente limpio para llevarnos a juicio?

—Vive en una pocilga. Dudo que tenga dinero para contratar a un abogado.

Patrick se levanta.

—¿Vive aquí?

Asiento con la cabeza.

—En los apartamentos Paradise. No sé cuánto tiempo piensa quedarse.

—Mierda. Esto va a destrozar a Grace. No sé qué hacer.

No puedo aportar nada que le sirva. Por mucho que me haya involucrado en la vida de Diem, no soy su padre. Y no he sido yo quien la ha criado desde que nació. Esta no es mi guerra, a pesar de que haya acabado en medio del campo de batalla.

Ya sé que lo que yo piense no tiene valor legal, pero eso no significa que no tenga una opinión al respecto. De eso estoy seguro. Sé que esta situación no tiene una salida que pueda satisfacer a todas las partes implicadas, y que formar parte de la vida de Diem es un privilegio, uno al que Kenna renunció el día en que decidió que su libertad valía más que la vida de Scotty.

Sé que Grace no tiene fuerzas para ver a Kenna. Tal vez

Patrick tampoco, pero al menos finge ser fuerte, porque sabe que Grace necesita que lo sea.

Nunca se mostraría tan disgustado delante de su mujer. Esta parte la guarda para cuando la muerte de Scotty le resulta insoportable; en esos momentos necesita escapar y llorar a solas en mi jardín trasero.

A veces los veo venirse abajo. Suele pasarles en febrero, el mes del cumpleaños de Scotty. Pero luego llega el cumpleaños de Diem, en mayo, y eso parece infundirles nueva vida.

Eso es lo que Kenna necesita entender: que si Grace y Patrick siguen vivos es gracias a Diem. Ella es lo único que impide que se desmoronen por completo.

Aquí no hay sitio para Kenna. Algunas cosas pueden perdonarse, pero, a veces, hay sucesos tan dolorosos que su recuerdo puede acabar con una persona aunque hayan pasado diez años. Patrick y Grace siguen adelante porque Diem y yo los ayudamos a olvidarse de lo que le pasó a Scotty para que puedan sobrevivir un día más. Pero, si Kenna está cerca, su muerte les dará un puñetazo en la cara, una y otra vez.

Patrick tiene los ojos cerrados y las manos unidas debajo de la barbilla. Es como si estuviera rezando en silencio.

Me inclino sobre la barra.

—De momento, Diem está a salvo —digo tratando de infundir confianza en mi voz—. Kenna tiene miedo de que avisemos a la policía y sin dinero no puede iniciar una batalla legal. Jugáis con ventaja. Estoy seguro de que, cuando reflexione sobre lo sucedido, verá que no tiene nada que hacer y regresará a Denver.

Patrick se queda mirando el suelo unos diez segundos.

El peso de lo que ha tenido que soportar se le nota en la curvatura de los hombros.

—Eso espero —dice al fin. Se dirige a la puerta principal y, cuando se marcha, cierro los ojos y respiro hondo.

Todo lo que le he dicho era mentira, solo lo he dicho para consolarlo. Basándome en lo que sé de Kenna —por poco que sea—, tengo la sensación de que esto no ha hecho más que empezar.

—Pareces distraído —comenta Roman. Me quita el vaso de la mano y sirve la cerveza que un cliente me ha pedido ya tres veces—. Tal vez deberías tomarte un descanso. Ahora mismo molestas más que ayudas.

—Estoy bien.

Roman sabe que no es cierto. Cada vez que lo miro, lo encuentro observándome, tratando de averiguar qué me pasa.

Intento trabajar una hora más, pero es sábado por la noche, el bar está abarrotado y, aunque los sábados por la noche contamos con un tercer camarero, Roman tiene razón. Molesto más que otra cosa. Por eso acabo haciéndole caso y voy a hacer un jodido descanso.

Me siento en los escalones que llevan al callejón, alzo la vista al cielo y me pregunto qué demonios haría Scotty en mi situación. Siempre fue muy sensato. No creo que lo heredara de sus padres. O tal vez sí, no lo sé. Quizá les cueste más pensar con sensatez porque tienen el corazón roto.

La puerta se abre a mi espalda. Miro por encima del hombro y veo a Roman. Se sienta a mi lado, pero guarda silencio. Es su forma de decirme que me escucha.

—Kenna ha vuelto.

—¿La madre de Diem?

Asiento en silencio.

—Mierda.

Me froto los ojos con los dedos, tratando de librarme del dolor de cabeza que me ha estado martirizando todo el día.

—Estuve a punto de montármelo con ella anoche, en la camioneta, después de cerrar.

No reacciona de manera inmediata. Me vuelvo hacia él, que me está dirigiendo una mirada perpleja. Luego se lleva la mano a la cara y se frota la boca.

—¿Cómo? —Roman se levanta y empieza a caminar por el callejón observándose los pies mientras procesa lo que acabo de decir. Parece tan conmocionado como yo cuando até cabos en la puerta de mi casa—. Pensaba que odiabas a la madre de Diem.

—Anoche no sabía que ella era la madre de Diem.

—¿Cómo es posible? Era la novia de tu mejor amigo, ¿no?

—Pero nunca la vi en persona. La vi en foto una vez. Y creo que también vi la foto policial, pero está muy cambiada. En aquella época llevaba el pelo rubio.

—Vaya. ¿Y ella? ¿Sabía ella quién eras tú?

Todavía no lo tengo claro, por eso me encojo de hombros. No se ha sorprendido al verme en la puerta de mi casa. Parecía disgustada, pero no sorprendida.

—Se ha presentado sin avisar en casa de Diem para verla. Y ahora... —Niego con la cabeza—. La he jodido, Roman. Es lo último que necesitan Patrick y Grace.

—¿Tiene algún derecho sobre la niña?

—No, se los quitaron a causa de la duración de la condena. Esperábamos que no volviera, que no quisiera formar parte de su vida. A ver, ellos tenían miedo de que pasara algo; todos lo teníamos, pero supongo que esperábamos que nos diera algún tipo de aviso.

Roman se aclara la garganta.

—Bueno, esa mujer la trajo al mundo. Creo que eso ya es algún tipo de aviso. —A Roman siempre le gusta hacer de abogado del diablo, por lo que no me extraña que ahora también adopte esa postura—. ¿Cuál es el plan? ¿Van a dejar que Diem conozca a su madre ahora que saben que ella quiere formar parte de su vida?

—Sería demasiado duro para Patrick y Grace tener que convivir con Kenna.

Roman hace una mueca.

—Y ¿cómo se lo va a tomar Kenna?

—La verdad es que me importa bien poco cómo se lo tome. No deberían obligar a ningún abuelo a tener que establecer días de visita con la asesina de su hijo.

Roman alza una ceja.

—Lo de asesina es un poco exagerado, ¿no? Sus actos llevaron a la muerte de Scotty, sin duda. Pero esa chica no es una asesina a sangre fría. —Le da una patada a una piedrecita—. Siempre he pensado que fueron un poco duros con ella.

Roman y yo no nos conocíamos cuando Scotty murió. Solo conoce la historia de oídas. Si hubiera estado aquí cinco años atrás y hubiera sido testigo de cómo nos afectó a todos, le habría dado un puñetazo por ser tan insensible.

Pero está actuando en su línea habitual: ejerciendo de

abogado del diablo, opinando sin tener toda la información.

—¿Qué pasó cuando se presentó? ¿Qué le dijeron?

—No llegó a hablar con ellos. La intercepté en la calle, la llevé a su casa y le dije que volviera a Denver.

Roman se mete las manos en los bolsillos. Lo miro a la cara, esperando su veredicto.

—¿Cuánto hace de esto? —me pregunta.

—Unas horas.

—¿No estás preocupado por ella?

—¿Por quién? ¿Por Diem?

Él niega con la cabeza y se le escapa la risa por la nariz.

—Estoy hablando de Kenna. ¿Tiene familia aquí? ¿Algún amigo? ¿O la dejaste sola después de mandarla a la mierda?

Me levanto y me sacudo los vaqueros. Sé lo que quiere decir, pero no es mi problema.

«Al menos eso es lo que me repito constantemente.»

—Tal vez deberías ir a ver cómo está —me sugiere.

—No pienso hacerlo.

Roman parece decepcionado.

—Tú no eres así.

Noto el pulso latirme con fuerza en la vena del cuello. Ahora mismo no sé si estoy más cabreado con él o con Kenna.

Roman da un paso hacia mí.

—Es la responsable de la muerte accidental de alguien a quien amaba. Y por si eso no fuera lo bastante duro, la encarcelaron y tuvo que renunciar a su hija. Finalmente regresa con la esperanza de conocerla. Tú le haces no sé qué en tu camioneta y luego le impides conocer a su hija y la mandas a la mierda. No me extraña que lleves en este plan toda la noche. —Sube los escalones, pero, antes de marcharse, se vuelve hacia mí y me dice—: Gracias a ti no estoy muerto en alguna cuneta, Ledger. Me diste una oportunidad cuando todos me volvieron la espalda. No tienes idea de lo mucho que te admiro por lo que hiciste. Pero, en estos momentos, me cuesta admirarte. Te estás portando como un auténtico capullo —suelta antes de entrar en el bar.

Me quedo mirando la puerta unos instantes y le doy un puñetazo.

—¡Joder!

Ahora soy yo quien se pone a andar por el callejón.

Y cuanto más camino, más culpable me siento.

He estado del lado de Patrick y Grace desde que me enteré de lo que le había pasado a Scotty, sin dudarlo ni un momento; pero, con cada segundo que pasa entre las palabras de Roman y la decisión que estoy a punto de tomar, me siento más incómodo.

Ahora mismo, en mi cabeza se alternan dos posibilidades. La primera es que Kenna sea exactamente quien siempre he creído que era, y que se haya presentado aquí en un impulso egoísta sin pararse a pensar en lo que su presencia supondrá para Patrick y Grace, o incluso para Diem.

La segunda posibilidad es que Kenna sea una madre destrozada, que sufre por una hija a la que quiere cuidar. Si fuera así, no estoy muy convencido de haber actuado bien hace un rato.

¿Y si Roman tuviera razón? ¿Y si acabo de arrebatarle el último gramo de esperanza que le quedaba? Si fuera así,

¿cómo debe de estar? Sola, en un apartamento sin ninguna esperanza de futuro...

¿Debería preocuparme?

¿Debería ir a comprobar cómo está?

Recorro el callejón durante varios minutos hasta que acabo haciéndome la pregunta a la que siempre recurro: «¿Qué haría Scotty?».

Scotty siempre veía algo bueno en todo el mundo, incluso en aquellas personas en las que yo no lograba encontrar nada. Si estuviera aquí, me imagino lo que me diría: «Has sido demasiado duro, Ledger. Todo el mundo se merece el beneficio de la duda, Ledger. No podrás soportar la culpabilidad si se quita la vida, Ledger».

—Joder —murmuro—. Joder, joder, joder.

No tengo ni idea de cómo es Kenna. Su reacción de hace un rato puede haber sido solo un berrinche. Pero también podría estar hundida de verdad, y sé que no conseguiré dormir dándole vueltas a esa posibilidad.

Inquieto y frustrado, subo a la camioneta y regreso a su casa.

Tal vez debería sentirme aliviado al comprobar que Roman se equivocaba, pero lo que estoy es cabreado.

Kenna no está escondida en su apartamento; está en la calle, y no parece tener ninguna preocupación en la vida. Está jugando con petardos, joder. Con bengalas. Está con una niña, correteando por el césped como si ella también fuera una cría y no una adulta que, horas atrás, actuaba como si su vida no tuviera sentido.

No me ha visto llegar porque estaba de espaldas cuando

he aparcado; no sabe que llevo varios minutos observándola.

Enciende otra bengala y se la da a la niña, que sale corriendo con ella en alto, dejando un rastro de luz al volver la esquina.

Cuando Kenna se queda a solas, se cubre los ojos con las manos y mira al cielo. Permanece así unos instantes y luego se seca los ojos con la camiseta.

La niña reaparece y Kenna le sonríe. Vuelve a desaparecer y Kenna vuelve a fruncir el ceño. Activa y desactiva la sonrisa, una y otra vez. Me gusta que finja no estar triste cada vez que la niña se acerca a ella corriendo. Y no me gusta que me guste. Tal vez Roman tenía razón.

La niña regresa y le da otra bengala. Mientras la enciende, Kenna reconoce la camioneta. Parece encogerse durante un segundo, pero luego le dirige una sonrisa forzada a la niña y le hace un gesto para que vuelva a rodear el edificio corriendo. Cuando la niña desaparece, Kenna se dirige hacia mí.

Es obvio que estaba espiándola, por lo que no me molesto en negarlo. Desactivo los seguros un instante antes de que llegue a la camioneta, suba y cierre de un portazo.

—¿Traes buenas noticias?

Me remuevo en el asiento.

—No.

Ella abre la puerta y se dispone a salir.

—Espera, Kenna.

Se detiene y, un instante después, vuelve a cerrar la puerta. Se hace el silencio en la furgoneta. Me llega su olor a pólvora y a cerillas. La electricidad aquí dentro es tan palpable que no me extrañaría que el vehículo explotara. Pero no lo hace. No pasa nada. Nadie dice nada.

Finalmente, me aclaro la garganta.

—¿Estarás bien? —Oculto mi preocupación tras una barrera de indiferencia, por lo que la pregunta resulta forzada, como si en realidad no me importara la respuesta.

Kenna trata de marcharse otra vez, pero le sujeto la muñeca. Cuando me mira a la cara, repito:

—¿Estarás bien?

Ella me mira con dureza. Tiene los ojos rojos, hinchados.

—¿Has...? —Niega con la cabeza. Parece confundida—. ¿Has venido porque tienes miedo de que me quite la vida?

No me gusta su actitud. Parece burlarse de mi preocupación.

—¿Quieres saber si tengo miedo de que puedas estar alterada? —replico, reformulando su pregunta—. Sí, lo tengo. He venido para asegurarme de que estabas bien.

Ella ladea ligeramente la cabeza hacia la derecha y gira todo el cuerpo hasta que quedamos sentados frente a frente. Los mechones lisos de su melena, que le llega a la altura de los hombros, siguen la inclinación de su cabeza.

—No, no es eso —replica—. Tienes miedo de que, si me quito la vida, te sientas culpable por haber sido tan insoportablemente cruel conmigo. Por eso has vuelto. Te da exactamente igual si me mato o no, lo que no quieres es ser quien me dé el empujón final. —Niega con la cabeza y se ríe sin ganas—. Pues ya está. Has comprobado que sigo viva. Ya has limpiado tu conciencia, adiós.

Kenna se vuelve para abrir la puerta, pero la niña a la que le encendía las bengalas aparece de repente en la ventanilla. Tiene la nariz presionada contra el cristal.

—Baja la ventanilla —me pide Kenna.

Giro la llave en el contacto para poder bajarla. La niña se inclina hacia nosotros, sonriendo.

—¿Eres el padre de Kenna?

La pregunta me toma tan por sorpresa que se me escapa la risa. Kenna también se echa a reír. Diem ha sacado la risa y la sonrisa de Scotty. La risa de Kenna no se parece a la de su hija. Es suya, propia; una risa que no había oído antes, pero que quiero volver a oír.

—No, no es mi padre, en absoluto —responde Kenna mirándome de reojo—. Es el tipo del que te he hablado antes, el que no me deja acercarme a mi hijita.

Abre la puerta y baja de un salto.

Cierra dando un portazo y, luego, la niña, que ya es una adolescente, se asoma a la ventanilla y me dice:

—Lerdo.

Kenna le toma la mano y se alejan de la camioneta.

—Vamos, Lady Diana. No está de nuestro lado.

Kenna sigue alejándose de la mano de la niña y no se vuelve en ningún momento, sin importar lo mucho que deseo que lo haga, aunque también deseo que no lo haga. Joder, tengo el cerebro más enredado que un pretzel.

No sé si podría estar de su lado, ni aunque quisiera. Esta situación tiene tantos recovecos que me temo que elegir bando va a acabar con todos nosotros.

15

Kenna

Tal como yo lo veo, no debería importar si una madre no es perfecta. No debería importar si ha cometido un enorme y tremendo error en el pasado o un montón de errores pequeños. Si una madre quiere ver a su hijo, deberían permitirle hacerlo, aunque solo fuera una vez.

Sé por experiencia que, si te ha tocado una madre imperfecta, es preferible crecer sabiendo que tu imperfecta madre lucha por ti antes que crecer pensando que no le importas una mierda.

Dos años de mi vida —no consecutivos— los pasé en casas de acogida temporal. Mi madre no era drogadicta ni alcohólica, simplemente no era muy buena madre.

Cuando tenía siete años, me dejó sola una semana porque un tipo que conoció en el concesionario donde trabajaba la invitó a ir de vacaciones con él a Hawái.

Una vecina se percató de que estaba sola y, a pesar de que mi madre me había dicho que mintiera si alguien me preguntaba, no me atreví a mentirle al trabajador social que se presentó en casa.

Pasé nueve meses con una familia de acogida mientras

mi madre luchaba para que le devolvieran la custodia. En la casa había muchos niños y muchas reglas. Se parecía más a un campamento de verano muy estricto que a una casa. Por eso, cuando mi madre recuperó la custodia, me sentí aliviada.

La segunda vez que fui a una casa de acogida tenía diez años. En esa ocasión, yo era la única niña en acogida. Viví con una mujer de unos sesenta años llamada Mona y pasé con ella casi un año.

Mona no era nada espectacular, pero el simple hecho de que viera películas conmigo de vez en cuando, preparara la cena todas las noches y se encargara de la colada era mucho más de lo que hacía mi madre. Mona era una mujer normal y corriente. Era callada, no muy graciosa. Estar a su lado no era divertido, pero estaba presente y me hacía sentir que se ocupaba de mí.

Durante el año que pasé con Mona, me di cuenta de que no necesitaba que mi madre fuera espectacular ni fantástica. Solo quería que fuera lo suficientemente válida como madre para que el estado no tuviera que intervenir.

No creo que sea pedirle demasiado a la persona que te dio la vida.

«Haz lo adecuado. Mantenme con vida. No me dejes sola.»

Cuando mi madre recuperó la custodia por segunda vez y tuve que irme de casa de Mona, las cosas fueron distintas. Esa vez no me alegré de volver a verla. Había cumplido los once años en casa de Mona y regresé con las emociones propias de una preadolescente con una madre como la mía.

Sabía que regresaba a un lugar donde iba a tener que

cuidarme sola, y no me hacía ninguna ilusión. Me devolvían a casa de una madre que no era válida, que no servía para ser madre.

Nuestra relación nunca funcionó después de aquello. Mi madre y yo no volvimos a mantener una conversación tranquila, todas acababan en pelea. Tras unos cuantos años así, cuando ya tenía unos catorce, dejó de intentar hacer de madre. Sentí que me había convertido en su enemiga.

Pero por aquella época yo ya era autosuficiente y no necesitaba que mi madre se pasara por casa un par de veces a la semana y tratara de decirme lo que debía hacer cuando no sabía nada de mí ni de mi vida. Vivimos juntas hasta que me gradué en el instituto, pero no éramos amigas y no teníamos ningún tipo de relación. Cuando hablaba conmigo, las únicas palabras que me dirigía eran insultos. Por eso, con el tiempo, dejé de hablar con ella.

Prefería que me ignorara a que me insultara.

Cuando conocí a Scotty, llevaba dos años sin oír su voz.

Pensaba que no volvería a hablar con ella nunca, no porque hubiéramos tenido ninguna riña especialmente grave, sino porque nuestra relación era una carga. Creo que las dos nos sentimos liberadas cuando se rompió definitivamente.

En aquel momento no sabía lo desesperada que llegaría a estar.

Llevábamos casi tres años sin hablarnos cuando la llamé desde la cárcel, embarazada y desesperada. Estaba de siete meses, y Patrick y Grace ya habían solicitado la custodia del bebé. Basándose en el tiempo de condena, me enteré de que también habían pedido que me retiraran todos los derechos sobre la niña.

Entendía su postura. El bebé necesitaba un lugar donde vivir y yo prefería que viviera con los Landry a que estuviera con cualquier otra persona, en especial mi madre. Pero la idea de que me retiraran la custodia definitivamente era aterradora; significaba que no iba a poder ver nunca a mi hija. Y jamás podría decidir nada sobre su vida, ni siquiera cuando saliera de la cárcel.

La condena era larga y no tenía a nadie más con quien dejar a la niña. Por eso llamé al único miembro de mi familia: mi madre.

Pensé que, tal vez, si ella solicitaba el régimen de visitas como abuela, yo mantendría algún tipo de control sobre lo que pudiera pasarle a mi hija en el futuro. Si le concedían el derecho de visita, tal vez mi madre podría traer a la niña a la cárcel para poder al menos conocerla.

Cuando mi madre entró en la sala de visitas aquel día, me saludó con una sonrisa petulante. No era una sonrisa que decía: «Te he echado de menos, Kenna», sino una sonrisa que podía traducirse como «esto no me extraña nada».

Estaba guapa, eso sí. Llevaba un vestido y le había crecido mucho el pelo desde la última vez que la había visto. Tuve la extraña sensación de estar viéndola de igual a igual, no ya como una adolescente a su madre.

No nos abrazamos. Aún había mucha tensión y animadversión entre las dos; tanta que no sabíamos cómo tratarnos.

Sentándose, me señaló la tripa.

—¿Es el primero?

Asentí con la cabeza. No parecía hacerle mucha ilusión ser abuela.

—Te busqué en Google —me dijo.

Fue su manera de decirme que sabía lo que había hecho. Me clavé las uñas en la palma de la mano para no decir algo de lo que luego pudiera arrepentirme. Pero todas las palabras que me venían a la mente eran palabras de las que me arrepentiría en algún momento; por eso permanecimos en silencio un rato que se me hizo eterno, sin saber cómo arrancar.

Ella empezó a tamborilear los dedos sobre la mesa, impaciente.

—¿Y bien? ¿Por qué estoy aquí, Kenna? —Me señaló el vientre—. Necesitas que críe a tu hijo.

Negué con la cabeza. No quería que criara a mi hija. Quería que se criara con los padres que habían educado a un hombre como Scotty, pero también quería ver a Diem. Por eso, aunque lo que deseaba en aquel momento era levantarme y marcharme, no lo hice.

—No. Los abuelos paternos han pedido la custodia, pero... —Tenía la boca seca. Noté que los labios se me pegaban al decir—: He pensado que podrías pedir que te concedieran el derecho de visita, como abuela.

Mi madre ladeó la cabeza.

—¿Por qué?

El bebé se movió en ese instante, casi como si me estuviera rogando que no le pidiera a esa mujer que tuviera nada que ver con ella. Me sentí muy culpable, pero no tenía más opciones. Tragué saliva y me llevé las manos al vientre.

—Quieren quitarme la custodia definitivamente. Si lo hacen, no podré verla nunca. Pero si te conceden a ti el régimen de visitas como abuela, podrías traerla aquí para que la viera de vez en cuando. —Sonaba como la versión de seis años de mí misma, que, si bien sentía miedo de ella, la necesitaba.

—Hay cinco horas de coche hasta aquí —dijo mi madre. Al principio no sabía a qué se refería, pero pronto me lo dejó claro—. Tengo una vida, Kenna. No tengo tiempo para llevar a tu bebé en un trayecto de cinco horas para que vea a su madre en la cárcel todas las semanas.

—Yo... No hace falta que sea todas las semanas. Solo cuando puedas.

Mi madre se removió en la silla. Parecía molesta o enfadada conmigo. Ya me imaginaba que no le haría gracia tener que venir hasta aquí, pero pensé que, cuando me viera, sabría que había valido la pena. Pensé que se presentaría con ganas de redimirse. Creí que, tal vez, al enterarse de que iba a ser abuela, se lo tomaría como una oportunidad de volver a empezar, y que esta vez trataría de hacerlo mejor.

—No me has llamado por teléfono una sola vez en tres años, Kenna. ¿Y ahora me pides favores?

Ella tampoco me había llamado, pero no lo comenté porque sabía que solo serviría para que se enfadara más. En vez de eso, le rogué:

—Por favor. Me van a quitar a mi bebé.

No encontré nada en los ojos de mi madre: ni compasión ni empatía. En ese momento me di cuenta de que se alegraba de haberse librado de mí y que no tenía ninguna intención de ejercer de abuela. Ya me lo esperaba, pero me aferraba a la esperanza de que le hubiera nacido la conciencia durante los años que llevábamos sin vernos.

—Ahora sabrás cómo me sentía yo cada vez que el estado te apartaba de mí. Pasé un infierno para recuperarte las dos veces y tú nunca lo valoraste. Ni siquiera me diste las gracias.

¿En serio quería que se lo agradeciera? ¿Pretendía que le diera las gracias por ser una mierda tan grande como madre que tuvieron que retirarle la custodia dos veces?

En ese momento, me levanté y me fui. Ella me estaba diciendo algo, pero ni la oí porque estaba demasiado furiosa por haberla llamado cediendo a la desesperación. No había cambiado en absoluto. Seguía siendo la misma mujer egocéntrica y narcisista con la que crecí.

Estaba sola. Completamente sola.

Ni siquiera el bebé que crecía en mis entrañas me pertenecía.

16

Ledger

Hoy Patrick y yo hemos empezado a montar el parque infantil en mi jardín trasero. Aunque todavía faltan varias semanas para el cumpleaños de Diem, hemos pensado que, si lo montamos antes de la fiesta, sus amigos y ella tendrán algo con lo que jugar.

Parecía un buen plan, pero ninguno de los dos sabía que montar unos columpios iba a ser casi tan complicado como construir una casa. Hay piezas por todas partes y no tenemos instrucciones. A Patrick ya se le han escapado varios *joder* y él nunca dice palabrotas.

Hasta ahora hemos evitado hablar de Kenna. Él no ha sacado el tema, así que yo tampoco lo he hecho, pero sé que Grace y él no piensan en nada más desde que se presentó en nuestra calle ayer.

Sin embargo, sé que el silencio no durará mucho más, porque deja de trabajar y dice:

—Bueeeno...

Es la palabra que emplea Patrick cuando está a punto de iniciar una conversación que no le apetece mantener, o cuando está a punto de decir algo que sabe que no debería decir. Me di cuenta cuando era adolescente. Patrick entraba en la habitación de Scotty para informarme de que ya era hora de que volviera a casa, pero nunca decía lo que realmente pensaba. Iba dando rodeos. Daba golpecitos en la puerta y acababa diciendo algo como «bueeeno, supongo que mañana tenéis clase, ¿no?».

Patrick se sienta en una de las tumbonas y deja las herramientas en la mesa.

—Está muy tranquilo esto —comenta.

He aprendido a descifrar lo que no dice y sé que se refiere a que Kenna no ha vuelto a aparecer por aquí.

—¿Cómo está Grace?

—De los nervios —responde—. Anoche hablamos con nuestro abogado y nos aseguró que legalmente no puede hacer nada, pero creo que Grace está preocupada por si comete alguna locura, como llevarse a Diem del campo de béisbol mientras estemos distraídos.

—Kenna no haría eso.

Patrick se ríe sin ganas.

—No la conocemos de nada, Ledger. No sabemos qué es capaz de hacer.

Yo la conozco mejor de lo que Patrick se piensa, pero nunca lo admitiría ante él. De todos modos, probablemente lleva razón. Sé lo que se siente al besarla, pero no tengo ni idea de qué tipo de ser humano es.

No me pareció que viniera con malas intenciones, pero supongo que Scotty pensaba lo mismo antes de que ella lo dejara tirado cuando más la necesitaba.

Me siento como si mis lealtades se hubieran montado en una montaña rusa. Voy a acabar con un latigazo emocional en vez de cervical. Me siento fatal por Patrick y Grace y, un segundo más tarde, me siento fatal por Kenna. Debe de haber alguna manera de llegar a un acuerdo sin que Diem pague las consecuencias de esta situación.

Bebo un poco de agua para llenar el silencio y luego me aclaro la garganta.

—¿No sientes ni una pizca de curiosidad por saber qué quiere? ¿Y si no pretende llevarse a Diem? ¿Y si solo quiere conocerla?

—No es mi problema —responde él con brusquedad.

—¿Cuál es tu problema?

—Nuestro sufrimiento es mi problema. Es imposible que Kenna Rowan encaje en nuestra vida o en la de Diem sin que afecte a nuestra salud mental. —Tiene la vista clavada en el suelo, como si estuviera ordenando las palabras en su mente antes de pronunciarlas—. No es que pensemos que sería una mala madre, aunque dudo mucho que fuera buena. Pero ¿cómo crees que le afectaría a Grace tener que compartir a nuestra niñita con esa mujer? Si tuviera que mirarla a la cara todas las semanas. O, incluso peor: ¿qué pasaría si Kenna lograra que un juez se apiadara de ella y le devolvieran la custodia? ¿Cómo nos quedaríamos Grace y yo? Ya perdimos a Scotty. No podemos perder ahora a la hija de Scotty. No podemos arriesgarnos a que suceda.

Entiendo lo que Patrick está diciendo. Me pongo en su lugar y lo entiendo perfectamente. Lo único que digo es que, tras haber conocido un poco a Kenna durante estos últimos dos días, el odio que sentía por ella está empezando a transformarse en otra cosa. Otra cosa que podría ser empatía. Y pienso que podría pasarles lo mismo a Patrick y a Grace si le dieran una oportunidad.

Como si pudiera leer en mi cara lo que estaba a punto de decir, se me adelanta:

—Mató a nuestro hijo, Ledger. No nos hagas sentir culpables por no ser capaces de perdonárselo.

Hago una mueca al oírlo. Entiendo que mi silencio haya podido molestarlo, pero no tengo intención de hacerlo sentir culpable por las decisiones que han tomado.

—Nunca haría algo así.

—Quiero que salga de nuestra vida y que se vaya de la ciudad —añade Patrick—. No nos sentiremos a salvo hasta que se cumplan estas dos cosas.

Le ha cambiado el humor de golpe. Me siento mal por sugerir que escucharan a Kenna. Ella acaba de llegar aquí y, en vez de pretender que el entorno de Scotty se adapte a su nueva situación, sería mucho menos traumático para todos que aceptara las consecuencias de sus actos y respetara la decisión de los padres de Scotty.

Me pregunto qué querría Scotty si pudiera opinar. Todos sabemos que el choque, aunque pudo haberse evitado, fue un accidente. Pero ¿qué sintió al ver que lo abandonaba? ¿Murió odiándola?

¿Se avergonzaría de sus padres —y de mí— por alejar a Kenna de Diem?

Nunca sabremos la respuesta a esa pregunta, ni yo ni nadie. Por eso siempre acabo pensando una cosa distinta cada vez que me pregunto si estamos yendo contra los deseos de Scotty.

Me reclino en la tumbona y observo el parque infantil que pronto empezará a tomar forma si todo va bien. Mirarlo me trae recuerdos de Scotty; precisamente por eso lo desmonté.

—Scotty y yo nos fumamos el primer cigarrillo en esos columpios —le cuento a Patrick—. Teníamos trece años.

Él se echa a reír y se reclina a su vez en su tumbona. Parece aliviado por mi cambio de tema.

—¿Y de dónde sacasteis los cigarrillos a esa edad?

—De la camioneta de mi padre.

Patrick niega con la cabeza.

—La primera cerveza nos la bebimos ahí. Y ahí fue donde nos colocamos por primera vez. Y, si no recuerdo mal, Scotty se dio su primer beso ahí también.

—¿Con quién?

—Con Dana Freeman. Vivía aquí al lado. Fue la primera chica a la que besé yo también. Fue la única vez que Scotty y yo nos peleamos.

—¿Quién la besó primero?

—Yo. Pero Scotty se abalanzó sobre ella como una jodida águila y me la arrebató. Me fastidió mucho, pero no porque ella me gustara especialmente. Lo que me dio rabia fue que lo eligiera a él en vez de a mí. Nos pasamos un montón de tiempo sin hablarnos después de aquello..., unas ocho horas por lo menos.

—Bueno, es normal. Él era mucho más guapo que tú.

Me echo a reír.

Patrick suspira. Ahora estamos los dos pensando en Scotty y eso hace que el ambiente general decaiga. Odio que siga sucediendo tan a menudo. Me pregunto si alguna vez dejará de ocurrir.

—¿Crees que Scotty habría deseado que yo fuera distinto? —me pregunta Patrick.

—¿Qué quieres decir? Fuiste un gran padre.

—He trabajado toda la vida en una oficina, echando

cuentas. A veces me pregunto si no hubiera preferido que me dedicara a algo mejor, como bombero. O atleta. No era de esos padres de los que puedes presumir.

Me duele que Patrick piense que Scotty habría querido que su padre fuera distinto. Recuerdo las veces en que él y yo hablábamos sobre el futuro. Me viene a la mente una de esas conversaciones.

—Scotty no quería mudarse de aquí nunca —le digo—. Quería conocer a una chica, tener hijos, llevarlos al cine los fines de semana y a Disney World en verano. Recuerdo que, cuando lo decía, yo pensaba que estaba loco, porque mis sueños eran más grandes. Quería jugar al fútbol americano, recorrer el mundo y tener mi propio negocio, que me generara buenos ingresos. La vida sencilla no me llamaba tanto como a él. Recuerdo que, un día, después de contarle lo importante que quería ser, él me confesó: «Yo no quiero ser importante. Paso de la presión. Quiero pasar por la vida desapercibido, como mi padre, porque, cuando llega a casa por las noches, está de buen humor».

Patrick guarda silencio un rato y luego me dice:

—No digas bobadas. No me creo que dijera eso.

—Te lo juro —replico riendo—. Se pasaba el día diciendo cosas así. Te quería tal como eras.

Patrick se echa hacia delante en la tumbona y se queda mirando al suelo, con las manos juntas.

—Gracias por contarme esto, aunque no sea verdad.

—Sí que lo es —insisto para convencerlo, pero Patrick todavía parece triste, por lo que me esfuerzo en recordar alguna anécdota divertida de Scotty—. Una vez estábamos sentados dentro de la casita de los columpios y, de repente, una paloma se posó en el patio, a un metro de distancia más o menos. Scotty se la quedó mirando y preguntó: «¿Es una puta paloma o qué?». No sé por qué, supongo que porque estábamos colocados, pero nos entró un ataque de risa. Acabamos llorando de risa. Durante años, hasta el día de su muerte, cada vez que veíamos algo que no tenía sentido, Scotty exclamaba: «¿Es una puta paloma o qué?».

Patrick se echa a reír.

—¿Por eso siempre decía esa frase?

Asiento con la cabeza.

Patrick se ríe cada vez más fuerte, hasta que se le saltan las lágrimas de la risa.

Y luego sigue llorando sin reír.

Cuando los recuerdos lo afectan de esta manera, siempre me marcho y lo dejo solo. No es de los que buscan consuelo cuando están tristes; solo quiere intimidad.

Entro en casa y cierro la puerta, preguntándome si algún día Grace y él lo llevarán mejor. Han pasado cinco años. ¿Seguirá buscando un rincón tranquilo donde llorar a solas dentro de diez años? ¿Y de veinte?

Deseo con todas mis fuerzas que se recuperen, aunque sé que es imposible superar la pérdida de un hijo. Lo que me lleva a preguntarme si Kenna llora igual que Patrick y Grace.

Me pregunto si sentiría el mismo tipo de pérdida cuando le quitaron a Diem.

Porque, si es así, no me puedo imaginar que Grace y Patrick permitieran conscientemente que siguiera sintiendo algo así, sabiendo de primera mano lo mucho que duele.

17

Kenna

Querido Scotty:

Hoy ha sido mi primer día en el nuevo trabajo. De hecho, aún sigo aquí. Estoy haciendo el curso de formación, un rollo patatero. Llevo dos horas viendo vídeos sobre cómo empaquetar correctamente la comida, cómo colocar los huevos y mantener los paquetes de carne separados. Se me cierran los ojos, no puedo evitarlo. Es que no he dormido bien últimamente.

Por suerte, he descubierto que los vídeos se siguen reproduciendo si los minimizo, así que estoy usando un documento de Word para escribirte esta carta.

Y he usado la impresora de la empresa para imprimir todas las cartas viejas que te escribí en el Google Docs de la cárcel. Me las he metido en la mochila y las he guardado en mi consigna de empleada, porque no creo que se me permita imprimir cosas aquí.

Casi todo lo que recuerdo de ti lo he documentado. Todas las conversaciones importantes que mantuvimos y todos los momentos impactantes que han ocurrido desde tu muerte.

Me he pasado cinco años escribiéndote cartas, tratando de recordar todo lo que vivimos juntos, por si algún día Diem quiere saber más de ti. Sé que tus padres pueden compartir con ella más cosas que yo, pero igualmente siento que vale la pena ofrecerle la parte de ti que yo conocí.

El otro día me di una vuelta por el centro y vi que la tienda de antigüedades había cerrado. Ahora es una ferretería.

Recordé la primera vez que entramos en la tienda y me compraste esas diminutas manitas de goma. Faltaban unos días para nuestro aniversario. Íbamos a cumplir seis meses juntos, pero lo estábamos celebrando con antelación porque me había tocado el turno de fin de semana y no íbamos a poder salir a celebrarlo.

En aquel momento, ya nos habíamos dicho «te quiero». Ya nos habíamos dado el primer beso, habíamos hecho el amor por primera vez, habíamos tenido la primera pelea.

Acabábamos de comer en un nuevo restaurante de sushi del centro y estábamos mirando anticuarios. Básicamente ojeábamos los escaparates, sin entrar, disfrutando del día. Íbamos cogidos de la mano y, de vez en cuando, te parabas y me besabas. Estábamos en esa etapa empalagosa de la relación, una etapa que no había alcanzado con nadie antes de ti. Éramos felices, estábamos enamorados, llenos de hormonas y de esperanza.

Era perfecto, y pensábamos que aquella felicidad absoluta duraría eternamente.

Me hiciste entrar en uno de los anticuarios y me dijiste:

—Elige algo. Te lo regalo.

—No necesito nada.

—No es por ti, es por mí. Quiero regalarte algo.

Yo sabía que no tenías mucho dinero. Estabas a punto de graduarte en la universidad y pensabas estudiar un curso de posgrado a tiempo completo. Yo seguía trabajando en el Dollar Days, ganando el salario mínimo. Me dirigí a la zona de joyería, esperando encontrar algo barato, una pulsera o unos pendientes.

Pero lo que me llamó la atención fue un anillo. Era de oro, muy delicado, y parecía salido del dedo de alguien que hubiera vivido en el siglo XIX. Tenía una piedra preciosa de color rosa en el centro. Te diste cuenta de que me había fijado en él porque contuve el aliento.

—¿Te gusta ese?

Estaba en un estuche, con todos los demás anillos, y le pediste al dependiente si podíamos verlo. El hombre lo sacó y te lo dio. Tú me lo pusiste en el dedo anular de la mano derecha. Me quedaba perfecto, a la medida.

—Es muy bonito —dije. Francamente, era el anillo más bonito que había visto nunca.

—¿Cuánto cuesta? —le preguntaste al hombre.

—Cuatro de los grandes. Tal vez podría rebajaros doscientos pavos. Lleva ahí varios meses.

Los ojos se te abrieron como platos al oír el precio.

—¿Cuatro mil? —preguntaste incrédulo—. ¿Es una puta paloma o qué?

Se me escapó la risa. No sabía por qué siempre decías eso, pero era al menos la tercera vez que te lo oía. También me reí porque el anillo valía cuatro mil putos dólares. No estoy segura de haber llevado nunca en el cuerpo algo que cueste esa cantidad.

Me cogiste la mano y dijiste:

—Corre, quítatelo antes de que se rompa. —Y se lo devolviste al hombre.

Había un expositor de manos diminutas junto a la caja registradora. Eran regalos de broma que se ponían en la punta de los dedos para que pareciera que tenías cincuenta dedos en vez de diez.

Cogiste una y preguntaste:

—¿Cuánto valen?

—Dos dólares —respondió el hombre.

Me compraste diez, una para cada dedo.

Fue el regalo más idiota que me han hecho nunca y, desde luego, mi favorito.

Salimos de la tienda muertos de risa.

—Cuatro mil dólares —murmuraste negando con la cabeza—. ¿Acaso viene con un coche de regalo? ¿Todos los anillos cuestan tanto? ¿Tengo que empezar a ahorrar para cuando nos comprometamos?

Mientras refunfuñabas sobre el precio del anillo, me ibas colocando las manitas de goma en la punta de los dedos.

Pero tus protestas me hicieron sonreír, porque fue la primera vez que hablaste de compromiso. Creo que te diste cuenta de lo que habías dicho, porque, después de aquello, permaneciste en silencio.

Cuando tuve todas las manitas colocadas en los

dedos, te toqué las mejillas. La imagen era ridícula, pero tú sonreíste mientras me rodeabas las muñecas con las manos y me besabas las palmas. Luego besaste las palmas de las diez manitas.

—Pero ahora tengo muchísimos dedos —comenté—. ¿De dónde vas a sacar dinero para comprar anillos para los cincuenta?

Te echaste a reír y me abrazaste.

—Ya encontraré la manera. Robaré un banco. O atracaré a mi mejor amigo. Pronto será rico el muy cabrón.

Te referías a Ledger, aunque no sé si en aquel momento lo supe, porque yo no conocía a Ledger. Acababa de firmar un contrato con los Broncos, pero yo no entendía de deportes y no sabía nada de tus amigos.

Estábamos tan obsesionados el uno con el otro que apenas teníamos tiempo para nadie más. Tú ibas a clase casi todos los días y yo trabajaba también casi todos los días, por lo que el poco tiempo libre del que disponíamos para estar juntos lo pasábamos a solas.

Suponía que las cosas cambiarían más adelante, pero en aquel punto de nuestra vida éramos la prioridad absoluta el uno del otro, y ninguno de los dos lo veía como algo malo, porque nos hacía sentir muy bien.

Señalaste algo en el escaparate de una tienda en la acera de enfrente, me agarraste por una de las manitas y nos dirigimos hacia allí.

Solía imaginarme que un día me pedirías matrimonio, nos casaríamos, tendríamos niños y los cria-

ríamos juntos en esta ciudad, porque a ti te gustaba vivir aquí y a mí me habría gustado cualquier sitio que te gustara a ti. Pero te moriste y no pudimos hacer realidad nuestro sueño.

Y nunca podremos, porque la vida es muy muy cruel. Elige a sus víctimas y las maltrata. Les da unas circunstancias de mierda y les dice que ellas también pueden vivir el sueño americano. Lo que no nos cuentan es que los sueños casi nunca se hacen realidad.

Por eso lo llaman «el sueño americano» y no «la realidad americana».

Nuestra realidad es que tú estás muerto, yo estoy haciendo un curso de formación para un trabajo de mierda donde me van a pagar el salario mínimo y a nuestra hija la están criando unas personas que no somos nosotros.

La realidad es jodidamente deprimente.

Y este trabajo también.

Probablemente debería volver a los vídeos.

Con todo mi amor,

Kenna

Amy me puso a trabajar en cuanto acabé de ver las tres horas de vídeos de formación. Al principio estaba nerviosa porque pensaba que el primer día lo pasaría fijándome en cómo trabajaba algún compañero, pero Amy me dijo:

—Tú pon las cosas más pesadas debajo; trata el pan y los huevos como si fueran bebés y todo irá bien.

Tenía razón. Llevo dos horas metiendo los productos de los clientes en bolsas y, de momento, todo es tal como me imaginaba que sería en un trabajo tan básico como este.

Aunque nadie me advirtió que tendría que enfrentarme a riesgos laborales ya el primer día.

El riesgo laboral en concreto se llama Ledger y, aunque todavía no me he cruzado con él, acabo de ver su espantosa camioneta naranja en el aparcamiento.

El pulso se me acelera porque no quiero que monte una escena. No lo he visto desde que se presentó en mi apartamento el sábado por la noche para ver cómo estaba.

Creo que reaccioné bastante bien. Parecía arrepentido por haberme tratado como lo hizo, pero yo me mantuve serena y actué como si su presencia no me afectara, aunque lo cierto es que me afectó y mucho.

Porque me dio un poco de esperanza. Si se sintió mal por tratarme así, hay alguna posibilidad de que llegue a ponerse en mi lugar.

Sé que es una posibilidad muy pequeña, pero es mejor que nada.

Tal vez no debería tratar de evitarlo. Estar en mi presencia podría ayudar a que se diera cuenta de que no soy el monstruo que cree.

Vuelvo a entrar en la tienda y dejo el carrito en la hilera.

Amy está detrás del mostrador de atención al cliente.

—¿Puedo hacer una pausa para ir al baño? —le pregunto.

—No hace falta que me pidas permiso cada vez que quieras mear. ¿Te acuerdas de cómo nos conocimos? Yo finjo que me estoy meando cada hora. Es la única manera de no volverse loca.

Me cae bien. Me cae muy bien esta mujer.

No necesito ir al baño. Solo quiero darme una vuelta para ver si localizo a Ledger. Parte de mí espera que vaya con Diem, aunque sé que es imposible. Me vio solicitando trabajo aquí, lo que significa que probablemente no vuelva a entrar con ella nunca más.

Lo encuentro en el pasillo de los cereales. Mi idea era espiarlo mientras compraba, pero, en cuanto entro en el pasillo, aparece muy cerca, por lo que me ve al mismo tiempo que yo a él. Estamos a poco más de un metro de distancia. Lleva un paquete de Fruity Pebbles en la mano.

Me pregunto si serán para Diem.

—Conseguiste el trabajo —dice Ledger, aunque en un tono tan neutro que no sé si se alegra o le molesta. Supongo que si le molestara mucho habría ido a comprar a otra parte. Ya sabía que había presentado una solicitud.

Tendrá que cambiarse de supermercado si le molesta, porque yo no pienso irme a ninguna parte. No puedo. Nadie más me daría trabajo.

Alzo la vista de la caja de cereales e inmediatamente deseo no haberlo hecho. Está distinto hoy. Tal vez sea efecto de las luces fluorescentes, o tal vez sea que, cuando estoy en su presencia, trato de no mirarlo a la cara. Pero aquí, en medio del pasillo de los cereales, las luces parecen iluminarlo solo a él.

Odio que se vea favorecido por la luz de los fluorescentes. ¿Cómo es posible? Sus ojos me parecen más amables y su boca todavía más apetecible. Odio estar pensando cosas buenas del hombre que me apartó con sus propias manos de la casa donde estaba mi hija.

Me marcho del pasillo de los cereales con un nudo en la garganta.

He cambiado de idea. No quiero ser amable con él. Se ha pasado cinco años juzgándome. No le haré cambiar de opinión en un pasillo de supermercado, sobre todo porque su presencia me altera demasiado para causarle buena impresión.

Trato de calcular su tiempo de compra para no estar disponible cuando salga, pero el karma se encarga de que los demás embolsadores estén ocupados cuando llega su turno. Me llaman para que vaya a su caja, lo que significa que, además de guardarle la compra, tendré que acompañarlo hasta la camioneta, charlar con él y ser amable.

Evito el contacto visual, pero noto su mirada clavada en mí mientras coloco su compra en bolsas.

Hay algo muy íntimo en saber qué compran los habitantes de esta ciudad. Siento que puedo conocer a una persona basándome en sus adquisiciones. Las mujeres solteras suelen optar por comida sana. Los hombres solteros compran un montón de filetes y platos congelados. Las familias numerosas también compran carne y muchos productos a granel.

Ledger ha comprado platos congelados, filetes, salsa Worcestershire, patatas Pringles, galletas Animal Crackers, cereales Fruity Pebbles, leche, batidos de chocolate y un montón de Gatorade. Basándome en su selección, llego a la conclusión de que es un soltero que pasa mucho tiempo con mi hija.

Los últimos artículos que la cajera cobra son tres latas de Spaghettios. Me siento celosa porque él sabe qué tipo de pasta le gusta a mi hija, y los celos asoman en mi forma de meter las latas en una bolsa y de tirar la bolsa en el carrito.

La cajera me mira de reojo mientras Ledger paga la compra. Cuando le dan el recibo, lo dobla y lo guarda en su billetera mientras se dirige al carrito.

—Puedo llevarlo yo.

—He de hacerlo —replico sin emoción—. Normas de la casa.

Él asiente y pasa delante de mí dirigiéndose a la camioneta.

Sigo encontrándolo atractivo. No me gusta que me pase, pero no puedo evitarlo. Trato de mirar a cualquier parte menos a él mientras cruzamos el aparcamiento.

Cuando estuve en su bar la otra noche y aún no sabía que era el dueño, me fijé en la diversidad de los empleados y pensé que el dueño debía de ser un buen tipo. Los otros dos camareros, Razi y Roman, son negros. Y una de las camareras era hispana.

Me gusta que sea alguien importante en la vida de mi hija. Quiero que se críe entre buenas personas y, por lo poco que conozco de Ledger, me parece un ser humano decente.

Cuando llegamos a la camioneta, guarda los Gatorades en la parte descubierta, mientras yo dejo el resto de la compra en el asiento trasero, en el lado opuesto al alzador de Diem. Hay un coletero rosa y blanco en el suelo. Cuando acabo de descargar la compra, miro el coletero unos instantes y lo cojo.

Hay un pelo marrón enganchado en el coletero. Tiro de él hasta desengancharlo. Tiene unos veinte centímetros de largo y es exactamente del mismo color que mi pelo.

«Tiene mi pelo.»

Noto que Ledger se acerca por detrás, pero me da igual.

Quiero subir a la camioneta y quedarme aquí, cerca de la sillita y del coletero, y tratar de encontrar más cosas que me den una pista de cómo es y del tipo de vida que lleva.

Me vuelvo hacia él, sin dejar de contemplar el coletero.

—¿Se parece a mí?

Cuando levanto la mirada, veo que me está observando con las cejas alzadas. Ha apoyado el brazo en el techo de la camioneta y me siento encajonada entre él, la puerta y el carrito.

—Sí, se parece a ti —responde, pero no entra en detalles.

¿En qué se parece? ¿En los ojos? ¿La boca? ¿El pelo? ¿En todo? Quiero preguntarle si también ha sacado mi personalidad, pero él no me conoce de nada.

—¿Cuánto tiempo hace que la conoces?

Él se cruza de brazos y baja la vista al suelo, como si le incomodara contestar estas preguntas.

—Desde que la trajeron a casa.

Los celos me asaltan con tanta fuerza que casi puedo oírlos. Inspiro hondo, entrecortadamente, y me aguanto las lágrimas para preguntarle:

—¿Cómo es?

Esta pregunta hace que suelte un suspiro hondo.

—Kenna.

No dice nada más, pero es suficiente. Sé que no me responderá más preguntas. Apartando la mirada, recorre el aparcamiento con la vista.

—¿Vienes andando al trabajo?

Buen cambio de tema.

—Sí.

Mira hacia el cielo.

—Han dicho que caerá una tormenta más tarde.

—Estupendo.

—Podrías llamar a un Uber. —Vuelve a mirarme a los ojos—. ¿Había Uber antes de que...? —deja la pregunta en el aire.

—¿Fuera a la cárcel? —acabo yo por él, poniendo los ojos en blanco—. Sí, Uber ya existía entonces. Pero no tengo teléfono móvil, así que tampoco tengo la aplicación.

—¿No tienes móvil?

—Tenía, pero se me cayó el mes pasado y no podré comprarme otro hasta que cobre.

Alguien usa un mando a distancia para abrir un coche cerca de nosotros. Miro a mi alrededor y veo a Lady Diana acompañando a una pareja de ancianos con un carrito abarrotado. No los molestamos, pero uso su aparición como excusa para cerrar la puerta.

Lady Diana ve a Ledger al abrir el maletero. Coge la primera bolsa y murmura:

—Lerdo.

No puedo evitar sonreír. Me vuelvo hacia él y juraría que también está conteniendo una sonrisa. No me gusta que no me parezca un capullo. Sería mucho más fácil odiarlo si fuera un capullo.

—Me quedo el coletero —le digo dándole la vuelta al carrito.

Quiero decirle que, si insiste en seguir comprando aquí, debería traer a mi hija la próxima vez. Pero, cuando estoy en su presencia, nunca sé si ser educada porque es el único vínculo que tengo con Diem, o si ser borde porque forma parte de los obstáculos que me separan de ella.

Hay tantas cosas que necesito decirle que creo que lo mejor será no decir nada, al menos de momento. Me vuelvo hacia él antes de dirigirme a la tienda, y veo que sigue apoyado en la camioneta, observándome.

Entro y devuelvo el carro a la hilera. Luego me recojo el pelo con el coletero de Diem y me lo dejo puesto hasta que acabo el turno.

18

Ledger

Cuando entro en el bar, me encuentro con una decena de *cupcakes* dándome la bienvenida.

—Joder, Roman.

Todas las semanas se pasa por la panadería y compra *cupcakes.* Los compra como excusa para ver a la dueña de la panadería, pero no los prueba. Lo que significa que me toca a mí comérmelos. Normalmente, los pocos que sobreviven se los llevo a Diem.

Cojo un *cupcake* mientras Roman entra empujando las puertas batientes que separan el bar de la trastienda.

—¿Por qué no la invitas a salir? He engordado cinco kilos desde que la viste por primera vez.

—Me da que a su marido no le haría gracia —responde Roman.

Ah, sí, es verdad: está casada.

—Bien visto.

—Ni siquiera he hablado con ella. Lo único que hago es comprarle *cupcakes* porque me parece que está buenísima y porque, al parecer, me gusta torturarme.

—Que te gusta torturarte es evidente. Sigues trabajando aquí.

—Ya te digo —replica él sin emoción. Apoyándose en la barra, me pregunta—: ¿Y bien? ¿Alguna novedad sobre Kenna?

Miro por encima de su hombro.

—¿Ha llegado alguien más? —No me apetece hablar sobre Kenna si hay alguien más en el bar. Lo último que quiero es que los Landry se enteren de que he seguido en contacto con ella.

—No. Mary Anne llega a las siete y Razi libra hoy.

Le doy un mordisco al *cupcake* y le digo, con la boca llena:

—Trabaja en el supermercado de Cantrell. No tiene coche ni móvil. Empiezo a pensar que ni siquiera tiene familia. Va al trabajo andando. Estos *cupcakes* están deliciosos.

—Pues deberías ver a la mujer que los hace —repone Roman—. Y los abuelos de Diem, ¿han decidido ya lo que van a hacer?

Meto la otra mitad del *cupcake* en la caja y me limpio la boca con una servilleta.

—Traté de hablarlo con Patrick ayer, pero no puede ni oír hablar del tema. Solo quiere que se vaya de la ciudad y se aleje de su vida.

—¿Y qué quieres tú?

—Lo que sea mejor para Diem —contesto al instante. Es lo que he querido siempre. Lo que pasa es que ya no tengo tan claro qué es lo mejor para ella.

Roman permanece en silencio. Tiene la vista fija en los pastelitos. Finalmente dice:

—A la mierda. —Y coge uno.

—¿Crees que lo hará todo tan bien como los *cupcakes*?

—Espero descubrirlo algún día. Una de cada dos parejas se divorcia —responde en tono esperanzado.

—Estoy seguro de que Whitney podría encontrarte una buena chica soltera.

—Que te den —murmura—. Prefiero esperar a que el matrimonio de la chica *cupcake* se desmorone.

—¿La chica *cupcake* no tiene nombre?

—Todo el mundo tiene nombre.

Hacía tiempo que no teníamos una noche tan floja, probablemente porque es lunes y está lloviendo. No suelo prestar atención a la puerta cada vez que se abre, pero solo hay tres clientes en el bar, por eso todos los ojos se clavan en ella cuando entra huyendo de la lluvia.

Roman también se fija. Estamos los dos observándola cuando él me dice:

—Tengo la sensación de que tu vida está a punto de complicarse mucho, Ledger.

Kenna se dirige hacia mí con la ropa empapada. Se sienta en el mismo sitio del primer día. Se quita el coletero de Diem, se inclina sobre la barra y coge un montón de servilletas de papel.

—Pues sí, has acertado con lo de la lluvia —me dice secándose la cara y los brazos—. Necesito que alguien me lleve a casa.

Me siento confundido, porque la última vez que se bajó de mi camioneta parecía tan enfadada conmigo que pensé que no iba a volver a subir nunca más.

—¿Yo?

Ella se encoge de hombros.

—Tú, un Uber, un taxi, me da igual. Pero primero quiero un café. He oído que ahora los servís con caramelo.

Parece que viene con ganas de pelea. Le paso un trapo limpio y empiezo a prepararle el café mientras ella se seca. Miro el reloj. Han pasado al menos diez horas desde que la vi en el súper.

—¿Sales ahora del trabajo?

—Sí, alguien avisó de que estaba enfermo y he doblado turno.

El supermercado cierra a las nueve y probablemente tenga una hora de camino hasta su casa.

—No deberías volver a casa andando a estas horas.

—Pues cómprame un coche.

La miro y alza una ceja, en un gesto provocador. Coloco una cereza sobre el café y lo deslizo hacia ella.

—¿Cuánto tiempo hace que tienes el bar? —me pregunta.

—Unos años.

—¿No te dedicabas a algún deporte profesional?

Su pregunta me hace reír. En general, mi breve paso por la NFL, la liga nacional de fútbol americano, suele ser el tema favorito de la gente que entra en el bar, pero Kenna me lo ha preguntado como si fuera algo sin importancia que se le acaba de ocurrir.

—Sí, jugué al fútbol americano con los Broncos.

—¿Se te daba bien?

Me encojo de hombros.

—Bueno, llegué a la liga nacional, así que supongo que no se me daba del todo mal. Pero no era lo bastante bueno como para que me renovaran el contrato.

—Scotty estaba orgulloso de ti —me dice bajando la mirada hacia la taza y rodeándola con las dos manos.

La primera noche que vino estaba muy cohibida, pero su personalidad empieza a asomar de vez en cuando. Se come la cereza y luego le da un sorbo al café.

Quiero decirle que suba al piso de arriba, al apartamento que ocupa Roman, para secarse la ropa, pero no me sale ser amable con ella. Llevo dos días con esta lucha interna, preguntándome cómo puedo sentirme atraído por alguien a quien llevo tanto tiempo odiando.

Tal vez sea porque la atracción se inició el viernes pasado, antes de saber quién era.

O tal vez porque estoy empezando a replantearme las razones por las que llevo tanto tiempo odiándola.

—¿No tienes amigos aquí que puedan llevarte a casa después del trabajo? ¿Algún pariente?

Ella deja el café en la barra.

—Conozco a dos personas en esta ciudad. Una de ellas es mi hija, pero solo tiene cuatro años y aún no puede conducir. La otra eres tú.

No me gusta que me resulte todavía más atractiva cuando se pone sarcástica. Tengo que dejar de interactuar con ella. Lo último que necesito es que se presente en el bar cada dos por tres. Si alguien me viese hablando con ella podrían enterarse Grace y Patrick.

—Te llevaré a casa cuando te acabes el café —le digo antes de dirigirme al otro extremo de la barra para apartarme de ella.

Kenna y yo salimos a buscar la camioneta media hora más tarde. Aún falta una hora para el cierre del bar, pero Roman se ha ofrecido a hacerlo. Tengo que sacar de aquí a Kenna y alejarme de ella para que nadie pueda relacionarnos.

Sigue lloviendo, por lo que cojo un paraguas y la cubro con él, aunque no sirva de gran cosa porque sigue empapada.

Abro la puerta del copiloto para que suba. Es un momento incómodo, porque los dos estamos pensando irremediablemente en la última vez que estuvimos juntos en este lado de la camioneta.

Cierro la portezuela y trato de no recordar aquella noche, ni lo que pensé de ella, ni su sabor.

Apoya los pies en el salpicadero mientras me acomodo en el asiento del conductor. Cuando arranco, está jugueteando con el coletero de Diem.

No puedo quitarme de encima lo que ha dicho, lo de que Diem es la única persona que conoce aquí aparte de mí. Si eso es cierto, teniendo en cuenta que a Diem ni siquiera la ha visto, que solo sabe que existe, la única persona a la que conoce soy yo.

Y eso no me gusta.

La gente necesita gente.

¿Dónde está su familia? ¿Dónde está su madre? ¿Por qué ningún miembro de su familia ha tratado de conocer a Diem? Siempre me he preguntado por qué nadie, ni un abuelo, un tío o una tía, ha contactado con Grace y Patrick para conocer a la niña.

Y si no tiene móvil, ¿con quién habla?

—¿Te arrepientes de haberme besado? —me pregunta.

Aparto la vista de la carretera y me vuelvo hacia ella. Me observa de forma tan expectante que miro al frente y agarro el volante con más fuerza.

Asiento con la cabeza porque la verdad es que me arrepiento. Tal vez no por las razones que ella pueda imaginarse, pero no puedo decir que no me arrepienta.

Después de eso, vamos en silencio hasta su casa. Aparco la camioneta y la miro. Ella tiene la vista fija en el coletero. Se lo pone en la muñeca y, sin mirarme a los ojos, murmura:

—Gracias por traerme.

Abre la puerta y baja antes de que mi voz se decida a funcionar para desearle buenas noches.

19

Kenna

A veces pienso en secuestrar a Diem. Lo que no sé es por qué no lo hago. Total, mi vida no podría empeorar más. Al menos, mientras estaba en la cárcel, entendía la razón por la que no podía ver a mi hija.

Pero, ahora mismo, la única razón es la gente que la está criando. Y me duele odiar a las personas que se ocupan de ella. No quiero odiarlos. Y cuando estaba en la cárcel todavía me costaba más, ya que me sentía tremendamente agradecida de que Diem tuviera a alguien que se ocupara de ella.

Sin embargo, desde la soledad de este apartamento, es difícil no pensar en lo genial que sería llevármela y salir huyendo con ella, aunque solo fuera unos días, hasta que me atraparan. Mientras estuviéramos juntas, podría darle todo lo que quisiera: helados, regalos, tal vez un viaje a Disney World. Pasaríamos una semana de fiesta constante antes de entregarme, y ella lo recordaría toda la vida.

Me recordaría a mí.

Y luego, cuando volviera a salir de la cárcel, ya habría crecido. Sería adulta y probablemente me perdonaría, porque

¿quién no valoraría a una madre dispuesta a arriesgarse a volver a la cárcel solo por pasar una buena semana con su hija?

Si no lo hago es por la posibilidad de que Patrick y Grace cambien de opinión. ¿Y si algún día me dejan conocer a Diem sin necesidad de infringir la ley?

Y luego está el hecho de que ella no me conoce. Y no me quiere. Llevármela sería apartarla de las únicas figuras paternas que conoce y, aunque a mí eso me suena bien, seguro que a ella le resultaría terrorífico.

No quiero tomar decisiones egoístas. Quiero ser un buen ejemplo para Diem, porque algún día se enterará de que existo, y de que quise formar parte de su vida. Tal vez sea dentro de trece años, cuando ella pueda decidir si quiere que forme parte o no, pero solo por eso viviré los próximos trece años de manera que pueda sentirse orgullosa de mí. O eso espero.

Me acurruco junto a Ivy y trato de dormir, pero no puedo. Tengo mil cosas dándome vueltas por la cabeza, nunca se calman. Sufro de insomnio desde la noche en que Scotty murió.

Me paso las noches despierta, pensando en Diem y en Scotty.

Y ahora he añadido a Ledger a la ecuación.

Parte de mí no le perdona que me interceptara frente a su casa el fin de semana pasado, pero otra parte de mí siente una especie de esperanza cuando estoy con él. Él no parece odiarme. Sí, se arrepiente de haberme besado, pero eso me da igual. Ni siquiera sé por qué le hice esa pregunta. Pero sí me pregunto si se arrepiente porque era el mejor amigo de Scotty o por lo que le hice a su amigo. Probablemente por las dos cosas.

Quiero que Ledger conozca la parte de mí que vio Scotty; necesito un aliado.

Una se siente muy sola cuando sus únicos amigos son una adolescente y una gatita.

Debería haberme esforzado más en llevarme bien con la madre de Scotty. Me pregunto si eso habría hecho que las cosas fueran distintas.

La noche que conocí a los padres de Scotty fue probablemente la más rara de mi vida.

Hasta ese momento, había visto familias como la suya en la tele, pero nunca en persona. Sinceramente, no sabía que existían padres que se llevaban bien y que parecían gustarse de verdad.

Salieron a recibirnos a la puerta. Llevaban tres semanas sin ver a Scotty y actuaron como si llevaran años sin verlo.

Lo abrazaron, pero no fue un abrazo en plan «hola», sino uno de «te he echado mucho de menos». Un abrazo de «eres el mejor hijo del mundo».

A mí también me abrazaron, pero fue un abrazo distinto. Uno rápido, en plan «hola, encantados de conocerte».

Cuando entramos en la casa, Grace dijo que tenía que acabar de preparar la cena. Sé que debería haberme ofrecido a ayudar, pero soy una inútil en la cocina y me dio miedo que lo notara. Por eso, lo que hice fue pegarme a Scotty como una lapa. Estaba nerviosa, me sentía fuera de lugar y él era lo más parecido a un hogar que tenía.

Rezaron y todo. Scotty fue el encargado de bendecir la mesa. Estar sentada a una mesa junto a un chico que daba gracias a Dios por la comida, por su familia y por mí fue una experiencia tan surrealista que fui incapaz de mantener los ojos cerrados. No quería perderme ni un detalle, quería ver cómo era la gente cuando rezaba. Me los quedé mirando porque me costaba hacerme a la idea de que, si me casaba con Scotty, todo eso sería mío. Sus padres serían mis padres, yo ayudaría a preparar una cena como esa y aprendería a darle las gracias a Dios por la comida y por Scotty. Lo quería. Lo deseaba desesperadamente.

Normalidad.

Algo que no podía resultarme menos familiar.

Grace alzó la mirada hacia el final de la oración y me pilló observándolos. Cerré los ojos inmediatamente, pero en ese momento Scotty dijo «amén» y todo el mundo cogió los cubiertos. Supe que Grace ya se había formado una opinión sobre mí, pero era demasiado joven y estaba demasiado asustada, y no supe qué hacer para cambiarla.

Parecía que les costaba mirarme mientras cenábamos. No debería haber llevado la camisa que elegí. Era demasiado escotada. Me la puse porque era la favorita de Scotty, pero me pasé la cena encorvada sobre el plato, avergonzada por ser como era y muy consciente de todas mis carencias.

Después de cenar, Scotty y yo salimos a sentarnos en el porche trasero. Sus padres fueron a acostarse y, cuando vi que se apagaba la luz de su habitación, respiré aliviada. Tenía la sensación de estar bajo examen.

—Aguántame esto —dijo Scotty pasándome su cigarrillo—. Voy a mear.

Scotty fumaba de vez en cuando. A mí no me importaba, aunque yo no fumaba. Se fue rodeando la casa. Yo me quedé fuera, a oscuras, apoyada en la barandilla del porche. Y allí me encontró su madre cuando apareció por la puerta trasera.

Me puse firme y traté de esconder el cigarrillo a la espalda, pero ya lo había visto. Volvió a entrar en la casa y regresó segundos más tarde con un vaso de papel rojo.

—Echa aquí la ceniza —me dijo ofreciéndome el vaso desde la puerta—. No tenemos cenicero; aquí no fuma nadie.

Me sentí muy avergonzada, pero solo logré darle las gracias mientras aceptaba el vaso. Ella cerró la puerta justo cuando Scotty regresó en busca de su cigarrillo.

—Tu madre me odia —le dije tendiéndole el cigarrillo y el vaso.

—No es verdad. —Me besó en la frente—. Pronto os haréis amigas. —Le dio la última calada al cigarrillo y luego volvimos a entrar.

Me subió al primer piso a caballito, pero cuando vi las fotos que adornaban la pared hice que se detuviera junto a cada imagen para apreciarlas bien. Se les veía muy felices. Y su madre seguía mirándolo de adulto del mismo modo en que lo miraba cuando era niño.

—¿Cómo podías ser tan mono? —le pregunté—. Deberían haber tenido tres más como tú.

—Lo intentaron —respondió—, pero los bebés no llegaban. Al parecer, fui un niño milagro. Si hubiera dependido de ellos, habrían tenido siete u ocho.

Me sentí mal por Grace.

Cuando llegamos a su habitación, Scotty me dejó sobre su cama.

—Tú nunca hablas de tu familia.

—No tengo familia.

—Tendrás padres.

—Mi padre... está en alguna parte. Se cansó de pagar

mi pensión alimenticia y desapareció. Mi madre y yo no nos llevamos bien. Hace dos años que no hablo con ella.

—¿Por qué?

—Somos incompatibles.

—¿Qué quieres decir?

Scotty se tumbó a mi lado. Parecía sinceramente interesado en mi vida. Quería contarle la verdad, pero no quería asustarlo. Habiendo crecido en una familia tan normal, no sabía qué pensaría al enterarse de que la mía no tenía nada de normal.

—De niña pasaba mucho tiempo sola —le expliqué—. Mi madre se aseguraba de que no me faltara comida, pero, aparte de eso, se despreocupaba de mí. Llegué a estar en casas de acogida un par de veces, pero luego volví a vivir con ella. Era una mierda de madre, pero al parecer no lo bastante mala. Hasta que no empecé a vivir en otras casas y a conocer a otras familias, no me di cuenta de que no era buena madre. Ni siquiera buena persona.

»Era muy duro convivir con ella. Me hacía sentir que yo era su rival y no parte de su equipo. Era agotador. Cuando me fui de casa, mantuvimos el contacto un tiempo, pero luego dejó de llamarme. Y yo dejé de llamarla. Llevamos dos años sin hablar. —Me volví hacia Scotty, que me estaba dirigiendo una mirada apenada, pero permaneció en silencio y me apartó el pelo detrás de la oreja—. ¿Cómo es tener una buena familia? —le pregunté.

—Creo que no me había dado cuenta de lo buena que era hasta ahora.

—Sí, claro que te habías dado cuenta. Adoras a tus padres. Y adoras esta casa, se nota.

Él me dirigió una sonrisa dulce.

—No sé si sabría explicarlo. Pero cuando estoy aquí... puedo ser yo mismo, puedo mostrar mi versión más auténtica. Puedo llorar, estar malhumorado, triste, feliz..., me aceptan de todas las maneras. Y es algo que no he sentido en ningún otro lugar.

Me sentí muy triste al no haber experimentado nada parecido.

—No sé lo que es eso —admití.

Scotty se inclinó sobre mí y me besó la mano.

—Yo te lo daré. Algún día tendremos una casa juntos. Y dejaré que lo elijas todo. Podrás pintarla como más te guste. Podrás cerrar la puerta para que solo entren las personas que tú quieras. Será el sitio más cómodo que te puedas imaginar.

Sonreí.

—Acabas de describir el paraíso.

Entonces me besó. Me hizo el amor. Y aunque traté de ser muy silenciosa, la casa estaba más silenciosa todavía.

A la mañana siguiente, antes de irnos, la madre de Scotty no fue capaz de mirarme a la cara. Me contagió su incomodidad y me quedó clarísimo que no me tragaba.

Cuando nos pusimos en marcha, apoyé la frente en el cristal de la ventanilla del coche de Scotty.

—Qué vergüenza. Creo que tu madre nos oyó anoche. ¿Has visto lo tensa que estaba?

—Le cuesta. Es mi madre. No me imagina tirándome a una chica, pero no es nada personal.

Me eché hacia atrás en el asiento y suspiré.

—Tu padre me ha caído bien.

Scotty se echó a reír.

—Pronto le cogerás cariño a mi madre también. La próxima vez que vengamos, te follaré antes de llegar para que mi madre siga pensando que yo no hago esas cosas.

—Y ya de paso podrías dejar de fumar.

Scotty me cogió la mano.

—Si eso es lo que quieres... La próxima vez te adorará y no parará de pedir que nos casemos y le demos nietos.

—Ya, tal vez —dije en tono anhelante, pero lo dudaba mucho.

Las chicas como yo no parecíamos encajar en ninguna familia.

20

Ledger

Han pasado tres días desde que vino al bar y desde que yo fui al supermercado por última vez. Me dije que no iba a volver a comprar allí. Decidí que empezaría a hacer la compra en Walmart, pero ayer, después de cenar con Diem, estuve toda la noche pensando en Kenna.

Me he dado cuenta de que, cuanto más tiempo paso con Diem, más curiosidad siento por Kenna.

Comparo los gestos de Diem con los de Kenna, ahora que tengo con qué compararlos. Incluso la personalidad de Diem cobra más sentido ahora. Scotty era muy directo, muy lógico. No tenía excesiva imaginación, pero yo no lo veía como un defecto. Quería saber cómo funcionaban las cosas y quería entender el porqué. No perdía el tiempo con nada que no estuviera basado en el conocimiento científico.

Diem es todo lo contrario y, hasta ahora, nunca me había planteado si había salido a su madre. ¿Es Kenna tan lógica como lo era Scotty o le gusta usar la imaginación? ¿Tiene temperamento artístico? ¿Tiene otros sueños aparte de reunirse con su hija?

Y, lo más importante de todo, ¿es buena persona?

Scotty era buena persona. Siempre di por hecho que Kenna no lo era a causa de lo que pasó aquella noche. Aquella causa y aquel efecto. Aquella espantosa decisión que tomó.

Pero ¿y si lo que hicimos fue buscar un culpable porque estábamos rotos por el dolor?

Ni una sola vez se me pasó por la cabeza que Kenna pudiera estar sufriendo tanto como nosotros.

Tengo muchas preguntas que hacerle. No debería querer oír sus respuestas, pero necesito saber más sobre aquella noche y sobre sus intenciones. Intuyo que no se irá de la ciudad sin resistirse. Por mucho que Patrick y Grace quieran esconderlo todo bajo la alfombra, el problema no desaparecerá sin más.

Tal vez esta sea la razón por la que estoy aquí, sentado en mi camioneta, observándola mientras carga comida en coches ajenos. No sé si se ha dado cuenta de que la estoy acechando en el aparcamiento. Supongo que sí. Mi vehículo no es de los que pasan desapercibidos.

Unos golpes en la ventanilla me hacen dar un brinco. Veo que se trata de Grace, que lleva a Diem en brazos, apoyada en una cadera, y les abro la puerta.

—¿Qué haces aquí? —pregunto.

Grace me dirige una mirada confundida. Supongo que no esperaba una reacción como esta, más preocupada que contenta.

—Hemos venido a comprar y hemos visto la camioneta.

—Quiero ir contigo —dice Diem alargando los brazos.

Bajo del asiento y cojo a la niña de los brazos de Grace. Inmediatamente miro a mi alrededor para asegurarme de que Kenna no está en el aparcamiento.

—Debes irte —le digo a Grace. Ha aparcado en la hilera más cercana a la mía, así que me dirijo hacia su coche.

—¿Qué pasa? —me pregunta.

Me vuelvo hacia ella y me aseguro de elegir las palabras con cuidado.

—Ella trabaja aquí.

Grace sigue confundida unos instantes hasta que su expresión delata que ha atado cabos. En cuanto sabe a quién me refiero, el color le desaparece de las mejillas.

—¿Qué?

—Tiene turno ahora mismo. Tienes que sacar a Diem de aquí.

—Pero yo quiero ir contigo —protesta la niña.

—Iré a buscarte luego —le aseguro con la mano en la manilla. El coche está cerrado. Espero a que Grace lo abra, pero se ha quedado petrificada, como si estuviera en trance—. ¡Grace!

Ella reacciona y se pone a buscar las llaves en el bolso.

En ese momento veo a Kenna.

En ese momento ella me ve a mí.

—Date prisa —digo en voz baja.

Grace aprieta el botón del control remoto con las manos temblorosas.

Kenna ha dejado de caminar. Se ha parado en medio del aparcamiento y nos observa. Cuando se da cuenta de lo que está viendo, cuando entiende que su hija está a unos pocos metros de distancia, deja el carrito de la compra y se dirige hacia nosotros.

Cuando Grace logra que se abran los seguros, abro la puerta trasera y coloco a Diem en el alzador. No sé por qué tengo la sensación de estar en una carrera contra reloj. Ya sé que Kenna no nos la podría arrebatar estando los dos aquí, pero es que no quiero que Grace tenga que enfrentarse a ella; no delante de Diem.

Y tampoco creo que sea el momento o el lugar para que Kenna conozca a su hija. Sería demasiado caótico. Diem se asustaría.

—¡Espera! —oigo gritar a Kenna.

—Arranca —le digo a Grace antes de acabar de atar a la niña y cerrando la puerta a toda prisa.

Grace pone marcha atrás y sale de la plaza justo cuando Kenna llega hasta nosotros. Pasa por mi lado sin detenerse y corre tras el coche. Quiero agarrarla y tirar de ella, pero me aguanto, porque todavía siento remordimientos por haberla apartado a la fuerza de la puerta el otro día.

Kenna se acerca a ellas lo suficiente como para golpear la parte trasera y suplicar:

—¡Espera! ¡Grace, espera! ¡Por favor!

Pero Grace no espera y resulta doloroso ver a Kenna debatirse entre correr tras el coche o no. Cuando finalmente se rinde y acepta que no va a poder detenerlo, se vuelve a mirarme con las mejillas llenas de lágrimas.

Se cubre la boca con las manos y empieza a sollozar.

Estoy roto. Por un lado, doy gracias porque no las ha alcanzado, pero al mismo tiempo lo siento por ella; siento que no haya llegado a tiempo. Quiero que Kenna conozca a su hija, pero no quiero que Diem conozca a su madre, aunque teóricamente es lo mismo.

Me siento como el monstruo de Kenna y el protector de Diem.

Kenna parece estar a punto de desmayarse de la agonía. No está en condiciones de volver al trabajo.

Señalando la camioneta, le digo:

—Te acompañaré a casa. ¿Cómo se llama tu jefa? Le diré que no te encuentras bien.

Secándose los ojos me responde:

—Amy. —Y se dirige hacia la camioneta descorazonada.

Creo que sé a qué Amy se refiere. La he visto alguna vez.

El carro que ha dejado tirado sigue en el mismo sitio. La mujer mayor a la que estaba ayudando está al lado de su coche, mirando a Kenna, que está subiendo a la camioneta. Probablemente se esté preguntando a qué ha venido todo esto.

Corro hacia el carrito y lo empujo hacia la mujer.

—Siento lo sucedido.

Ella asiente y abre el maletero.

—Espero que esté bien.

—Lo está. —Meto la compra en el coche y luego devuelvo el carrito a la tienda. Voy al mostrador de atención al cliente, donde encuentro a Amy.

Me gustaría sonreírle, pero tengo demasiadas cosas en la cabeza y no soy capaz ni de fingir una sonrisa.

—Kenna no se encuentra bien —miento—. Voy a llevarla a su casa. Me ha pedido que te avise.

—Oh, no. ¿Está bien?

—Lo estará. ¿Sabes si llevaba algo? ¿Un bolso o algo así?

Amy asiente.

—Sí. Usa la taquilla número doce, en la sala del personal. —Señala una puerta detrás del mostrador donde atiende a los clientes.

Rodeo el mostrador y entro en la sala de descanso del personal. La chica que vi en los apartamentos de Kenna está sentada a la mesa. Cuando me ve, frunce el ceño.

—¿Qué haces en nuestra sala, lerdo?

No trato de defenderme. Ella ya ha dictado sentencia sobre mí y, en estos momentos, estoy bastante de acuerdo con su veredicto. Abro la taquilla número doce y veo el bolso de Kenna. Más que un bolso es una bolsa de tela. La parte superior está abierta y me deja ver un montón de páginas de papel.

Parece un manuscrito.

Me digo que no debo mirar, pero mis ojos van directos a la primera línea de la primera página, sin poder evitarlo.

«Querido Scotty», leo.

Quiero seguir leyendo, pero no lo hago. Cierro la bolsa y respeto su privacidad.

Cuando estoy a punto de salir, me vuelvo hacia la chica.

—Kenna está enferma. Voy a llevarla a casa. ¿Podrías pasar más tarde a ver cómo está?

Ella me mira con dureza, pero finalmente asiente.

—Vale, lerdo.

Me hace gracia, pero ni con esas soy capaz de reír.

Cuando vuelvo a pasar junto a Amy, me dice:

—Dile que he fichado por ella y que me llame si necesita algo.

Sé que Kenna no tiene teléfono, pero asiento igualmente.

—Se lo diré. Gracias, Amy.

Cuando llego a la camioneta, Kenna está ovillada en el asiento del acompañante, vuelta hacia la ventanilla. Se encoge cuando abro la puerta. Dejo la bolsa en medio de los dos, pero ella la mueve para colocarla al otro lado. Sigue llorando, pero no me dice nada, así que yo tampoco le digo nada a ella. Ni siquiera sabría qué decirle. ¿Lo siento? ¿Estás bien? ¿Soy un capullo?

Salgo del aparcamiento, pero no llevamos recorrido ni medio kilómetro cuando Kenna dice algo parecido a «para el coche».

La miro, pero ella está absorta en la ventanilla. Al ver que no pongo el intermitente, repite:

—Para el coche. —Su tono de voz se ha vuelto exigente.

—En dos minutos estarás en casa.

Ella le da una patada al salpicadero.

—¡Que pares el coche!

Ya no digo nada más y hago lo que me pide. Pongo el intermitente y me detengo en el arcén.

Ella coge la bolsa, baja de la camioneta, cierra de un portazo y echa a andar en dirección a los apartamentos. Cuando se ha alejado unos metros, arranco y circulo por el arcén, mientras bajo la ventanilla.

—Kenna, monta.

Pero ella sigue andando.

—¡Le has dicho que se fuera! ¡Me has visto acercarme y la has avisado para que se fuera! ¿Por qué me sigues haciendo esto? —Continúo conduciendo a su paso hasta que finalmente se vuelve hacia mí y me increpa por la ventanilla—. ¿Por qué?

Piso el freno. Me están empezando a temblar las manos. Tal vez sea la adrenalina; tal vez la culpabilidad.

O tal vez la rabia.

Apago el motor, porque parece que tiene ganas de discutir.

—¿Te parece buena idea enfrentarte a Grace en el aparcamiento del supermercado?

—Bueno, traté de hablar con ella en su casa, pero ambos sabemos cómo acabó aquello.

Niego con la cabeza. No me estoy refiriendo al sitio.

La verdad es que no sé a qué me estoy refiriendo. Trato de aclararme las ideas antes de seguir hablando.

Estoy confuso, porque creo que tiene razón. Trató de acercarse en son de paz la primera vez, pero yo le impedí hacerlo.

—No tienen fuerzas para lo que sea que pretendas proponerles. Aunque no pretendas llevártela. No tienen fuerzas para compartirla contigo. Le han dado una buena vida a Diem, Kenna. La niña es feliz y está a salvo. ¿No es suficiente?

Kenna parece estar conteniendo el aliento, pero el pecho le sube y baja bruscamente. Me mira en silencio un momento y luego se dirige a la parte trasera de la camioneta para que no pueda verle la cara. Permanece allí un tiempo y después se acerca a la hierba que crece junto a la carretera y se sienta. Dobla las rodillas y se las abraza mientras contempla el campo vacío.

No sé qué está haciendo. Tal vez necesita tiempo para pensar. Dejo pasar unos minutos, pero, al ver que no se mueve ni se levanta, finalmente bajo de la camioneta.

Al llegar a su lado, no digo nada y me siento en silencio. El tráfico y el mundo siguen moviéndose a nuestra espalda, pero delante hay un campo abierto, que es donde ambos clavamos la vista para no mirarnos.

Poco después ella baja los ojos y arranca una flor amarilla que hace girar entre los dedos. Yo sigo el movimiento con la vista.

Kenna inspira hondo, lentamente, y no me mira cuando, tras soltar el aire, empieza a hablar:

—Otras madres me contaron lo que pasaría. Me dijeron que me llevarían al hospital para dar a luz y que podría pasar dos días con ella. Dos días enteros, ella y yo, solas. —Una lágrima le cae por la mejilla—. No te puedes imaginar con qué ganas esperaba esos dos días. Era lo único que deseaba; lo único que me hacía seguir adelante. Pero nació antes de hora...

»No sé si lo sabes, pero fue prematura. Nació seis semanas antes de tiempo. Sus pulmones... —Kenna espira con fuerza—. Justo después de que naciera, tuvieron que derivarla a la UCI de neonatos de otro hospital. Pasé los dos días sola en una sala de recuperación, con un vigilante armado montando guardia en la puerta. Y cuando pasaron los dos días, me devolvieron a la cárcel. Nunca la sostuve en brazos. Ni siquiera pude mirar a los ojos al ser humano que creamos Scotty y yo.

—Kenna...

—No. Sea lo que sea lo que vayas a decirme, ahórratelo, de verdad. Mentiría si dijera que, al venir aquí, no tenía la ridícula esperanza de que me dejaran entrar en su vida, que pudiera ocupar algún rol, por pequeño que fuera. Sé perfectamente que la niña está donde debe estar, así que me habría conformado con cualquier cosa. Habría estado profundamente agradecida si me hubieran dejado mirarla, aunque solo hubiera sido eso, por mucho que los padres de Scotty y tú penséis que no lo merezco.

Cierro los ojos porque oírla ya es bastante doloroso, pero ver la agonía en su rostro cuando habla es mucho peor.

—Les estoy tremendamente agradecida —sigue diciendo—. No te imaginas cuánto. Mientras estaba embarazada, nunca tuve que preocuparme pensando con qué tipo de personas se criaría mi hija. Eran las personas que criaron a Scotty, y él era perfecto. —Permanece en silencio unos segundos. Abro los ojos y veo que me está mirando—. No soy una mala persona, Ledger —dice con la voz cargada de arrepentimiento—. No estoy aquí porque crea que me la merezco. Solo quería verla. Eso es todo; solo eso. —Usa la camiseta para secarse los ojos antes de continuar—: A veces me pregunto qué pensaría Scotty si nos viera. A veces deseo que no exista la vida eterna, porque, si existe, Scotty será probablemente la única persona triste en el cielo.

Sus palabras son como un puñetazo en el estómago porque temo que pueda tener razón. Ese ha sido mi mayor miedo desde que ella regresó y empecé a verla como la mujer de la que Scotty se enamoró en vez de la mujer que lo abandonó y dejó que muriera solo.

Me levanto y dejo a Kenna sola sobre la hierba. Voy a la camioneta y abro la guantera. Saco el teléfono y regreso a su lado. Me siento, abro la galería de fotos y busco la carpeta donde guardo todos los vídeos de Diem. Selecciono el más reciente, el que grabé ayer mientras cenaba. Le doy a reproducir y le entrego el móvil a Kenna.

No me había imaginado lo que supone para una madre verle la cara a su hija por primera vez. Cuando ve a Diem en la pantalla, Kenna se queda sin aliento. Se cubre la boca con una mano y se echa a llorar. Llora con tanto sentimiento que tiene que apoyarse el móvil en las piernas para secarse los ojos con la camiseta.

Kenna se transforma en alguien distinto ante mis ojos. Es como si la viera convertirse en madre. Probablemente sea lo más hermoso que he contemplado en mi vida.

Me siento como un auténtico monstruo por no haberla ayudado a experimentar esta situación antes.

«Lo siento. Scotty.»

Vio cuatro vídeos sentada en la hierba, en la cuneta de la carretera. No dejó de llorar, pero también sonrió mucho y se reía cada vez que Diem hablaba.

Luego la llevé a casa, pero le dejé mi móvil para que siguiera viendo vídeos por el camino.

La acompañé hasta el apartamento, porque llevarme el teléfono me habría hecho sentir mal, y ahí está, con los vídeos. Lleva casi una hora y sigue sin poder controlar sus emociones. Ríe, llora, está feliz y triste al mismo tiempo.

No sé cómo recuperaré mi teléfono. Ni siquiera sé si quiero quitárselo.

Llevo tanto rato en el apartamento que la gatita de Kenna se ha quedado dormida en mi regazo. Estoy en un extremo del sofá y Kenna en el otro. Me dedico a observar cómo contempla los vídeos de Diem, como si fuera un padre orgulloso, porque sé que Diem está sana, se expresa bien, es divertida y se la ve feliz. Es muy agradable presenciar cómo Kenna descubre todas esas cosas sobre su hija.

Aunque, al mismo tiempo, siento que estoy traicionando a dos de las personas más importantes de mi vida. Si Patrick y Grace supieran que estoy aquí, enseñándole a Kenna vídeos de la niña que han criado, probablemente no volverían a dirigirme la palabra. Y lo entendería.

Es imposible encontrar una manera de llevar esta situación sin sentir que traiciono a alguien. Estoy traicionando a Kenna al mantenerla alejada de Diem. Y estoy traicionando a Patrick y Grace cuando dejo que Kenna se asome a la vida de la niña. Sé que incluso estoy traicionando a Scotty, aunque aún no tengo muy claro cómo. Todavía estoy tratando de procesar de dónde han salido esos sentimientos de culpabilidad.

—Es tan feliz... —comenta Kenna.

Asiento con la cabeza.

—Lo es. Es muy feliz.

Kenna se vuelve hacia mí secándose los ojos con una servilleta arrugada que le di en la camioneta.

—¿Alguna vez pregunta por mí?

—No por ti en concreto, pero está empezando a preguntarse de dónde salió. La semana pasada me preguntó si había crecido en un árbol o si había salido de un huevo.

Kenna sonríe.

—Es muy pequeña —sigo diciendo—, aún no entiende cómo funciona la dinámica familiar. Me tiene a mí, y tiene a Patrick y a Grace. No tengo la sensación de que eche de menos a nadie. No sé si es lo que querías oír, pero es la verdad.

Kenna niega con la cabeza.

—No pasa nada. De hecho, me tranquiliza pensar que aún no sabe que falto en su vida. —Ve otro vídeo y luego me devuelve el teléfono, como si le costara hacerlo. Se levanta del sofá y se dirige al lavabo—. Por favor, no te vayas todavía.

Asintiendo, le aseguro que no me voy a ninguna parte. Cuando cierra la puerta del baño, aparto a la gatita y me levanto. Necesito algo de beber. Las dos últimas horas me han hecho sentir deshidratado, aunque ha sido Kenna la que no ha parado de llorar.

Abro la nevera, pero está vacía. Totalmente vacía. Abro el congelador y está igual.

Cuando sale del lavabo, me ve rebuscando en los armarios de la cocina, que también están vacíos, desolados, como el resto del apartamento.

—Todavía no tengo nada, lo siento. —Parece avergonzada—. Me... Me gasté todo lo que tenía en llegar hasta aquí. Pronto cobraré. Y pienso mudarme, algún día, a algún sitio mejor. Y me compraré un móvil, y...

Alzo la mano al darme cuenta de que cree que la estoy juzgando por no saber cuidar de sí misma. O tal vez de Diem.

—Kenna, no pasa nada. Admiro la determinación que te ha traído hasta aquí, pero tienes que comer. —Me guardo el móvil en el bolsillo y me dirijo a la puerta—. Vamos, te invito a cenar.

21

Kenna

Diem se parece a mí. Tenemos el mismo pelo y los mismos ojos. Incluso tiene los dedos finos, como yo.

Me hizo ilusión comprobar que ha sacado la risa y la sonrisa de Scotty. Ver sus vídeos fue como hacer un cursillo recordatorio de la historia de Scotty. He pasado tanto tiempo sin ver una foto suya que empezaba a olvidarme de cómo era. Pero lo vi en ella y lo agradecí mucho.

Agradezco saber que, cuando Patrick y Grace miran a Diem, pueden ver a su hijo en ella. Siempre temí que se pareciera demasiado a mí y no encontraran nada que les recordara a su hijo.

Pensaba que me sentiría distinta después de verla al fin. Esperaba sentir que se cerraba un círculo, pero no ha sido así. De hecho, ha sido como si alguien tirara de la herida, haciéndola más grande. Pensaba que verla feliz me haría feliz, pero en parte me ha dejado más triste, de un modo completamente egoísta.

Es muy fácil amar a una niña a la que has traído al mundo, incluso si nunca le has visto la cara, pero es tremendamente difícil verla y oírla al cabo de tanto tiempo y tener que alejarte de ella como si nada.

Y eso es exactamente lo que esperan que haga. Es lo que todos quieren que haga.

Solo de pensarlo, siento el estómago lleno de nudos, tan tensos que están a punto de romperse.

Ledger tenía razón, necesitaba comer. Pero ahora que estoy sentada frente a un plato de comida, solo puedo pensar en las últimas dos horas, y no sé si seré capaz de tragar bocado. Siento náuseas. Tengo una sobredosis de adrenalina que me hace estar emocionalmente exhausta.

Ledger fue a un sitio donde puedes comprar comida sin bajar del coche y pidió un par de hamburguesas. Y ahora estamos en el aparcamiento de un parque comiendo.

Sé por qué no me ha llevado a ningún sitio público. Si alguien lo viera conmigo probablemente los abuelos de Diem no se lo tomarían bien. No es que mucha gente me conozca por aquí, pero solo con que me reconociera una persona sería suficiente.

Podría ser que ya me hubiera reconocido alguien. Trabajé con varias personas en aquella época. Y, aunque no llegué a conocer a Ledger, Scotty me presentó a varios de sus amigos. Además, teniendo en cuenta que estamos en una ciudad pequeña, podría reconocerme cualquiera que hubiera sentido la curiosidad de buscar mi foto policial.

A la gente le encantan los rumores y a mí se me da de miedo ser pasto de cotilleos.

No culpo a nadie más que a mí misma. Todo sería distinto si no me hubiera rendido al pánico aquella noche. Pero lo hice y estas son las consecuencias; lo tengo asumido. Pasé los dos primeros años de condena reviviendo lo sucedido en mi cabeza, replanteándome cada una de mis decisiones, deseando poder dar marcha atrás en el tiempo y tener una segunda oportunidad.

Ivy me dijo una vez: «El arrepentimiento hace que te quedes atascada, en pausa. Igual que la cárcel. Cuando salgas de aquí, no te olvides de darle al *play*, para poder avanzar».

Pero me da miedo avanzar. ¿Y si la única manera de seguir adelante es renunciar a Diem?

—¿Puedo hacerte una pregunta? —oigo decir a Ledger.

Me vuelvo hacia él, que ya se ha acabado la hamburguesa. Yo apenas le he dado dos o tres bocados.

Ledger es guapo, pero no como Scotty, de otra manera. Scotty era el típico vecinito de al lado. Ledger, en cambio, es como el que le da una paliza a tu vecinito. Tiene pinta de tipo duro, y el hecho de que sea el dueño de un bar potencia esa imagen.

Sin embargo, cuando abre la boca, todo cambia, y eso es lo único que importa.

—¿Qué pasará si no te dejan verla? —me pregunta.

Se me acaba de quitar el hambre del todo. Siento náuseas solo de pensar en ello. Encogiéndome de hombros, respondo:

—Supongo que me iré a otro sitio. No quiero que sientan que mi presencia es una amenaza. —Me obligo a comer una patata frita, porque no sé qué más decir.

Ledger da un trago a su té y permanecemos en silencio. Es como si hubiera una disculpa colgando en el aire entre los dos, pero no sé a quién le pertenece.

Ledger la reclama cuando, tras revolverse en el asiento, dice:

—Siento que te debo una disculpa por haberte detenido cuando...

—No pasa nada —lo interrumpo—. Hiciste lo que creíste que tenías que hacer para proteger a Diem. Y aunque la situación me frustra muchísimo, me alegro de que Diem tenga a su lado a gente que la proteja de esa manera.

Me observa con la cabeza ladeada. Procesa mi respuesta y se la guarda en alguna parte, sin dejarme ver qué está pensando. Luego señala la hamburguesa con la cabeza.

—¿No tienes hambre?

—No me entra nada; estoy demasiado tensa. Me la llevaré a casa. —Guardo la hamburguesa en la bolsa de papel, junto con las patatas que me han sobrado. Doblo la bolsa y la dejo en el asiento, entre los dos—. ¿Puedo hacerte una pregunta yo?

—Claro.

Apoyo la cabeza en el asiento y le observo la cara.

—¿Me odias?

Me sorprendo a mí misma cuando las palabras salen de mi boca, pero necesito saberlo. Algunas veces, como cuando estuve en su casa, he sentido que me odiaba tanto como los padres de Scotty.

Pero otras veces, como ahora, me mira como si empatizara con mi situación. Necesito saber quiénes son mis enemigos, y necesito saber si hay alguien en mi equipo. Si solo tengo enemigos, no sé ni qué estoy haciendo aquí todavía.

Ledger se reclina hacia la portezuela, con el codo apoyado en la ventanilla. Se frota la mandíbula con la vista fija al frente.

—Me formé una opinión de ti tras la muerte de Scotty.

Durante todos estos años es como si hubieras sido una desconocida que solo existe en internet; alguien sobre quien poder opinar vivamente, y a la que poder echar las culpas sin planteármelo demasiado. Pero ahora que te he visto en persona... no tengo tan claro que quiera decirte todas las cosas que quería decirte.

—Pero ¿aún las sientes?

Él niega con la cabeza.

—No lo sé, Kenna. —Cambia de postura dirigiendo su atención hacia mí—. Aquella noche, cuando entraste en mi bar por primera vez, pensé que eras la chica más intrigante y misteriosa que había visto nunca.

Su sinceridad hace que me sienta incómoda.

—¿Y esta noche? —le pregunto en voz baja.

Él me mira a los ojos.

—Esta noche... empiezo a pensar que eres la chica más triste que he visto nunca.

Le dirijo una sonrisa que, sin duda, es de lo más triste, pero es que no quiero llorar más.

—Todas las opciones son correctas.

Su sonrisa es casi tan triste como la mía.

—Eso me temía. —Leo una pregunta en sus ojos. Leo varias, de hecho. Tantas que debo apartar la mirada para evitarlas.

Ledger recoge los restos de su cena, baja de la camioneta y se dirige a la papelera más cercana. Permanece fuera unos instantes. Cuando regresa, no vuelve a subir. Se apoya en el techo de la camioneta y me mira.

—¿Qué pasará si tienes que irte a otro sitio? ¿Qué planes tienes? ¿Cuál sería el siguiente paso?

—No lo sé —contesto suspirando—. No he planeado

nada con tanta antelación. Tenía demasiado miedo y no he sido capaz de renunciar a la esperanza de que algún día cambien de idea. —Aunque todo hace pensar que los tiros van a ir por ahí. Si hay alguien que sepa lo que Grace y Patrick piensan, es él—. ¿Crees que alguna vez me darán una oportunidad?

Ledger no responde. Tampoco asiente ni niega con la cabeza. Ignorándome por completo, se monta en la camioneta y sale del aparcamiento dando marcha atrás.

«No responder también es un modo de responder.»

Me paso el trayecto hasta casa reflexionando sobre esto. ¿Hasta cuándo aguantaré antes de rendirme? ¿En qué momento aceptaré que tal vez mi vida no se cruce con la de Diem?

Con la garganta seca y el corazón hueco, llegamos al aparcamiento que hay junto a mi casa. Ledger baja de la camioneta y la rodea para abrirme la puerta, pero se queda allí, inmóvil. Parece como si quisiera decir algo. Tiene los brazos cruzados; arrastra los pies y mira al suelo.

—La imagen que diste no fue buena... A sus padres, al juez, a todos los que estaban en aquella sala del juzgado... les pareció... —No es capaz de acabar la frase.

—¿Qué les pareció?

Me mira a los ojos.

—Que no te arrepentías.

Sus palabras me dejan sin aliento.

«¿Cómo pudo alguien pensar que no me arrepentía?»

Estaba absolutamente destrozada.

Noto que estoy a punto de echarme a llorar otra vez y no quiero; ya he llorado bastante por hoy. Necesito salir de la camioneta. Cojo la bolsa y la comida para llevar, y Ledger se hace a un lado para dejarme bajar. En cuanto mis pies tocan el suelo, echo a andar, porque estoy tratando de respirar, pero no lo consigo, y tampoco sé cómo responder a lo que acaba de decir.

¿Es esa la razón por la que no me dejan ver a mi hija? ¿Piensan que me daba igual?

Oigo pasos a mi espalda, lo que me impulsa a caminar todavía más deprisa hasta que entro en el apartamento. Dejo las cosas sobre la encimera y veo a Ledger en la puerta.

Me agarro al borde de la encimera, junto al fregadero, procesando lo que me acaba de decir. Luego me vuelvo hacia él manteniendo la distancia.

—Scotty fue lo mejor que me pasó en la vida. No es cierto que no me arrepintiera. Estaba demasiado destrozada y no podía ni hablar. Mis abogados dijeron que tenía que hacer una declaración por escrito, pero llevaba semanas sin poder dormir. No fui capaz de escribir ni una palabra. Mi cerebro estaba... —Me llevo una mano al pecho y aprieto—. Estaba rota en mil pedazos, Ledger. Tienes que creerme. Estaba tan devastada que fui incapaz de defenderme. Me daba igual lo que pasara con mi vida a partir de aquel momento. No es que no demostrara sentimientos, Ledger. Es que estaban rotos.

Y ya están ahí de nuevo. Las lágrimas. Estoy harta de las putas lágrimas. Me doy la vuelta porque estoy segura de que él también está harto de ellas.

Oigo que se cierra la puerta.

«¿Se ha ido?»

Me vuelvo y veo que sigue aquí. Camina lentamente hacia mí y, cuando llega, se apoya en la encimera, a mi lado. Cruza los brazos delante del pecho y las piernas a la altura de los tobillos y se queda contemplando el suelo en silencio.

Cojo la servilleta que he estado usando como pañuelo y él me mira.

—¿A quién beneficiaría? —me pregunta.

Espero a que especifique, porque no sé qué me está preguntando.

—A Patrick y a Grace no les beneficiaría tener que compartir la custodia de Diem contigo. Les supondría tener que enfrentarse a un nivel de estrés emocional que no sé si serían capaces de soportar. Y a Diem..., ¿le beneficiaría a ella? Porque ahora mismo ella no tiene ni idea de que falta alguien en su vida. Tiene a dos personas a las que considera sus padres, y una familia que la quiere. También me tiene a mí. Si se te permitiera visitarla... Sí, tal vez fuera importante para ella en el futuro, pero ahora mismo... No te lo digo por hacerte daño, Kenna. Te lo digo para que te des cuenta de que estarías alterando la vida tranquila que se han esforzado mucho en crear después de la muerte de Scotty. El estrés que tu presencia les causaría a Patrick y a Grace repercutiría en Diem, por mucho que se esforzaran en disimularlo. Por todo esto, ¿a quién crees que beneficiaría tu presencia en la vida de Diem, aparte de a ti?

Noto un nudo en el pecho. No es enfado: no estoy enfadada con él por lo que me ha dicho. Es miedo; tengo miedo de que tenga razón.

¿Y si ella estuviera mejor sin mí? ¿Y si viviera mi presencia como una intrusión?

Ledger conoce a Patrick y a Grace mejor que nadie. Si él dice que mi presencia cambiará la buena dinámica que han construido, ¿quién soy yo para discutírselo?

De hecho, todo lo que ha dicho ya se me había pasado por la cabeza. Ya me lo temía, pero igualmente resulta doloroso oírselo decir en voz alta. Me hace sentir avergonzada.

Tiene razón. Mis razones para estar aquí son egoístas. Él lo sabe y ellos lo saben. No estoy aquí para llenar un hueco en la vida de mi hija; estoy para llenar un hueco en mi vida.

Luchando por mantener las lágrimas a raya, espiro lentamente.

—Sé que no debería haber vuelto. Tienes razón. Pero no puedo irme así como así. Gasté todo lo que tenía en llegar hasta aquí y ahora estoy atrapada. No tengo ningún sitio adonde ir ni dinero para ir a ninguna parte porque trabajo solo a tiempo parcial.

Vuelvo a leer empatía en su cara, pero guarda silencio.

—Si no me quieren aquí, me iré. Pero tardaré un poco porque no tengo dinero y las demás tiendas de la ciudad me han rechazado por mis antecedentes.

Ledger se aparta de la encimera. Se lleva las manos a la nuca y da unos pasos.

No quiero que piense que le estoy pidiendo dinero. Si lo pensara, no sabría dónde meterme de la vergüenza. Aunque, si me ofreciera dinero, no sé si lo rechazaría. Si tienen tantas ganas de que me vaya que son capaces de pagar por ello, sería el momento de darme por vencida y largarme.

—Puedo ofrecerte ocho horas de trabajo, los viernes y sábados por la noche. —Parece arrepentirse de lo que acaba de decir en cuanto las palabras salen de su boca—. Para trabajar en la cocina, básicamente fregando platos, pero tienes que quedarte en la trastienda todo el rato. Nadie puede saber que trabajas en el bar. Si los Landry descubren que te estoy ayudando...

Me queda claro que me ofrece el trabajo para que pueda marcharme de la ciudad cuanto antes. No es que quiera hacerme un favor; el favor se lo está haciendo a Patrick y Grace, pero intento no pensar en las razones.

—No se lo diré a nadie —acepto rápidamente—. Lo juro.

Él me dirige una mirada dubitativa, que me confirma que ya se ha arrepentido de su ofrecimiento. Parece estar a punto de echarse atrás, por lo que me adelanto y le doy las gracias antes de que pueda retirar la oferta.

—Salgo de trabajar a las cuatro los viernes y sábados. Puedo estar ahí a las cuatro y media.

Él asiente y me dice:

—Entra por la puerta de atrás. Y, si alguien te pregunta, diles que te llamas Nicole. Es como te presentaré a los demás empleados.

—Vale.

Ledger niega con la cabeza, como si acabara de cometer el mayor error de su vida y se dirige hacia la puerta.

—Buenas noches —me dice en tono tenso y cierra la puerta al salir.

Ivy se está frotando contra mis tobillos. Me inclino y la cojo en brazos. Me la acerco al pecho y la achucho.

Aunque Ledger acaba de ofrecerme un trabajo para que me largue de la ciudad, me siento en el sofá sonriendo, porque hoy he visto la cara de mi hija. Da igual si el resto del día ha sido de lo más deprimente, porque hoy he logrado algo por lo que llevaba cinco años rezando.

Cojo la libreta y escribo la carta más importante de las que le he escrito a Scotty.

Querido Scotty:

Se parece a los dos, pero ha sacado tu risa.

Es perfecta en todo.

Siento mucho que no hayas podido conocerla.

Con todo mi amor,

Kenna

22

Ledger

Kenna tiene que estar a punto de llegar. Roman ha librado desde que la contraté, por lo que no he podido avisarlo con antelación. He estado replanteándome mi decisión de contratarla desde el momento mismo en que se lo ofrecí.

Roman acaba de llegar. Kenna dijo que vendría hacia las cuatro y media, así que más me vale comentárselo ahora para que no lo pille por sorpresa.

Estoy cortando limas y naranjas en rodajas para las copas, para asegurarme de que nos llegan para toda la noche. Roman ni siquiera ha pasado al otro lado de la barra cuando digo:

—La he cagado.

Mi intención era decir: «He contratado a Kenna», pero al parecer en mi mente son sinónimos.

Roman me dirige una mirada desconfiada.

No puedo mantener esta conversación mientras corto fruta en rodajas, así que suelto el cuchillo antes de rebanarme un dedo.

—He contratado a Kenna. Solo unas horas a la semana, pero nadie puede saber quién es. Llámala Nicole delante de los demás empleados. —Recupero el cuchillo porque prefiero enfrentarme a las limas que a la cara que está poniendo Roman ahora mismo.

—Mmm. Vaya. ¿Por qué?

—Es una larga historia.

Oigo que deja las llaves y el móvil en la barra y acerca un taburete.

—Pues menos mal que los dos trabajamos hasta medianoche. Ya puedes empezar.

Me acerco al extremo de la barra y echo un vistazo a la cocina para asegurarme de que seguimos solos. Todavía no ha llegado nadie más, y aprovecho para ponerlo al día rápidamente. Le cuento lo sucedido en el aparcamiento del supermercado, le digo que le mostré los vídeos de Diem, que me la llevé a tomar una hamburguesa y que acabó dándome pena y le ofrecí el trabajo para ayudarla a marcharse de la ciudad.

Se lo cuento todo del tirón y, mientras tanto, él permanece en silencio, sin interrumpirme ni una sola vez.

—Le he dicho que no salga de la cocina, para que no la vea ningún cliente —sigo explicando—. No puedo arriesgarme a que Patrick y Grace descubran que trabaja aquí. No tengo miedo de que se presenten por aquí; ya sé que nunca vienen, pero igualmente no quiero que se asome. Que se ocupe de fregar los platos y de ayudar a Aaron.

Roman se echa a reír.

—Vamos, que has contratado a una camarera que no puede acercarse a la barra.

—Puede hacer muchas cosas en la trastienda; trabajo no le faltará.

Roman recoge las llaves y el móvil de la barra. Justo antes de desaparecer por las puertas batientes de la cocina, me dice:

—No quiero oírte protestar por los putos *cupcakes* nunca más.

Desaparece antes de poder hacerle notar que estar obsesionado con la panadera casada es un poco distinto a ofrecerle un trabajo a Kenna para que pueda marcharse de aquí lo antes posible.

Las puertas se abren a mi espalda un par de minutos más tarde y Roman anuncia:

—La nueva empleada acaba de llegar.

Cuando llego a la cocina, Kenna está en la puerta del callejón, con su bolsa de tela, agarrándose una muñeca con la otra mano. Se la ve nerviosa y algo distinta, como si se hubiera puesto brillo en los labios o algo. No lo sé, pero, al parecer, su boca es lo único en lo que me puedo concentrar. Por eso me aclaro la garganta y aparto la mirada antes de saludarla informalmente.

—Eh.

—Hola —replica ella.

Le señalo el armario donde los empleados dejan sus cosas mientras trabajan.

—Puedes dejar la bolsa ahí. —Le doy un delantal y trato de mantener un tono lo más profesional posible—. Te cuento cómo va todo.

Ella me sigue en silencio mientras le muestro dónde están las cosas en la cocina. Le explico dónde debe dejar los platos una vez limpios. Luego le enseño dónde se guardan las cosas en la despensa y le indico dónde está mi despacho. Por último, la llevo al callejón para enseñarle cuál es nuestro contenedor. Mientras regresamos al bar, Aaron se acerca y se detiene al verme con Kenna.

—Aaron, ella es Nicole. Te ayudará en la cocina.

Él entorna los ojos y la examina de arriba abajo.

—¿Necesito ayuda en la cocina? —pregunta extrañado.

Me vuelvo hacia Kenna.

—Ofrecemos un menú no muy amplio de platos los fines de semana, pero Aaron se encarga de todo. Ayúdalo en lo que te pida.

Kenna asiente y le ofrece la mano a Aaron.

—Encantada de conocerte.

Él le estrecha la mano, pero sigue mirándome con desconfianza.

Miro a Kenna y le señalo la puerta para indicarle que quiero hablar un momento a solas con Aaron. Ella asiente y entra discretamente en la cocina. Volviéndome hacia Aaron, le aclaro:

—Solo se quedará unas semanas como mucho. Necesitaba un favor.

Levanta una mano.

—No se diga más, jefe. —Me aprieta el hombro antes de entrar en la cocina.

Ya le he enseñado a Kenna todo lo que necesita saber para mantenerse ocupada por una noche. Y ahora ya conoce a Aaron. Él se ocupará de ella.

No quiero entrar por la cocina para no tener que volver a verla, así que doy la vuelta y entro por la puerta principal. Razi y Roman van a tener que ocuparse de casi todo, porque debo irme. Cuando le ofrecí el trabajo a Kenna y le dije que empezara esta noche, no me acordé de que ya tenía planes y no iba a estar en el bar durante buena parte de su turno.

—Volveré hacia las nueve —informo a Roman—. Voy a cenar con ellos después del festival.

Roman asiente.

—Mary Ann va a hacer preguntas —me advierte—. Hace tiempo que pide que contratemos a su sobrino como ayudante de cocina. No le va a sentar bien.

—Dile a Mary Anne que lo de Kenna es..., que lo de Nicole es temporal. No necesita saber nada más.

Roman niega con la cabeza.

—Creo que has actuado sin pensar, Ledger.

—No lo creas, lo he pensado mucho.

—Es posible, pero lo pensaste con la cabeza equivocada, joder.

No hago caso de su comentario y me voy.

Hace unos meses, Diem decidió que quería apuntarse a clases de ballet. Grace dice que se apuntó porque su mejor amiga iba a clases, pero no porque realmente le guste bailar.

Tras verla actuar esta noche en el festival, me ha quedado clarísimo que el baile no es su pasión. No estaba concentrada en absoluto. No creo que haya prestado atención en clase ni un minuto, porque mientras los demás niños trataban al menos de seguir los movimientos, Diem corría arriba y abajo por todo el escenario, recreando escenas de su película favorita, *El gran showman*.

El público se partía de risa. Grace y Patrick no sabían dónde meterse, pero también les costaba aguantar la risa. A media función, Grace se inclinó hacia mí y me susurró:

—Asegúrate de que no vuelve a ver esa película.

Lo grabé todo, por supuesto.

Y mientras lo grababa, no podía evitar sentir cierto nerviosismo al pensar en enseñarle las imágenes a Kenna. Aun así, debo recordar que los fragmentos de la vida de Diem no me pertenecen, por muy bien que me sintiera el otro día en la cuneta permitiéndole a Kenna asomarse a su vida.

Patrick y Grace son los responsables de tomar las decisiones sobre su vida y así es como debe ser. Si yo me enterara de que alguien cercano hubiera estado compartiendo imágenes de Diem tras haberle pedido que no lo hiciera, me sentaría muy mal. Y no dudaría en apartar a esa persona de mi vida.

No puedo arriesgarme a que me pase eso con Patrick y Grace. Ya bastante estoy haciendo con darle trabajo a sus espaldas.

—Creo que no quiero volver a ballet —anuncia Diem, que todavía lleva puesto el maillot lila. Veo que se lo ha manchado de queso fundido y se lo limpio con una servilleta, porque estoy sentado a su lado en el banco corrido.

—Todavía no puedes desapuntarte —le recuerda Grace—. Hemos pagado tres meses más por anticipado.

A Diem le gusta probar cosas nuevas. Y aunque luego las deja, no me parece mal. Me parece una muestra de personalidad fuerte querer probar todos los deportes posibles.

—Quiero hacer eso de las espadas —insiste Diem sacudiendo el tenedor en el aire.

—¿Esgrima? —pregunta Patrick—. No hay clases de esgrima en esta ciudad.

—Podría enseñarme Ledger —replica la niña.

—No tengo espadas. Ni tiempo. Ya entreno el equipo de béisbol infantil.

—El béisbol es un infierno.

Me aguanto la risa.

—No digas eso —susurra Grace.

—Es lo que dice Roman —explica la niña—. Tengo que ir al lavabo.

El lavabo se ve desde donde estamos sentados, por lo que Diem se cuela por debajo de la mesa para salir. Grace no la pierde de vista mientras se dirige hasta allí. Es individual y se puede cerrar desde dentro, y por eso Grace no la sigue.

Normalmente, Grace siempre la acompañaba al lavabo, pero últimamente Diem ha estado pidiendo que la dejemos ser más independiente y hace que Grace la espere fuera. Cuando venimos a este restaurante, pedimos que la mesa esté cerca del lavabo. Así Grace puede dejarle hacer cosas sola mientras la vigila.

Cuando Patrick habla, veo que Grace no aparta la vista de la puerta del lavabo.

—Hemos interpuesto una orden de alejamiento contra la madre de Diem.

Me controlo para no reaccionar, lo que no es fácil. Me trago las palabras junto con un bocado de comida y luego bebo un sorbo de agua.

—¿Por qué?

—Queremos estar preparados, haga lo que haga —responde Patrick.

—¿Y qué iba a hacer? —pregunto, sin poder evitarlo, pero Grace me mira ladeando la cabeza, y me doy cuenta de que no debería haber dicho eso.

¿Sería posible que un juez concediera una orden de alejamiento solo porque alguien la solicita? Supongo que se necesitaría algo más que su presencia aquí.

—Nos persiguió por el aparcamiento del supermercado. No me siento segura, Ledger.

«Oh.»

Me había olvidado de eso. Y, sin embargo, aún siento la necesidad de disculparla, como si hubiera sido culpa mía que nos viéramos en esta situación.

—Lo hablamos con Grady —me informa Patrick—. Nos dijo que podría conseguir que el juez lo tramitara con carácter de urgencia. Probablemente esta semana ya la tengamos.

Me gustaría decir muchas cosas, pero ahora no es el momento. Lo malo es que no tengo ni idea de cuándo será buen momento. Ni siquiera sé si debería decirlas.

Doy otro trago y me mantengo en silencio, sin reaccionar, tratando de que no se note que soy un traidor. Porque eso es lo que soy, es imposible seguir negándolo.

—Cambiemos de tema —dice Grace, al ver que Diem se dirige hacia nosotros—. ¿Cómo está tu madre, Ledger? No pude hablar con ella la última vez que vinieron.

—Está bien. Van de camino a Yellowstone; supongo que volverán a pasarse por aquí a la vuelta.

Diem se sienta en el regazo de Grace mientras ella me comenta:

—Tengo muchas ganas de verla. Cuando vuelvan, diles que tenemos que cenar juntos.

—Se lo diré.

Grace le da a Diem una patata frita, pero sigue hablando conmigo:

—Se acerca la fecha. ¿Cómo lo llevas?

Pestañeo un par de veces. Sé que no es nada relacionado con Scotty, pero no tengo ni idea de a qué se refiere.

—Leah —me aclara Grace—. ¿La boda cancelada?

—Ah, eso. —Me encojo de hombros—. Estoy bien. Y ella también. Es mejor así.

Grace frunce un poco el ceño. Siempre le cayó bien Leah, pero no creo que conociera a la auténtica Leah. No es que fuera mala persona; no le habría pedido que se casara conmigo si pensara que lo era.

Pero no era lo bastante buena para Diem. Si Grace lo supiera, me daría las gracias por haber anulado la boda en vez de seguir sacando el tema con la esperanza de que cambie de idea.

—¿Qué tal va la casa? —me pregunta Patrick.

—Bien. Creo que dentro de unos meses ya podré mudarme.

—¿Cuándo vas a poner tu casa actual en venta?

Solo pensar en ello hace que me hunda un poco en el asiento. Ponerla en venta será como poner en venta una parte de mí, por muchas razones.

—Todavía no lo sé.

—No quiero que te marches.

Las palabras de Diem son como un puñetazo directo al corazón.

—Pero podrás ir a su nueva casa. —Grace trata de consolarla—. No estará lejos.

—Me gusta la casa que tiene ahora —insiste la niña poniendo morritos—. Puedo ir sola.

Diem se mira las manos. Quiero cogerla en brazos, abrazarla fuerte y decirle que no me separaré nunca de ella, pero no sería verdad.

Ojalá me hubiera esperado seis meses antes de decidir construir la casa nueva cuando Diem era más pequeña. Con seis meses habría tenido suficiente para saber que la niñita que Grace y Patrick estaban criando iba a infiltrarse en mi vida y en mi corazón como si fuera carne de mi carne.

—Diem estará bien —me tranquiliza Grace. Supongo que debe de estar tratando de descifrar mi expresión—. Estarás a veinte minutos de distancia. Apenas cambiará nada.

Miro a Diem y ella me devuelve la mirada. Juraría que tiene lágrimas en los ojos, pero los cierra y se acurruca en el regazo de Grace antes de que pueda asegurarme.

23

Kenna

En los papeles que Ledger me dejó para que firmara, he visto que me va a pagar bastante más de lo que me dan en el supermercado.

Por eso, y porque soy así por naturaleza, llevo toda la noche dejándome la piel en el trabajo. Lo he reorganizado todo. Nadie me ha mandado hacerlo, pero soy más rápida lavando platos que los clientes ensuciándolos, por lo que en los ratos libres he ordenado los estantes, la despensa y los platos y vasos de los armarios.

He tenido cinco años para practicar. No le comenté nada a Ledger sobre mi experiencia, porque siempre es incómodo sacar el tema, pero trabajé en la cocina mientras estuve fuera. Un par de decenas de clientes no son nada comparado con centenares de mujeres.

Al principio no sabía si me sentiría cómoda con Aaron, porque tiene un aspecto bastante intimidante. Es ancho de hombros y tiene las cejas oscuras y muy expresivas, pero en el fondo es un osito de peluche.

Me ha contado que ha estado trabajando en el bar desde que abrió hace varios años. Está casado y es padre de cuatro hijos. Durante la semana trabaja haciendo mantenimiento en el instituto, y los viernes y sábados por la noche se encarga de la cocina aquí. Sus hijos ya han crecido y se han ido todos de casa, pero sigue conservando este trabajo, porque así ahorra y su mujer y él pueden cogerse unas vacaciones todos los años y visitar a la familia de ella en Ecuador.

Le gusta bailar mientras trabaja, por lo que pone la música alta y grita cuando habla. Resulta entretenido, porque básicamente habla sobre los demás empleados. Me ha contado que Mary Anne ha estado saliendo con un tipo siete años, y que están a punto de ser padres por segunda vez, pero que ella se niega a casarse con él porque odia su apellido. También me ha dicho que Roman está obsesionado con una mujer casada que tiene una panadería en esta misma calle, un poco más abajo, y que por eso siempre trae *cupcakes* al trabajo.

Está a punto de hablarme sobre Razi, el otro camarero, cuando alguien se asoma a la puerta y exclama:

—¡Joder!

Me vuelvo hacia la voz y veo que se trata de Mary Anne, la camarera, que está observándolo todo sorprendida.

—¿Quién ha hecho todo esto? ¿Has sido tú? —me pregunta, y yo asiento con la cabeza—. No me había dado cuenta de lo desordenado que estaba todo hasta ahora. ¡Uau! Ledger será el primer sorprendido con el resultado de su decisión precipitada cuando vuelva.

Ni siquiera sabía que se había ido. Desde aquí no veo el bar y ninguno de los camareros había entrado en la cocina.

Mary Ann se lleva la mano al vientre y se dirige hacia la nevera. Parece estar embarazada de unos cinco meses. Abre un táper y saca un puñado de tomatitos cherry. Se mete uno en la boca y confiesa:

—Tengo un antojo brutal de tomates. No puedo pensar en otra cosa: salsa marinara, pizza, kétchup... —Me ofrece uno, pero niego con la cabeza—. Me provocan ardor de estómago, pero no puedo parar de comerlos.

—¿Es el primero? —le pregunto.

—No, tengo un niño de dos años. Y este también es un niño. ¿Y tú? ¿Tienes hijos?

Nunca sé cómo responder a esta pregunta. Por suerte no me lo han preguntado demasiadas veces desde que salí de la cárcel, pero las pocas veces que lo han hecho he dicho que sí y luego he cambiado rápido de tema. Sin embargo, no quiero que me hagan preguntas aquí, por lo que niego levemente con la cabeza y mantengo la atención en ella.

—¿Qué nombre le vas a poner?

—Todavía no estoy segura. —Se come otro tomatito y guarda la fiambrera en la nevera—. Y tú, ¿qué te cuentas? ¿Eres nueva por aquí? ¿Estás casada? ¿Sales con alguien? ¿Cuántos años tienes?

Tengo respuestas distintas para cada pregunta, así que asiento con la cabeza, y luego niego y acabo pareciendo un perrito de esos que ponen en la parte de atrás de los coches.

—Acabo de mudarme a la ciudad. Tengo veintiséis años. Soltera.

Ella alza una ceja.

—¿Sabe Ledger que estás soltera?

—Supongo.

—Ah. Eso lo explica todo.

—¿El qué?

Mary Anne y Aaron se miran brevemente.

—Que Ledger te haya contratado. Nos preguntábamos la razón.

—Y ¿por qué razón me ha contratado? —Quiero saber cuál piensa que es la razón.

—No quiero que te lo tomes a mal —responde—, pero llevamos dos años siendo los mismos empleados y nunca ha salido el tema de que necesitemos más personal. Por eso, mi teoría es que te ha contratado para poner celosa a Leah.

—Mary Anne. —Aaron pronuncia su nombre en tono de advertencia.

Ella sacude la mano en el aire.

—Se suponía que Ledger iba a casarse este mes. Él actúa como si no le importara que la boda se cancelara, pero últimamente está raro. Y tú pides trabajo y él te contrata porque sí, cuando no necesita a nadie más. —Se encoge de hombros—. A ver, tiene sentido. Eres muy guapa y a él le han roto el corazón. Creo que está llenando un hueco en su vida.

Yo no le veo el sentido por ninguna parte, pero tengo la sensación de que Mary Anne es muy curiosa y no quiero decir nada que pueda despertar sus sospechas sobre mi presencia aquí.

—No le hagas caso —dice Aaron—. Mary Anne tiene más antojo de chismes que de tomates.

Ella se echa a reír.

—Es verdad. Me gusta hablar por hablar. No lo hago con mala intención, es que me aburro.

—¿Por qué se canceló la boda? —le pregunto. Al parecer ella no es la única cotilla que hay en esta cocina.

Mary Anne se encoge de hombros.

—No lo sé. Leah, su ex, le dijo a todo el mundo que no eran compatibles. Ledger no ha dado ninguna explicación. Es un hueso duro de roer.

Roman se asoma por las puertas batientes solicitando la atención de Mary Anne.

—Los chicos de la fraternidad te reclaman.

Ella hace una mueca exasperada y replica:

—Buf, odio a los universitarios. Dejan unas propinas de mierda.

Aaron sugiere que me tome un descanso cuando llevo unas tres horas trabajando y decido pasarlo sentada en las escaleras de la puerta del callejón. No sabía si me darían descanso. Ni siquiera sabía cuántas horas trabajaría hoy, por lo que cogí una bolsa de patatas y una botella de agua en el súper antes de venir hacia aquí.

En el callejón el ambiente es más tranquilo, pero sigo notando la vibración del bajo de la música. Mary Anne volvió a entrar en la cocina hace un rato para charlar y vio que me salían de las orejas trozos de papel higiénico que me había puesto para amortiguar la música mientras trabajaba. Le he mentido; le he dicho que era para evitar migrañas, pero la verdad es que odio casi toda la música.

Cada canción me recuerda a algún episodio negativo de mi vida, por eso prefiero no escuchar música. Me ha dicho que tiene unos auriculares que me puede dejar, que me los traerá mañana. De momento, la música es la única parte del trabajo que no me gusta.

Al menos la cárcel tenía algo bueno: casi nunca oía música.

Roman abre la puerta y parece sorprendido al verme sentada en los escalones, pero luego se dirige al otro lado del callejón y pone un cubo boca abajo. Se sienta y estira la pierna, haciendo presión sobre la rodilla.

—¿Qué tal la primera noche? —me pregunta.

—Bien. —He notado que Roman cojea al andar y ahora está estirando la pierna como si le doliera. No sé si se trata de una lesión reciente, pero, si así fuera, debería tomarse las cosas con más calma. Aunque es difícil. Es camarero, y los camareros nunca se sientan—. ¿Te has lesionado la pierna?

—Es una lesión antigua. Según el tiempo que hace, se queja más o menos. —Se recoge la pernera del pantalón, dejando a la vista una larga cicatriz que le recorre la rodilla.

—Auch. ¿Cómo te lo hiciste?

Roman se apoya en la pared de ladrillos antes de responder:

—Jugando al fútbol profesional.

—¿Tú también eras jugador profesional?

—Sí, pero jugaba en otro equipo, no en el de Ledger. Preferiría estar muerto que jugar para los Broncos. —Se señala la rodilla—. Esto me lo hice hace más de dos años; fue el fin de mi carrera profesional.

—Vaya. Lo siento.

—Gajes del oficio.

—¿Y cómo es que acabaste trabajando aquí con Ledger?

Él me dirige una mirada cautelosa.

—Podría preguntarte lo mismo.

Tiene razón. No sé hasta qué punto está informado, pero Ledger mencionó que Roman era el único que sabía quién era yo. Supongo que eso significa que lo sabe todo.

No quiero hablar de mí.

Por suerte, no tengo que hacerlo porque en ese preciso instante el callejón se ilumina con las luces de la camioneta de Ledger, que aparca en su lugar habitual. Por alguna razón, Roman elige este momento para escapar. Vuelve al bar y me deja aquí sola.

Me pongo tensa por la desaparición de Roman y el regreso de Ledger. Me da vergüenza que me encuentre sentada en los escalones. Por eso, en cuanto abre la puerta de la camioneta, le digo:

—He estado trabajando, lo juro. Has llegado justo cuando he parado a hacer un descanso.

Ledger sonríe mientras baja de la camioneta, como si mi explicación fuera innecesaria. No sé por qué reacciono tan intensamente a su sonrisa, pero me crea un remolino en el estómago. Su presencia siempre me genera una especie de vibración bajo la piel, como si me cargara de energía nerviosa.

Tal vez se deba a que es el único vínculo que me une a mi hija. O porque me acuerdo de lo que sucedió entre nosotros en este mismo callejón cada vez que cierro los ojos por la noche.

Tal vez se deba a que ahora es mi jefe. No quiero perder este trabajo y me da mucha rabia que me haya encontrado así, sin hacer nada. Me siento patética e idiota.

Estaba mejor sin él, mucho más relajada.

—¿Cómo va la noche? —me pregunta apoyándose en la camioneta, como si no tuviera prisa por entrar.

—Bien. Todo el mundo ha sido muy amable.

Él alza una ceja, como si le costara creerlo.

—¿Mary Anne también?

—Bueno, conmigo ha sido amable, aunque te ha estado criticando un poco. —Sonrío para que sepa que hablo en broma. Aunque es verdad que insinuó que Ledger solo me ha contratado porque piensa que soy guapa y está tratando de poner celosa a su ex—. ¿Quién es Leah?

Ledger deja caer la cabeza hacia atrás hasta que choca con la camioneta.

—¿Quién te ha hablado de Leah? ¿Mary Anne?

Asiento.

—Comentó que ibas a casarte este mes.

Ledger parece incómodo, pero no pienso cambiar de tema solo para ahorrarle la incomodidad. Si no quiere hablar de ello, que no lo haga, pero yo quiero saber más, así que espero expectante su respuesta.

—Fue todo tan absurdo... —dice al fin—. Rompimos por una discusión sobre unos hijos que todavía no teníamos.

—¿Cancelasteis la boda por eso?

Él asiente con la cabeza.

—Sip.

—¿Sobre qué discutisteis exactamente?

—Ella me preguntó si querría a nuestros futuros hijos más que a Diem y le dije que no, que los querría a todos por igual.

—¿Y se enfadó por eso?

—Le molestaba que pasara tanto tiempo con Diem. Me dijo que, cuando tuviéramos nuestra propia familia, debería pasar menos tiempo con ella y más con nuestros hijos y ella. Fue como una epifanía. Me di cuenta de que no veía a

Diem formando parte de nuestra familia como lo hacía yo. Después de aquello, sentí que nos alejábamos.

No sé por qué esperaba que su ruptura hubiera tenido una causa más seria. La gente no suele romper por culpa de situaciones hipotéticas, pero habla muy bien de Ledger el hecho de que viera que su felicidad va ligada a la de Diem, y que no se conformara con alguien que no respetara eso.

—Pues parece que esa Leah era una auténtica zorra. —Lo digo medio en broma, y por eso Ledger reacciona riendo, pero, cuanto más pienso en ello, más molesta me siento—. Pues que le den mucho, en serio. Que le den por pensar que Diem no se merece el mismo amor que unos niños que todavía no existen.

—Exacto. Todo el mundo me dijo que estaba loco por romper con ella, pero a mí me pareció una señal, una advertencia de todos los posibles problemas que podríamos tener más adelante. —Me sonríe—. Mírate. Estás hecha toda una madre sobreprotectora. Ya no me siento tan loco.

En cuanto las palabras salen de su boca —reconociéndome como la madre de Diem—, me descompongo. Ha sido una frase de nada, pero para mí ha sido muy importante.

«Aunque se le haya escapado sin querer.»

Ledger endereza la espalda y cierra la camioneta.

—Será mejor que entre. El aparcamiento está lleno de coches.

No ha mencionado dónde ha estado, pero tengo la sensación de que tiene algo que ver con Diem. Aunque tal vez tuviera una cita, lo que me altera casi igual que lo otro.

A mí no se me permite formar parte de la vida de Diem, pero, si Ledger decide salir con alguien, esa persona se integrará en la vida de mi hija, y eso me hace sentir celosa de cualquiera que sea la elegida.

«Por lo menos, no será Leah.»

«Que le den.»

Roman me acerca una caja llena de vasos y los deja junto al fregadero.

—Me voy —me avisa—. Ledger dice que te llevará a casa si no te importa esperarlo. Le queda una media hora para acabar su turno.

—Gracias —le digo a Roman, que se quita el delantal y lo tira en una cesta junto a los que los demás empleados han usado esta noche—. ¿Quién se ocupa de lavarlos? —No sé si eso se incluye en mi trabajo. No sé qué se espera de mí exactamente. Ledger no ha estado a mi lado para enseñarme las cosas y los demás se han limitado a irme indicando cosas que podía hacer, así que he estado haciendo un poco de todo.

—Hay lavadora y secadora arriba —responde Roman.

—¿Hay otra planta encima del bar? —No he visto ninguna escalera.

Él señala hacia la puerta que sale al callejón.

—El acceso a la escalera está fuera. La mitad del espacio se usa como almacén. La otra mitad es un estudio. La lavadora y secadora están ahí.

—¿Tengo que subirlos y lavarlos?

Él niega con la cabeza.

—Normalmente lo hago por las mañanas. Yo vivo ahí.

Se quita la camisa y la tira en la cesta justo cuando Ledger entra en la cocina.

Roman se ha quedado desnudo de cintura para arriba y Ledger me mira fijamente. Sé que parecía que estaba observando a Roman mientras se cambiaba, pero no es así. Estábamos manteniendo una conversación; no lo miraba porque estuviera medio desnudo. Sé que no debería importarme, pero me siento avergonzada, por lo que me doy la vuelta y me concentro en fregar los platos.

Roman y Ledger mantienen una conversación que prácticamente no oigo, excepto cuando Roman le desea a Ledger buenas noches y se va. Ledger vuelve a desaparecer en el bar.

Estoy sola, pero no me importa; lo prefiero. Junto a Ledger nunca estoy cómoda, me pone nerviosa.

Acabo de fregar los platos y dejo las superficies limpias por última vez. Ya pasa de la medianoche y no tengo ni idea de cuánto rato más le queda a Ledger. No quiero molestarlo, pero estoy demasiado cansada para volver a casa andando, así que lo espero.

Recojo mis cosas y me siento en la encimera. Saco la libreta y el bolígrafo. No creo que vaya a hacer nada con las cartas que le escribo a Scotty, pero son catárticas.

Querido Scotty:

Ledger es un capullo, vaya eso por delante. A ver, ha convertido una librería en un bar. ¿Qué clase de monstruo hace eso?

Pero... empiezo a pensar que también tiene un lado amable. Supongo que por eso era tu mejor amigo.

—¿Qué escribes?

Cierro bruscamente la libreta al oír su voz. Ledger se

está quitando el delantal sin dejar de mirarme. Guardo la libreta en la bolsa y murmuro:

—Nada.

Él ladea la cabeza y me mira con curiosidad.

—¿Te gusta escribir? —Asiento—. ¿Te tiran más las ciencias o las letras? ¿O tal vez las artes?

Qué pregunta más rara.

—No lo sé —respondo encogiéndome de hombros—. Creo que las artes. ¿Por qué?

Ledger coge un vaso limpio y se dirige al fregadero. Lo llena de agua y da un trago.

—Diem tiene mucha imaginación. Siempre me he preguntado si la había sacado de ti.

Siento que el pecho se me hincha de orgullo. Adoro que me vaya revelando pequeñas pinceladas de su personalidad. Y me encanta que alguien en su vida sepa apreciar su imaginación.

Cuando yo era pequeña, también tenía una imaginación desbordante, pero mi madre la sofocaba. No fue hasta que Ivy me animó a recuperar esa parte de mí misma cuando sentí que alguien me apoyaba.

Scotty lo habría hecho, pero creo que no llegó a darse cuenta de mi afición por las artes. Cuando me conoció, esa parte de mí estaba totalmente aletargada.

Sin embargo, ahora está despierta. Gracias a Ivy. Escribo constantemente. Escribo poemas, cartas a Scotty, ideas sobre libros que no sé si seré capaz de completar. Creo que la escritura fue lo que me salvó de mí misma.

—Sobre todo escribo cartas —admito, y me arrepiento en cuanto las palabras salen de mi boca, aunque Ledger no reacciona como esperaba.

—Lo sé. Cartas a Scotty. —Deja el vaso de agua en la mesa, a su lado, y se cruza de brazos.

—¿Cómo sabes que le escribo cartas?

—Vi una —responde—. No te preocupes, no la leí. Solo vi una de las páginas cuando recogí tu bolsa de la taquilla del supermercado.

Me preguntaba si había visto el montón de fotocopias. Me preocupaba que hubiera curioseado, pero si él me dice que no las leyó, me lo creo, aunque no acabo de entender por qué.

—¿Cuántas cartas le has escrito?

—Más de trescientas.

Él niega con la cabeza, incrédulo, y luego sonríe.

—Scotty odiaba escribir. Solía pagarme para que le hiciera yo los trabajos del instituto.

Me río al recordar que yo le escribí un par de redacciones mientras estuvimos juntos.

Me resulta muy raro hablar con alguien que conoció a Scotty tanto como yo. No me había pasado nunca y es de lo más agradable pensar en él riendo en vez de llorando.

Me encantaría saber más sobre Scotty; saber cómo era cuando no estaba conmigo.

—Es posible que Diem acabe siendo escritora. Le gusta inventarse palabras —me cuenta Ledger—. Si no sabe cómo se llama algo, se lo inventa.

—¿Por ejemplo?

—Las farolas que van con energía solar —contesta—. ¿Las que hay en las aceras? Pues no sabemos por qué, pero las llama *parchelas*.

Sus palabras me hacen sonreír, pero los celos me retuercen las entrañas. Quiero conocerla tan bien como él la conoce.

—¿Y qué más? —pregunto en voz más baja, porque trato de disimular que me tiembla.

—El otro día iba en bici y se le resbalaban los pies en los pedales. Me dijo: «Los pies no me paran de *chancletar*». Le pregunté a qué se refería y me dijo que era cuando llevaba chanclas y se le caían de los pies. Y piensa que *tanque* significa «tan». Dice: «Estoy *tanquensada* o estoy *tanquenfadada*».

Me duele tanto que no soy capaz ni de sonreír. Lo intento, pero creo que Ledger se da cuenta de que oír historias sobre la hija que no me dejan conocer me está partiendo en dos.

La sonrisa se le borra de la cara. Se acerca al fregadero y lava el vaso rápidamente.

—¿Estás lista?

Asiento y bajo al suelo de un salto.

Durante el viaje de vuelta, me pregunta:

—¿Qué piensas hacer con las cartas?

—Nada —respondo al momento—. Me gusta escribirlas, sin más.

—¿De qué tratan?

—De todo. A veces, de nada. —Miro por la ventanilla para que no pueda leer la verdad en mi rostro, pero hay algo que me empuja a querer ser honesta con él. Quiero que confíe en mí; tengo muchas cosas que demostrar—. Había pensado recopilarlas y publicarlas algún día, en un libro.

Él parece sorprendido.

—¿Tendrá final feliz?

Sin dejar de mirar por la ventanilla, contesto:

—Sería un libro sobre mi vida, así que lo dudo mucho.

Ledger mantiene la vista fija al frente mientras me pregunta:

—¿Alguna de las cartas habla de lo que pasó la noche en que Scotty murió?

Dejo pasar unos segundos antes de responder:

—Sí. Una de ellas.

—¿Puedo leerla?

—No.

Ledger se vuelve hacia mí y nuestras miradas se cruzan un instante. Luego pone el intermitente y entra en mi calle. Aparca, pero deja el motor encendido. No sé si espera que baje de inmediato o si nos ha quedado algo por decir. Apoyo la mano en la manilla.

—Gracias por el trabajo.

Ledger da golpecitos en el volante con el pulgar y asiente con la cabeza.

—Diría que te has ganado el sueldo. No había visto la cocina tan organizada desde que abrí el bar. Y eso que solo has trabajado un día.

Sus palabras me hacen sentir bien. Absorbo el halago y le doy las buenas noches.

Cuando bajo de la camioneta, me apetece volverme hacia él, pero me obligo a seguir mirando al frente. Estoy atenta por si oigo que se marcha, pero no lo hace, lo que me lleva a pensar que me observa mientras subo al apartamento.

Una vez dentro, Ivy viene corriendo hacia mí. La tomo en brazos y me acerco a la ventana con las luces apagadas.

Ledger sigue sentado en la camioneta, mirando hacia

aquí. Yo me aparto enseguida de la ventana y apoyo la espalda en la pared. Finalmente oigo que acelera y sale del aparcamiento.

—Ivy —susurro rascándole la cabeza—. ¿Qué estamos haciendo?

24

Ledger

—¡Ledger!

Estoy recogiendo el equipamiento. Alzo la vista al oír mi nombre e, inmediatamente, empiezo a recoger más deprisa. La brigada de madres se dirige hacia mí. Cuando se acercan en formación, como hoy, es siempre mala señal. Son cuatro y tienen sillas personalizadas, conjuntadas, con los nombres de sus hijos escritos en la parte de atrás.

O vienen a decirme que no estoy entrenando a los niños lo suficiente o están a punto de organizarme una cita con alguna de sus amigas solteras.

Echo un vistazo hacia el campo y veo que Diem sigue jugando a perseguirse con dos de sus amigos. Grace la está vigilando. Meto el último casco en la bolsa, pero es demasiado tarde para fingir que no he oído que me están llamando.

Whitney es la primera en hablar:

—Hemos oído que la madre de Diem ha vuelto al pueblo.

Mantengo un breve contacto visual con ella, pero trato de no mostrar sorpresa por lo que han descubierto. Ninguna de estas mujeres conoció a Kenna durante el breve tiempo que salió con Scotty. De hecho, ni siquiera conocieron a Scotty.

Pero conocen a Diem, me conocen a mí y conocen la historia, así que supongo que tienen derecho a saber la verdad.

—¿Dónde lo habéis oído?

—Una compañera de trabajo de Grace se lo contó a mi tía —responde otra de las madres.

—No me creo que haya tenido la desfachatez de presentarse aquí —dice Whitney—. Grady dijo que Grace y Patrick han interpuesto una orden de alejamiento.

—Ah, ¿sí? —Echo balones fuera, porque prefiero hacerme el tonto antes que admitir todo lo que sé. Si lo hago, no dejarán de hacerme preguntas.

—¿No lo sabías? —se extraña Whitney.

—Lo comentamos, pero no sabía si lo habían hecho al final.

—No me extraña —replica ella—. ¿Y si trata de llevarse a Diem?

—No haría algo así —le aseguro lanzando la bolsa en la camioneta y cerrando la puerta trasera de un portazo.

—Pues a mí no me extrañaría —insiste Whitney—. Los adictos hacen locuras.

—No es una adicta —afirmo con demasiado ímpetu. Demasiado deprisa. Veo que Whitney me dirige una mirada desconfiada.

Ojalá estuviera aquí Roman. Hoy no ha podido venir y no puedo usarlo como excusa para escapar de la brigada de las madres. Alguna de ellas es amiga de Leah, por lo que no coquetean conmigo por respeto hacia ella, pero Roman no es coto vedado, así que normalmente lo lanzo a los leones —o leonas, en este caso— y salgo huyendo.

—Saluda a Grady de mi parte. —Me alejo de ellas y me dirijo hacia Grace y Diem.

No sé cómo defender a Kenna en este tipo de situaciones. Tampoco sé si debería hacerlo. Pero no me parece bien dejar que todo el mundo siga pensando tan mal de ella.

No avisé a Kenna de que la recogería hoy. No por nada, es que yo mismo no lo he sabido hasta que iba de camino al bar y me he dado cuenta de que casi era la hora en que acaba el turno en el supermercado.

Me meto en el aparcamiento y Kenna no tarda ni dos minutos en aparecer. No se fija en la camioneta y va directa hacia la carretera, por lo que cruzo el aparcamiento para interceptarla.

Cuando me ve, hace una mueca cuando señalo hacia la puerta del acompañante. Mientras abre la puerta, me da las gracias murmurando, pero luego añade:

—No hace falta que vengas a buscarme. Puedo ir andando perfectamente.

—Vengo del partido de béisbol infantil. Me venía de camino.

Ella deja la bolsa entre los dos y me pregunta:

—¿Se le da bien?

—Sí. Aunque creo que lo que le gusta no es el juego en sí, sino poder pasar el rato con sus amigos. Pero, si siguiera practicando, creo que sería bastante buena.

—¿Qué más hace aparte de béisbol?

No puedo culparla por sentir curiosidad. Yo mismo he provocado esta situación al compartir demasiada información con ella, pero la brigada de las madres ha plantado una semilla de desconfianza en mi cabeza.

¿Y si me hace tantas preguntas porque quiere descubrir el horario de actividades de Diem? Cuanto más sepa sobre su rutina diaria, más fácil le será sorprendernos en algún momento y llevársela. Me siento mal por pensarlo, pero Diem es mi prioridad en la vida, y me sentiría todavía peor si no la protegiera.

—Lo siento —se disculpa—. No debería incomodarte con estas preguntas. No tengo derecho a preguntar.

Mira por la ventanilla mientras me incorporo a la circulación. Me fijo en que tiene la costumbre de flexionar los dedos y agarrarse los muslos. Diem flexiona los dedos de la misma manera. Es increíble que dos personas que no se han visto nunca compartan tantos gestos.

Hay demasiado ruido y siento que debo advertirla, por lo que subo la ventanilla mientras acelero.

—Han pedido una orden de alejamiento.

Me mira de reojo.

—¿Lo dices en serio?

—Sí, quería avisarte antes de que te lleguen los papeles.

—Y ¿por qué lo han hecho?

—Creo que Grace se asustó por lo que pasó en el supermercado.

Ella niega con la cabeza y vuelve a mirar por la ventanilla. No vuelve a decir nada hasta que paramos en el callejón, detrás del bar.

Siento que le he amargado la noche al contarle lo de la orden de alejamiento justo antes de empezar el turno, pero tenía derecho a saberlo. Francamente, no creo que haya hecho nada para merecerse esa orden, aunque para los Landry el simple hecho de que se encuentre en la misma ciudad que Diem es motivo más que suficiente.

—Va a ballet —le digo respondiendo a su pregunta de hace un rato. Apago el motor y busco el vídeo de la representación—. Por eso me fui anoche. Tenía un festival. —Le paso el móvil.

Ella mira las imágenes. Durante unos cuantos segundos está seria, pero luego se echa a reír a carcajadas.

Odio que me guste tanto observar la cara de Kenna mientras ve vídeos de Diem. Me causa un efecto incontestable. Me hace sentir cosas que probablemente no debería sentir. Pero es una sensación agradable, que me lleva a preguntarme cómo sería ver a Kenna y a Diem interactuando en persona, no a través de una pantalla.

Kenna reproduce el vídeo tres veces, con una enorme sonrisa en la cara.

—¡Se le da de pena!

Me echo a reír. La voz de Kenna suena distinta; es la felicidad la que hace que suene así. Me pregunto si esa felicidad tan poco frecuente en la vida de Kenna estaría presente en su vida cotidiana si Diem formara parte de ella.

—¿Le gusta bailar? —me pregunta Kenna.

Niego con la cabeza.

—No, al final del festival dijo que quería dejarlo y probar esa cosa de las espadas.

—¿Esgrima?

—Quiere probarlo todo. Constantemente. Nunca profundiza en nada porque se aburre y piensa que otra cosa será más interesante.

—Dicen que el aburrimiento es señal de inteligencia —comenta Kenna.

—Es muy inteligente, así que podría ser.

Kenna sonríe, pero, al devolverme el móvil, se le borra la sonrisa de la cara. Baja de la camioneta y se dirige a la puerta trasera del bar.

La sigo y le abro la puerta. Aaron me saluda.

—Hola, jefe. —Y luego añade—: Hola, Nic.

Kenna se acerca a él, que alza la mano. Ella se la choca como si se conocieran de hace tiempo, no solo de una noche.

Roman entra en la cocina con una bandeja llena de botellas vacías y me saluda con la cabeza.

—¿Cómo ha ido?

—Nadie ha llorado y nadie ha vomitado —le respondo. Para nosotros, eso significa que el entreno ha sido un éxito.

Roman reclama la atención de Kenna.

—Tenía sin gluten. He dejado tres en la nevera para ti.

—Gracias —le contesta ella.

Es la primera vez que la veo demostrar entusiasmo por algo que no tenga que ver con Diem. No sé de qué están hablando. Me ausenté unas horas anoche y parece que a Kenna le bastaron para establecer relaciones personales con todo el mundo por aquí.

¿A santo de qué Roman le ha comprado tres de lo que sea que estén hablando?

¿Y a santo de qué estoy teniendo esta reacción tan visceral al pensar en Roman y Kenna juntos? ¿Sería capaz Roman de tirarle los trastos? ¿Tendría derecho a ponerme celoso? Cuando volví anoche del festival estaban en el descanso al mismo tiempo. ¿Lo hizo Roman a propósito?

Justo cuando esa idea se me cuela en la mente, Mary Anne aparece y lo primero que hace es darle a Kenna unos auriculares de los que cancelan el ruido.

—Me has salvado la vida —le agradece Kenna.

—Sabía que tenía unos de sobra por casa. —Mary Ann le quita importancia. Mientras pasa por mi lado, me saluda—: Hola, jefe. —Y se dirige al bar.

Kenna se coloca los auriculares al cuello y se ata el delantal. Los auriculares no van conectados a nada. Sé que ni siquiera tiene móvil. ¿Cómo va a escuchar música con eso?

—¿Para qué son? —le pregunto.

—Para no oír la música.

—¿No quieres oír música?

Ella se vuelve hacia el fregadero, pero me da tiempo a ver cómo le cambia la expresión.

—Odio la música.

¿Odia la música? ¿Es eso posible?

—¿Por qué odias la música?

Me mira por encima del hombro.

—Porque es triste. —Se cubre los oídos con los auriculares y llena el fregadero de agua.

La música es lo que me da estabilidad. No logro imaginarme cómo debe ser no poder conectar con ella. Sin embargo, lo entiendo. Casi todas las canciones hablan de amor o de pérdida, dos cosas que probablemente le resultan muy difíciles de soportar, sea cual sea la forma en que se presenten.

Le dejo hacer su trabajo y voy a la parte delantera del bar para empezar mi jornada. Todavía no hemos abierto, por lo que el bar está vacío. Cuando Mary Anne se dirige a la puerta, me acerco a Roman.

—Tres ¿qué?

Él me mira sin entender.

—¿Eh?

—Has dicho que has puesto tres no sé qué en la nevera para Kenna.

—Nicole —me corrige Roman señalando a Mary Anne con la mirada—. Hablaba de *cupcakes*. Su casera no puede tomar gluten y Nicole trata de congraciarse con ella.

—¿Por qué?

—No sé. Algo de la factura de la luz. —Roman me mira de reojo y se aleja.

Me alegra que se lleve bien con todo el mundo por aquí, pero una pequeña parte de mí se arrepiente de haberse ausentado anoche. Siento que todos han llegado a conocer a Kenna de un modo que yo no. Lo que no entiendo es por qué eso me molesta.

Me acerco a la máquina de discos para elegir unas cuantas canciones antes de que el bar se llene. Estudio los títulos. Es un tocadiscos digital, que permite reproducir miles de canciones distintas, pero pronto me doy cuenta de que podría pasarme la noche entera para encontrar alguna que no recordara a Scotty o a Diem de alguna u otra manera.

Kenna tiene razón. Si estás pasando por un mal momento, casi todas las canciones resultan deprimentes, traten de lo que traten.

Acabo eligiendo el modo aleatorio, que es lo que mejor se ajusta a mi estado de ánimo.

25

Kenna

Me han pagado. Poco, no me han pagado ni una semana completa, pero me ha llegado para comprarme un móvil nuevo.

Estoy sentada en la mesa de pícnic que hay a la entrada de mis apartamentos, revisando las aplicaciones.

Hoy he hecho el primer turno en el supermercado, por lo que tengo unas cuantas horas libres antes de entrar a trabajar en el bar. Por eso estoy aquí fuera, pasando el rato.

Trato de obtener toda la vitamina D que puedo teniendo en cuenta que, durante los últimos cinco años, el tiempo que podía pasar al aire libre estaba programado y limitado. Probablemente debería comprarme suplementos de vitamina D para que mi cuerpo se ponga al día.

Cuando alguien aparca cerca de mí, levanto la cabeza y veo que se trata de Lady Diana, que me saluda con entusiasmo desde el coche que conduce su madre. Normalmente hacemos turnos distintos, lo que es una pena porque me iría muy bien ir y volver con ellas en coche, pero yo trabajo más horas que ella. Ledger me ha acompañado varias veces, pero no he vuelto a verlo desde que me dejó en casa después de mi segunda noche en el bar.

Nunca he hablado con la madre de Lady Diana. Parece mayor que yo. Debe de tener unos treinta y cinco. Sonriendo, cruza la zona ajardinada detrás de su hija y llegan hasta mí. Lady Diana señala el móvil que tengo en la mano.

—Se ha comprado un móvil —dice—. ¿Y yo? ¿Por qué yo no puedo tener uno?

La madre se sienta a mi lado.

—Porque ella es una adulta y tú no —replica mirándome—. Hola, soy Adeline.

Nunca sé cómo presentarme. Me llaman Nicole en los dos sitios donde trabajo, pero a Lady Diana le dije que me llamaba Kenna, igual que a la casera, Ruth. Sé que, algún día, esto me traerá problemas. Necesito encontrar la manera de que no parezca que he estado mintiendo a todo el mundo.

—Kenna..., pero todo el mundo me llama Nicole. —No suena mal. No es toda la verdad, pero tampoco es mentira del todo.

—Hoy en el trabajo he conocido a mi nuevo novio —me cuenta Lady Diana. Está de puntillas, rebotando, llena de energía. Su madre suelta un gruñido.

—Ah, ¿sí?

Lady Diana asiente.

—Se llama Gil, trabaja conmigo, es el del pelo rojo. Me ha pedido que sea su novia, tiene síndrome de Down como yo, le gusta jugar a videojuegos y creo que me casaré con él.

—Frena —protesta su madre. Lady Diana lo ha soltado todo del tirón, sin hacer pausas, por lo que no sé si su madre le está indicando que hable más despacio o que se tome con calma los planes de boda.

—¿Es majo? —le pregunto.

—Tiene una PlayStation.

—Pero ¿es majo?

—Tiene muchas cartas Pokémon.

—Y ¿es majo? —insisto.

Ella se encoge de hombros.

—No lo sé. Tendré que preguntárselo.

Sonrío.

—Eso. Pregúntaselo. Solo debes casarte con alguien que sea majo y se porte bien contigo.

Adeline me mira.

—¿Conoces a ese chico? ¿Gil?

Pronuncia su nombre con desdén, lo que me hace reír.

Niego con la cabeza.

—No, pero le echaré un vistazo. —Me vuelvo hacia Lady Diana—. Me aseguraré de que sea majo y se porte bien.

Adeline parece aliviada.

—Gracias. —Se levanta—. ¿Irás a la comida del domingo?

—¿Qué comida?

—Haremos una comida aquí, para celebrar el Día de la Madre. Le dije a Lady Diana que te invitara.

La mención de ese día me duele, como siempre. He tratado de no pensar en ello. Será el primer año que lo pasaré fuera de la cárcel y en la misma ciudad que Diem.

—A la hija de Kenna la raptaron; por eso no la invité —se excusa Lady Diana.

Yo niego con la cabeza inmediatamente.

—No, no. No la raptaron. Es que... es una larga historia. Ahora mismo no tengo su custodia.

Me siento avergonzada y Adeline se da cuenta.

—No te preocupes. La comida es para todo el mundo que vive en los apartamentos. —Trata de tranquilizarme—. Básicamente la organizamos por Ruth, porque sus hijos viven muy lejos.

Asiento pensando que, si acepto la invitación, tal vez ella deje de insistir y tal vez no tenga que explicarle por qué Lady Diana ha dicho que han secuestrado a mi hija.

—¿Qué traigo?

—No te preocupes; ya está todo a punto —me dice—. Me alegro de haberte conocido. —Empieza a alejarse, pero se detiene y se vuelve hacia mí—. De hecho, ¿conoces a alguien a quien le sobren una mesa y algunas sillas? Creo que estamos un poco justos de sillas.

Mi primer impulso es decirle que no, ya que solo conozco a Ledger, pero no quiero que sepa lo sola que estoy, así que asiento y respondo:

—Preguntaré por ahí.

Adeline repite que se alegra de haberme conocido al fin y luego se dirige a su apartamento, pero Lady Diana se queda conmigo. Cuando su madre ya no nos ve, señala mi móvil.

—¿Puedo jugar a un juego?

Le doy el móvil y ella se sienta en el césped, al lado de la mesa de pícnic. Ya es hora de prepararme para mi otro trabajo en el Ward's.

—Voy a cambiarme. Puedes jugar hasta que vuelva a bajar.

Lady Diana asiente sin mirarme.

Me encantaría poder ahorrar para comprarme un coche y no tener que ir andando a trabajar, pero tener que ahorrar para mudarme y que los Landry se sientan más cómodos me ha complicado mucho el tema económico.

Llego al bar antes de hora, pero la puerta trasera no está cerrada con llave.

Tras haber trabajado aquí la semana pasada, me siento segura; sé lo que tengo que hacer. Me pongo el delantal y estoy llenando el fregadero de agua cuando Roman entra desde el bar.

—Llegas pronto —me dice.

—Sí. No sabía cómo estaría el tráfico —replico seria. Roman, que sabe que no tengo coche, se echa a reír—. ¿Quién solía fregar los platos antes de que Ledger me contratara?

—Todo el mundo. Todos echábamos una mano cuando teníamos un rato libre. Y, si no, esperábamos a la hora de cerrar y nos turnábamos para quedarnos a fregar. —Coge el delantal—. No creo que queramos volver a aquella situación después de tu paso por aquí. Es muy agradable poder marcharse cuando el bar cierra.

Me pregunto si Roman sabe que mi trabajo es temporal. Supongo que sí.

—Esta noche va a haber trabajo —me advierte—. Hoy era el último día de exámenes finales. Sospecho que vamos a tener una avalancha de universitarios.

—Mary Anne estará encantada. —Echo líquido lavavajillas en el fregadero—. Ah, una cosa. —Me vuelvo hacia él—. El domingo hay una comida comunitaria donde vivo. Necesitan una mesa. ¿Hay alguna que sobre por aquí?

Él señala hacia el techo con la cabeza.

—Creo que sí, en el trastero. —Comprueba la hora en su teléfono y dice—: Aún falta un rato para que abramos. Vamos a echar un vistazo.

Cierro el agua y lo sigo hasta el callejón. Se saca un manojo de llaves del bolsillo y rebusca entre ellas.

—Disculpa el desorden —me avisa mientras abre la puerta—. Lo suelo tener un poco más ordenado, por si tenemos alguna piltrafa, aunque ahora hace tiempo que no.

Al abrir la puerta, veo que la escalera está bien iluminada.

—¿Una piltrafa? —le pregunto mientras subimos. La escalera da un giro hacia el final y va a parar a un espacio del tamaño de la cocina del bar. Me doy cuenta de que la distribución es la misma, pero está decorado como una vivienda.

—Llamamos así a los borrachos que nadie reclama cuando llega la hora de cerrar. A veces los subimos aquí y los acostamos en el sofá hasta que se les pasa la borrachera y recuerdan adónde tenían que ir.

Cuando enciende la luz, el sofá es lo primero en lo que me fijo. Es viejo y está gastado, pero se nota que es cómodo solo con mirarlo. También hay un mueble con un televisor de pantalla plana cerca de una cama de tamaño grande, *king-size.*

Es un estudio, de un solo espacio, pero tiene cocina y un pequeño comedor, con una ventana que da a la calle donde está la entrada principal del bar. Es el doble de grande que el mío y tiene cierto encanto.

—Es mono. —Señalando una encimera donde se acumulan por lo menos treinta tazas alineadas contra la pared, le pregunto—: ¿Eres adicto al café o solo a las tazas de café?

—Es una larga historia. —Roman vuelve a rebuscar en el llavero—. Hay un área que usamos como almacén detrás de esa puerta. Si no recuerdo mal, había una mesa, pero no prometo nada. —Abre la puerta y veo dos mesas de metro ochenta apoyadas en la pared, verticalmente. Lo ayudo a sacar una—. ¿Las necesitas las dos?

—No, con una bastará.

Apoyamos la mesa en el sofá y luego él cierra la puerta con llave. Volvemos a levantarla para llevarla abajo.

—Podemos dejarla en la entrada de momento y luego ya la meteremos en la camioneta de Ledger —me propone.

—Genial, gracias.

—¿Qué tipo de comida es?

—Un pícnic en la zona comunitaria.

No quiero admitir que se celebra el Día de la Madre. Podría parecer que lo estoy celebrando y no quiero que me juzguen. Aunque Roman no parece ser de los que juzgan a la gente. De hecho, parece buen tío, y es bastante guapo. Estoy segura de que lo miraría con otros ojos si no supiera a qué saben los besos de Ledger.

Pero ahora mismo no puedo mirarle la boca a un hombre sin desear que esa boca sea la de Ledger. Odio seguir encontrándolo tan atractivo como la primera noche que entré en su bar. Todo sería mucho más fácil si me sintiera atraída por otra persona. Por cualquier otra persona.

Roman deja la mesa en el suelo, al pie de la escalera.

—¿Necesitas sillas?

—Sillas. Mierda, sí. —Me había olvidado de las sillas.

Roman vuelve a subir la escalera y yo subo tras él.

—Y... ¿de qué conoces a Ledger?

—Él es el jugador que me lesionó jugando a fútbol americano.

Me quedo quieta en lo alto de la escalera.

—Es el culpable de truncar tu carrera y ahora... ¿sois amigos? —No acabo de entender cómo pudo pasar.

Roman me mira con atención mientras vuelve a abrir la puerta del almacén.

—¿En serio no conoces la historia?

Niego con la cabeza.

—He estado liadilla los últimos años.

Él se ríe por la nariz.

—Sí, me imagino. Te daré la versión resumida —me dice mientras coge sillas—. Tras la lesión, me tuvieron que operar de la rodilla. Me dolía mucho y me enganché a las pastillas. Me gasté todo lo que había ganado jugando en la NFL en la puta adicción. —Deja dos sillas junto a la puerta y coge dos más—. Digamos que me jodí la vida a base de bien. Se corrió la voz y, cuando Ledger se enteró, me buscó. Supongo que se sentía responsable, aunque lo de la rodilla fuera un accidente. Pero el caso es que se presentó cuando los demás me dieron de lado y se aseguró de que recibía la ayuda que necesitaba.

No sé cómo gestionar la información que acaba de darme.

—Oh. Uau.

Roman saca seis sillas del almacén y vuelve a cerrar la puerta. Él coge cuatro y yo dos, y volvemos a bajar la escalera.

—Ledger me dio trabajo y me alquiló este apartamento cuando salí de rehabilitación hace dos años. —Dejamos las sillas apoyadas en la pared antes de salir al callejón—. La verdad es que no recuerdo cómo empezó la cosa, pero el caso es que empezó a regalarme una taza para celebrar cada semana que pasaba sobrio. Todavía sigue regalándome una taza todos los viernes, pero ahora lo hace para tocarme los cojones, porque sabe que me estoy quedando sin espacio para colocarlas.

La verdad es que me parece adorable.

—Espero que te guste el café.

—Vivo gracias al café. No te acerques a mí por las mañanas antes de que me tome uno.

Roman levanta la mirada hacia algo a mi espalda. Al volverme, veo a Ledger. Se ha detenido a medio camino entre la camioneta y la puerta trasera del bar.

Nos está observando.

Yo también me detengo, pero Roman no. Él sigue andando hacia la puerta.

—Kenna ha pedido prestadas una mesa y unas sillas para un tema que tiene el domingo. Las hemos dejado en la escalera; cogedlas cuando os vayáis.

—Nicole —le corrige Ledger.

—Pues Nicole. Lo que sea. No te olvides. Mesa. Sillas. Cuando te vayas —insiste antes de desaparecer en el bar.

Ledger observa el suelo unos instantes y alza la mirada hacia mí.

—¿Para qué tipo de tema necesitas una mesa?

Me meto las manos en los bolsillos traseros.

—Es solo una comida, con mis vecinas.

Él sigue observándome como si esperara una explicación más elaborada.

—El domingo es el Día de la Madre.

Yo asiento y echo a andar hacia la puerta.

—Sip. No veo por qué no voy a celebrar el día con las madres de mis apartamentos, ya que no puedo celebrarlo con mi propia hija —replico, en tono tenso, algo acusatorio.

Dejo que la puerta se cierre ruidosamente a mi espalda y me dirijo al fregadero. Vuelvo a abrir el agua y me coloco los auriculares que me dejó Mary Anne la semana pasada. Esta vez los conecto al móvil, ya que al fin tengo uno. Me he cargado un audiolibro para ayudarme a pasar la noche.

Siento una ligera brisa en la nuca cuando Ledger entra en la cocina. Aguardo unos segundos y miro por encima del hombro, para saber dónde se encuentra y qué está haciendo.

Se dirige hacia el bar mirando al frente. Cuando tiene esa expresión estoica en la cara no sé qué está pensando.

El problema que tengo con las expresiones de Ledger es que no he visto demasiadas desde que lo conocí. Aquella primera noche, en el bar, me pareció tranquilo y relajado, pero desde que descubrió quién era yo se muestra inflexible en mi presencia. Como si se esforzara al máximo por mantener sus pensamientos ocultos para que no pueda saber lo que piensa.

26

Ledger

Mientras me dedico a mi trabajo habitual, siento las articulaciones rígidas, como si estuviera resacoso perdido, pero no tengo resaca. Solo estoy... ¿molesto? ¿Es eso?

Estoy reaccionando como un capullo. Yo lo sé, y Roman lo sabe, pero mi madurez parece haberse ido de vacaciones.

¿Cuánto rato llevaba Kenna aquí? ¿Cuánto rato han pasado en el apartamento de Roman? ¿Por qué parecía molesta conmigo? ¿Por qué cojones me importa?

No sé qué hacer con estos sentimientos, así que los enrollo en un fajo y trato de metérmelos en la garganta, en el estómago o donde sea que la gente se guarde estas mierdas. Lo que menos necesito es empezar a trabajar de mal humor.

Hoy ha sido el último día de la semana de exámenes finales. Esta noche va a ser una locura. Más me vale no empeorarla.

Me acerco a la máquina de discos y la primera canción que suena es una que quedó pendiente de la selección de ayer: *If we were vampires*, de Jason Isbell.

Perfecto. Una canción de amor épico, justo lo que a Kenna le hace falta.

Entro en la cocina y veo que se ha puesto los auriculares. Cojo la fruta que suelo partir al inicio de cada turno y la llevo a la barra. Estoy cortando una lima, probablemente con un poco más de saña de la necesaria, cuando Roman me pregunta:

—¿Estás bien?

—Estoy bien. —Trato de decirlo como lo diría normalmente, pero no sé cómo lo diría un día normal, porque Roman nunca tiene que preguntarme cómo estoy. Siempre estoy bien.

—¿Día duro?

—Un día estupendo.

Roman suspira y me quita el cuchillo de la mano. Con las manos en la barra, me vuelvo hacia él. Está apoyado en un codo, en actitud relajada, dándole vueltas al cuchillo con un dedo mientras me observa.

—No ha pasado nada —me dice—. Me preguntó si nos sobraban una mesa y unas sillas. Estuvimos arriba unos tres minutos como mucho.

—No te he preguntado nada.

—No ha hecho falta. —Se ríe y resopla a la vez, exasperado—. Joder, tío. No pensaba que fueras tan celoso.

Le arrebato el cuchillo y vuelvo a cortar limas.

—No tiene nada que ver con los celos.

—¿De qué va esto, pues?

Estoy a punto de responderle, probablemente con alguna mentira que él no se va a tragar, pero en ese momento se abre la puerta y entran cuatro tipos gritando, con ganas de fiesta; es posible que ya estén borrachos. Dejo la conversación a medias y me preparo para un turno que no me apetece nada de nada.

Ocho largas horas más tarde, Roman y yo estamos en el callejón cargando la mesa y las sillas en la parte trasera de la camioneta. Esta noche no hemos tenido tiempo ni de pensar; y mucho menos de terminar la conversación de antes.

No hablamos mucho. Estamos cansados y creo que Roman me trata con cautela; pero, cuanto más pienso en él y Kenna juntos a solas en su apartamento, más me exaspero.

Sé que a Roman le parece atractiva. A Kenna no la conozco tanto, pero supongo que debe de estar lo bastante desesperada para salir con cualquiera que se lo proponga. Necesita una excusa para quedarse a vivir aquí.

Pensar eso de ella me hace sentir muy mal.

—¿Vamos a hablarlo de una vez? —me pregunta.

Cierro la puerta de la plataforma trasera dando un portazo. Luego me agarro de la camioneta con una mano y me llevo la otra a la barbilla.

Eligiendo las palabras con cuidado, empiezo a hablar:

—Si comenzaras algo con ella, lo usaría como excusa para no irse de la ciudad. Le ofrecí el trabajo para que ahorre y pueda marcharse.

Roman mueve la cabeza, como si poner los ojos en blanco no fuera suficiente para demostrarme lo molesto que está.

—¿Crees que trataría de ligar con ella? ¿Crees que te haría eso después de todo lo que has hecho por mí?

—No te digo que no te acerques a ella por celos. Necesito que se vaya de la ciudad para que Patrick y Grace puedan recuperar su vida normal.

Roman se echa a reír.

—No me cuentes historias, tío. Jugaste en la NFL. Eres el dueño de un negocio próspero. Te estás construyendo una casa alucinante, joder. Dinero no te falta, Ledger. Si tantas ganas tuvieras de que se marchara, le habrías dado un talón para librarte de ella.

Estoy tan tenso que ladeo la cabeza hasta que me cruje la nuca.

—Ella no lo habría aceptado.

—¿Lo intentaste?

No hizo falta. La conozco. Sé que no lo habría aceptado.

—Ten cuidado con ella, Roman. Sería capaz de cualquier cosa por formar parte de la vida de Diem.

—Bueno, al menos en eso estamos de acuerdo —replica antes de entrar en la escalera que lleva a su apartamento.

Que le den.

«Que le den, porque tiene razón.»

Por mucho que trate de negarlo, no actúo así porque me preocupe que Kenna se quede por aquí más tiempo. Estoy alterado porque la idea de que se marche me preocupa más que la de que se quede.

¿Cómo ha podido pasar? ¿Cómo he pasado de odiar a esta mujer con todas mis fuerzas a sentir algo completamente distinto? ¿Cómo puedo ser tan mal amigo para Scotty? ¿Cómo puedo traicionar así a Patrick y a Grace?

No contraté a Kenna para que se vaya antes. La contraté porque me gusta su presencia. La contraté porque pienso en volver a besarla cada vez que apoyo la cabeza en la almohada. La contraté porque espero que Patrick y Grace cambien de opinión. Y quiero estar cerca si eso llega a pasar.

27

Kenna

Me aparto de la puerta, roja como un tomate.

He oído todas las palabras que Ledger le ha dicho a Roman. He oído incluso algunas que no ha dicho en voz alta.

Voy a la despensa y cojo la bolsa cuando lo oigo subir los escalones del callejón. Cuando abre la puerta y me mira, no puedo evitar pensar en lo que debe de estar pasándole por la cabeza.

Desde que me ofreció el trabajo, no he dudado de que lo había hecho porque me odia y quiere que me vaya cuanto antes, pero Roman tiene razón. Podría haberme ofrecido dinero y haberme dicho que me fuera si fuera eso lo que realmente quiere.

¿Por qué sigo aquí?

¿Y por qué estaba advirtiendo a Roman de que mis intenciones podían no ser buenas? Yo no pedí este trabajo, me lo ofreció él. Que piense que sería capaz de utilizar a Roman para llegar hasta mi hija me ha sentado como una patada, aunque no sé si era eso lo que estaba insinuando. No sé si estaba insinuando algo o si estaba marcando el terreno.

—¿Estás lista? —me pregunta.

Apaga las luces y me abre la puerta. Al pasar por su lado, noto tensión entre nosotros, pero es una tensión distinta. No tiene nada que ver con Diem. Es una tensión que parece nacer cada vez que estamos en presencia del otro.

Mientras nos dirigimos a mi casa, siento que me falta el aire. Estoy tentada de bajar la ventanilla, pero temo que piense que es porque no respiro bien en su presencia.

Lo miro de reojo un par de veces, tratando de ser discreta, y veo que tiene la mandíbula más tensa de lo habitual. ¿Estará pensando en lo que le ha dicho Roman? ¿Estará molesto porque cree que su amigo tiene razón o porque piensa que está totalmente equivocado?

—¿Te han notificado ya la orden de alejamiento? —me pregunta.

Me aclaro la garganta para que pueda pasar el diminuto *no* que pronuncio.

—Lo busqué en el móvil y ponía que pueden tardar una o dos semanas en tramitarla.

Mientras miro por la ventanilla, Ledger me pregunta:

—¿Tienes móvil?

—Sí, me lo compré hace unos días.

Él coge su teléfono y me lo da.

—Introduce tus datos.

No me gusta esa actitud tan mandona. En vez de aceptar el móvil, me lo quedo mirando y luego lo miro a él.

—¿Y si no quiero que tengas mi número?

Él me mira con dureza.

—Soy tu jefe. Necesito poder contactar con mis empleados.

Resoplo, porque tiene razón y me da rabia. Aprovecho

para enviarme un mensaje para tener su número, pero cuando introduzco mi contacto en su móvil, lo hago como Nicole y no como Kenna. No sé quién puede tener acceso a su teléfono; prefiero ser prudente.

Vuelvo a dejar el móvil en el soporte mientras él aparca junto a mi casa. En cuanto el motor se apaga, abre la puerta y baja. Coge la mesa y, cuando trato de ayudarlo, me dice:

—Puedo yo solo. ¿Dónde quieres que la deje?

—¿Te importa subirla?

Se dirige a la escalera y yo lo sigo, con un par de sillas. Nos cruzamos a medio camino, cuando él baja a buscar el resto de las sillas. Se echa a un lado, presionando la espalda contra la barandilla para dejarme espacio, pero igualmente, al pasar junto a él, me llega su olor. Huele a limas y a malas decisiones.

Ha dejado la mesa apoyada junto a la puerta. Abro y coloco las sillas dentro. Por la ventana veo a Ledger cogiendo las cuatro sillas que faltan. Miro a mi alrededor por si hay algo que deba recoger antes de que vuelva. Hay un sujetador en el sofá, que me apresuro a cubrir con un cojín.

Ivy se me acerca y se queda junto a mis tobillos, maullando. Al ver que tanto el cuenco del agua como el comedero están vacíos, voy a llenarlos. Ledger da un golpecito en la puerta y la abre. Mete primero las sillas y luego va a por la mesa.

—¿Algo más? —me pregunta.

Dejo el bol del agua en el lavabo. Ivy se va directa a beber y aprovecho para encerrarla dentro para que no se escape por la puerta que Ledger ha dejado abierta.

—No, pero gracias por tu ayuda.

Me acerco a la puerta para cerrar con llave cuando Ledger se marche, pero se queda quieto, con la mano en el pomo.

—¿A qué hora sales de trabajar en el supermercado mañana?

—A las cuatro.

—El partido de béisbol acabará a esa hora más o menos. Puedo ir a buscarte, pero a lo mejor me retraso un poco.

—No pasa nada, iré andando. Se supone que hará buen tiempo.

—Vale —replica, pero permanece en la puerta durante unos instantes que acaban volviéndose incómodos.

¿Debería decirle que los he oído hablar?

Probablemente. Si algo he aprendido durante estos cinco años que he vivido sin vivir es que me niego a malgastar ni un segundo de la vida que me queda por delante por miedo a la confrontación. Si mi vida acabó como acabó fue en buena parte por cobardía.

—No era mi intención, pero te he oído hablar con Roman —admito abrazándome la cintura. Ledger aparta la mirada, como si se sintiera incómodo—. ¿Por qué le has dicho que tenga cuidado conmigo?

Él aprieta los labios, como si reflexionara. Su nuez sube y baja, indicándome que ha tragado saliva, pero no dice nada. Permanece callado, debatiéndose por dentro, mientras su rostro refleja un dolor inmenso. Apoya la cabeza en la puerta y baja la vista hacia los pies.

—¿He dicho alguna mentira? —Su voz no es más que un susurro, pero resuena en mi interior como si estuviera gritando—. ¿Acaso no harías cualquier cosa por Diem?

Resoplo frustrada. Es una pregunta trampa. Claro que haría cualquier cosa por ella, pero no a costa de otras personas. O eso creo.

—Es una pregunta injusta.

Él vuelve a mirarme a los ojos y noto que se me altera el pulso.

—Roman es mi mejor amigo. No pretendo ofenderte, pero a ti casi no te conozco, Kenna.

Tal vez él no me conozca, pero yo siento que él es la única persona que conozco.

—Aún no sé si lo que pasó entre nosotros la primera noche que entraste en el bar fue algo auténtico o si fue una actuación para acercarte a Diem.

Apoyo la cabeza en la pared y lo observo. Él me mira con paciencia; no parece juzgarme. Es como si realmente quisiera saber si el beso que compartimos fue auténtico. Como si fuera importante para él.

Fue auténtico, pero, al mismo tiempo, no lo fue.

—No supe quién eras hasta que me dijiste tu nombre —admito—. Estaba literalmente sentada en tu regazo cuando me di cuenta de que conocías a Scotty. Seducirte no entraba en mis planes.

Él parece tardar unos segundos en asimilar mi respuesta; luego asiente lentamente.

—Me alegro de saberlo.

—¿En serio? —Apoyo la espalda en la pared—. Porque no me parece que importe demasiado. Sigues sin querer que conozca a mi hija. Sigues queriendo que me marche de aquí.

«¿Qué más da todo?»

Ledger agacha la cabeza hasta que nuestros ojos vuelven a encontrarse. Mirándome fijamente, me dice:

—Me encantaría que conocieras a Diem. Nada en esta vida me haría más feliz. Si supiera cómo hacerles cambiar de idea, lo haría encantado, Kenna.

Respiro soltando el aire entrecortadamente. Eso era justo lo que necesitaba oír. Cierro los ojos porque no quiero llorar y no quiero verlo marchar, pero hasta este momento no tenía nada claro que él me quisiera en la vida de Diem.

Siento el calor de su brazo cerca de mi cabeza. Mantengo los ojos cerrados y sigo respirando con dificultad. Siento su respiración aproximándose a mi mejilla y luego a mi cuello, como si se estuviera acercando a mí.

Lo siento rodeándome, pero tengo miedo de abrir los ojos. Temo ver que me lo he imaginado y que, en realidad, se ha ido. Pero entonces respira y su calor me desciende por el cuello y el hombro. Entreabro los ojos lo justo para ver que se cierne sobre mí, con las manos apoyadas en la pared, una a cada lado de mi cabeza.

Permanece inmóvil, como si no fuera capaz de decidir si se marcha o si repite el beso que nos dimos la primera noche. O tal vez está esperando a que sea yo la que dé el primer paso, la que tome una decisión, la que cometa un error.

No sé qué es lo que me lleva a alzar la mano y apoyarla en su pecho, pero, cuando lo hago, él suspira como si eso fuera exactamente lo que quería que yo hiciera. Lo que no sé es si esa mano está ahí porque quiero mantenerlo a distancia o porque quiero acercarlo más a mí.

En cualquier caso, el fuego que ha nacido entre los dos crece alimentado por el aire que sale de su boca cuando suspira. Apoya la frente con delicadeza sobre la mía.

Desde que nos conocimos, entre nosotros se han colado decisiones, consecuencias y sentimientos, pero Ledger lo echa todo a un lado cuando une sus labios a los míos.

Siento el calor latir en mis venas, y suspiro sin abandonar su boca. Me recorre el labio superior con la lengua, nublándome los pensamientos. Me sostiene la cabeza entre las manos y profundiza el beso, que se vuelve embriagador. Su boca es más cálida que la primera vez que nos besamos. Sus manos se mueven con más delicadeza; su lengua parece menos atrevida.

Me besa con cuidado, pero no quiero pararme a pensar qué significa esa delicadeza, porque mis sentimientos son ya tan intensos que me abruman. Su calidez me envuelve por completo, pero, al tratar de aferrarme a él, Ledger se aparta.

Inspiro hondo mientras él me observa con atención. Es como si tratara de interpretar mi expresión, buscando en ella signos de arrepentimiento o de deseo.

Estoy segura de que ha encontrado las dos cosas. Quiero que me bese, pero la idea de tener que despedirme de alguien más, aparte de Diem, hace que me detenga. Cuanto más me acerco a Ledger, física y emocionalmente, más pongo en peligro su relación con mi hija.

Y por mucho que me guste lo que me hace sentir cuando me besa, el dolor que causaría a los Landry descubrir que estamos viéndonos a escondidas sería insoportable. No quiero cargar con más dolor ajeno a mis espaldas.

Él vuelve a inclinarse sobre mí, haciéndome temblar, pero saco fuerzas de algún lado para negar con la cabeza.

—Por favor, no —susurro—. Ya duele demasiado tal como están las cosas.

Ledger se detiene un instante antes de que sus labios entren en contacto con los míos. Se aparta un poco y me acaricia la mejilla con los dedos.

—Lo sé. Lo siento.

Ambos permanecemos quietos, en silencio. Ojalá pudiera permitirme buscar la manera de que esto funcione, pero lo que hago es buscar la manera de que no duela tanto, porque es imposible que funcione.

Tras unos segundos, él se impulsa en la pared y se aparta.

—Me siento tan... —Se pasa una mano por el pelo mientras busca la palabra adecuada—. Impotente. Inútil. —Cruza la puerta tras pronunciar esas dos palabras—. Lo siento —lo oigo murmurar mientras se aleja.

Cierro la puerta con llave y al fin suelto el aire que he estado conteniendo durante toda la noche. El corazón me late desbocado. Noto que hace mucho calor en el apartamento.

Bajo la temperatura del termostato y dejo salir a Ivy del baño. Nos acurrucamos juntas en el sofá y, al cabo de unos segundos, cojo la libreta.

Querido Scotty:

¿Te debo una disculpa por lo que ha pasado?

Aunque ni siquiera estoy segura de qué es lo que ha pasado. Ledger y yo acabamos de compartir un momento, eso está claro. Pero ¿ha sido un buen momento? ¿Un mal momento? Básicamente ha sido un momento triste.

¿Y si vuelve a pasar? No estoy segura de ser lo bastante fuerte para pedirle que no me toque de todas las

maneras en las que nos estaríamos tocando ahora mismo si no hubiera pronunciado las palabras: «Por favor, no».

Pero es que, si nos rendimos a esto que sentimos, en algún punto él tendrá que elegir. Y no me elegirá a mí. Yo no dejaría que lo hiciera y mi opinión sobre él caería en picado si no eligiera a Diem.

Y ¿qué será de mí cuando eso pase? No solo perderé a Diem, también a Ledger. Ya te perdí a ti, y ya fue lo bastante duro, joder. ¿Cuántas pérdidas puede soportar una persona antes de tirar la toalla, Scotty? Porque empiezo a pensar que eso de ganar no va conmigo.

Con todo mi amor,

Kenna

28

Ledger

Diem me abraza con fuerza por el cuello mientras la llevo a caballito por el aparcamiento, en dirección al coche de Grace. El partido acaba de terminar y Diem me ha pedido que la lleve a cuestas porque dice que tiene las piernas *tanquedoloridas*.

—Quiero ir a trabajar contigo —me pide.

—No puedes. Los niños no pueden entrar en los bares.

—A veces voy al bar contigo.

—Sí, cuando está cerrado —le aclaro—, pero eso no cuenta. Esta noche estará abierto. Habrá mucho trabajo y no podré estar pendiente de ti. —Por no mencionar que su madre, a la que no conoce y ni siquiera sabe que existe, estará allí—. Cuando cumplas dieciocho años podrás venir a trabajar para mí.

—Pero para eso falta mucho mucho mucho. Ya estarás muerto.

—¡Oye, tú! —Grace se pone a la defensiva—. Yo soy mucho mayor que Ledger y no pienso estar muerta cuando cumplas los dieciocho.

Mientras la siento en el alzador y le abrocho el cinturón de seguridad, la niña pregunta:

—¿Cuántos años tendré cuando se muera todo el mundo?

—Nadie sabe cuándo se van a morir los demás —respondo—, pero, si llegamos a viejos, podremos ser viejos a la vez.

—¿Cuántos años tendré cuando tú tengas doscientos?

—Tantos que estarás muerta.

Al ver que abre mucho los ojos, niego con la cabeza.

—Estaremos todos muertos. Nadie llega a los doscientos años.

—Mi profe tiene doscientos.

—La señora Bradshaw es más joven que yo —la corrige Grace desde el asiento delantero—. Deja de decir mentiras.

Diem se echa hacia delante y me susurra al oído:

—No es mentira; la señora Bradshaw tiene doscientos años.

—Te creo. —Le doy un beso en la coronilla—. Lo has hecho muy bien hoy. Te quiero.

—Yo también te quiero. Quiero ir a trabajar con...

Cierro la puerta de Diem sin esperar a que acabe la frase. Normalmente no las despido con tantas prisas, pero, mientras cruzábamos el aparcamiento, he recibido un mensaje de Kenna.

Solo decía:

Por favor, pasa a buscarme.

Todavía no son las cuatro. Ayer me dijo que no necesitaba que fuera a buscarla, por eso su mensaje me ha dejado preocupado.

Grace y Diem pasan por mi lado cuando llego a mi camioneta. Hoy Patrick no ha venido a ver el partido porque está trabajando en los columpios. Pensaba volver a casa un par de horas para echarle una mano antes de ir al bar, pero, en vez de eso, voy de camino al supermercado para ver cómo está Kenna.

Le enviaré un mensaje a Patrick desde allí para comentarle que al final no iré. Ya casi tenemos los columpios acabados. El cumpleaños de Diem se acerca y se suponía que hoy iba a ser el gran día, el de mi boda con Leah. Habíamos previsto viajar a Hawái después de la boda y recuerdo que me estresaba la idea de no estar aquí para el cumpleaños de Diem.

Ese fue otro motivo de disputa entre nosotros. No le hizo ninguna gracia que el quinto cumpleaños de Diem fuera casi tan importante para mí como nuestra luna de miel. Estoy seguro de que a Patrick y a Grace no les hubiera importado cambiar la fecha de la fiesta, pero Leah se puso a la defensiva antes de poder proponer ningún cambio. Lo vivió como un conflicto grave y acabó convirtiéndose en la primera señal de que algo no iba bien.

Tras la ruptura, le cedí el viaje a Leah, a pesar de que lo había pagado yo. No sé si irá. Espero que sí, pero llevamos tres meses sin hablarnos. No tengo ni idea de cómo le va la vida. Ni ganas de saberlo. Es raro estar tan ligado a todos los aspectos de la vida de otro ser humano y, de repente, dejar de saber nada.

También es raro pensar que conoces a alguien y luego darte cuenta de que, en realidad, no lo conocías en absoluto. Así me sentía con Leah y ahora empiezo a sentirme así con Kenna, pero al revés. Con Kenna tengo la sensación de que la juzgué con demasiada dureza al principio. Con Leah, en cambio, siento que la juzgué de manera demasiado favorable.

Probablemente debería haberle enviado un mensaje a Kenna para avisarla de que iba de camino, porque la veo andando por el arcén a unos cuatrocientos metros del supermercado. Tiene la cabeza gacha y agarra las asas de la bolsa de tela con las dos manos.

Me detengo al otro lado de la carretera, pero no me ve, por lo que toco el claxon. Al verme, mira a ambos lados de la carretera, cruza y sube a la camioneta.

Suspira hondo cuando cierra la puerta. Huele a manzanas; huele igual que anoche en la puerta de su casa.

«Me daría de bofetadas por lo de anoche.»

Kenna deja la bolsa entre los dos, saca un sobre y me lo enseña.

—Me ha llegado. La orden de alejamiento. Me la han dado cuando salía con la compra de un cliente para meterla en su coche. He pasado mucha vergüenza, Ledger.

Leo el documento por encima. La verdad, me extraña que un juez lo haya concedido, pero entonces veo el nombre de Grady y todo cobra sentido. Probablemente declaró a favor de Patrick y Grace, y tal vez haya adornado un poco los hechos. Es de ese tipo de personas. Seguro que su esposa está disfrutando con todo esto. Me extraña que no me haya comentado nada durante el partido.

Doblo la orden y la meto en la bolsa.

—No significa nada —le digo tratando de consolarla con una mentira.

—Lo significa todo. Es un mensaje. Quieren que sepa que no tienen intención de cambiar de idea. —Se ajusta el cinturón de seguridad. Tiene los ojos y las mejillas rojas, pero no está llorando. Parece que ya ha llorado todo lo que tenía que llorar antes de que yo llegara.

Arranco y me incorporo a la carretera con el corazón encogido. Lo que dije anoche sobre sentirme inútil es aplicable a este momento. No puedo ayudar a Kenna. No puedo hacer más de lo que estoy haciendo.

Patrick y Grace no tienen intención de cambiar de idea. Cada vez que trato de sacar el tema, se ponen a la defensiva. Es una situación muy difícil, porque entiendo por qué no quieren que Kenna entre en su vida, pero, al mismo tiempo, me opongo vehementemente a su decisión.

Sé que me apartarían de la vida de Diem antes de permitir que Kenna entrara a formar parte de ella. Y eso es lo que más miedo me da. Si insisto demasiado, o si descubren que estoy del lado de Kenna, aunque sea remotamente, van a empezar a considerarme una amenaza, igual que a ella.

Lo peor de todo es que no los culpo por sus sentimientos hacia Kenna. El impacto de sus decisiones ha sido muy perjudicial para su vida. Pero el impacto de las decisiones de Patrick y Grace está siendo muy perjudicial para la de Kenna.

«Joder.»

No hay respuesta correcta. No sé cómo he acabado sumergido en el fondo de una situación imposible de solucionar sin que al menos una persona resulte dañada.

—¿Quieres tomarte la noche libre? —Si no se siente capaz de trabajar, lo entenderé perfectamente.

Pero ella niega con la cabeza.

—Necesito el dinero. No pasa nada, estaré bien. Es solo que... he pasado mucha vergüenza, aunque ya estaba sobre aviso.

—Ya. Pensaba que Grady tendría la decencia de entregarte la orden en casa. Al fin y al cabo, tu dirección aparece en el documento. —Giro a la derecha, camino del bar, pero algo me dice que a Kenna le iría bien hacer una pausa entre un trabajo y otro—. ¿Te apetece un granizado?

No sé si servirá con un tema tan serio, pero los granizados suelen ser la solución cuando Diem y yo tenemos un problema.

Kenna asiente y por un momento me parece que sonríe débilmente.

—Sí. Un granizado me parece perfecto.

29

Kenna

Tengo la cabeza apoyada en la ventanilla de la camioneta, y lo observo mientras se dirige al puesto de granizados, con sus tatuajes y su *sex-appeal*, a pedir dos granizados variados, con todos los colores del arcoíris. ¿Por qué tiene que hacer cosas así, que hacen que me parezca todavía más atractivo?

Vine una vez aquí con Scotty, pero, a diferencia de Ledger, Scotty no parecía estar fuera de lugar. Nos sentamos en una mesa de pícnic que había a la derecha del puesto de granizados, pero ya no está. Ahora ahí hay un aparcamiento y las mesas son de plástico con sombrillas rosas.

Le pedí a Ledger que me viniera a buscar por Amy.

Me encontró en el baño, al borde de un ataque de pánico, y me preguntó qué me pasaba. No fui capaz de decirle que alguien había interpuesto una orden de alejamiento contra mí. Por eso me limité a decirle algo que no es mentira: que de vez en cuando me dan ataques de pánico. Le dije que se me pasaría, y que lo sentía. Y luego le rogué patéticamente que no me despidiera.

Ella parecía muy apenada por mí, pero se echó a reír.

—¿Por qué iba a despedirte? —me dijo—. Eres la única

empleada que está dispuesta a doblar turno. ¿Has tenido un ataque de pánico? Pues vale.

Fue ella la que me dijo que llamara a alguien para que pasara a buscarme, porque no quería que me marchara andando en ese estado. No quise decirle que la única persona a la que conozco es Ledger, así que le envié un mensaje para que Amy se quedara tranquila. Es una sensación agradable que alguien se preocupe por ti.

Sé que hay mucho por lo que debería estar agradecida: Amy, por ejemplo. Lo que pasa es que cuesta mucho sentir agradecimiento cuando solo hay una cosa que deseo de verdad en la vida y esa cosa parece alejarse de mi alcance cada día un poco más.

Ledger regresa a la camioneta con los granizados. Ha espolvoreado *toppings* dulces por encima del mío. Sé que no es nada, pero tomo nota del detalle. Tal vez si voy anotando todas las cosas buenas de mi vida, por pequeñas que sean, las malas no dolerán tanto.

—¿Has venido aquí con Diem alguna vez?

Él usa la cucharita para señalar.

—El estudio de danza queda a una manzana de aquí. Yo la traigo y Grace la recoge. No es fácil negarle algo, así que sí, venimos a menudo. —Se mete la cucharilla en la boca, abre el billetero y saca una tarjeta donde hay conos de granizado perforados—. Estoy a punto de conseguir uno gratis —comenta antes de guardarla.

Se me escapa la risa.

—Impresionante.

Ahora me arrepiento de no haberlo acompañado. Me habría encantado verle la cara mientras entregaba la tarjeta descuento perforada.

—Plátano y limonada. —Se mete una cucharada en la boca y me mira—. Es su combinación favorita.

Sonrío.

—¿El amarillo es su color favorito?

Él asiente con la cabeza.

Yo clavo la cuchara en la parte amarilla y me la meto en la boca. Agradezco muchísimo estos trocitos de información que me va dando. Son pequeñas piezas de un gran puzle, pero, tal vez si me da muchas piezas, no me dolerá tanto cuando tenga que irme de aquí.

Trato de pensar en algún tema de conversación que no sea Diem.

—¿Cómo es la casa que estás construyendo?

Ledger coge su móvil, mira la hora y mete marcha atrás.

—Te llevaré a verla. Razi y Roman pueden cubrirnos un rato.

Me como otra cucharada y guardo silencio. No creo que se dé cuenta de lo importante que es para mí verlo tan dispuesto a enseñarme su casa nueva.

Los Landry han interpuesto una orden de alejamiento, pero Ledger sigue confiando en mí.

Es algo a lo que aferrarme, y eso hago: aferrarme con todas mis fuerzas.

Cuando nos hemos alejado unos veinticinco kilómetros de la ciudad, entramos en una zona señalizada con un gran cartel de madera que dice CHESHIRE RIDGE y empezamos a ascender por una carretera de curvas. Los árboles parecen abrazar la carretera. A ambos lados, cada medio kilómetro aproximadamente, hay buzones.

Las casas no se ven desde la carretera. El bosque es tan denso que la única pista de que hay gente viviendo por aquí la dan precisamente los buzones. Es un lugar tranquilo y apartado de todo; entiendo que haya elegido vivir aquí.

Llegamos a un punto en que la vegetación es tan tupida que cuesta ver hasta el camino que lleva a la casa. Hay una estaca clavada en el suelo, donde me imagino que irá el buzón en el futuro. Y también hay columnas que supongo que acabarán formando parte de una verja de seguridad.

—¿Hay vecinos cerca?

Él niega con la cabeza.

—No. Los más cercanos están a más de medio kilómetro. La finca tiene unas cuatro hectáreas.

Nos seguimos adentrando en la finca y por fin una casa empieza a asomar entre los árboles. No es como me la imaginaba. No es la clásica casa señorial con un tejado a dos aguas. Es plana, se extiende en horizontal, y es distinta a todo lo que he visto antes. Está hecha con un material que no reconozco.

Nunca me habría imaginado que Ledger optara por un estilo tan moderno y fuera de lo común. No sé por qué me había imaginado que sería una cabaña de troncos o algo así, más tradicional. Tal vez sea porque, al mencionar que la estaban construyendo Roman y él, pensé que sería algo menos... complicado.

Bajamos de la camioneta y trato de imaginarme a Diem correteando por la finca, jugando en el patio, asando nubes de golosina en una hoguera en la parte trasera.

Ledger me enseña la casa, pero no logro asimilar lo que estoy viendo. No me imagino una vida así, ni para mí ni para mi hija. Las encimeras de la cocina exterior situada en el patio trasero parecen valer más que todos los bienes materiales que he poseído a lo largo de mi vida entera.

Hay tres dormitorios, pero el que me impresiona es el principal, que tiene un armario que es casi tan grande como la propia habitación.

Admiro la casa y lo escucho hablar animadamente sobre todo lo que Roman y él han hecho con sus propias manos. Me impresiona, claro, pero también me resulta deprimente.

Mi hija va a pasar mucho tiempo aquí, lo que significa que probablemente yo no pueda volver. Por mucho que me guste verlo presumir de su casa, no disfruto de la visita.

Para ser sincera, me apena un poco pensar que ya no vivirá en la casa de enfrente de Diem. Me está empezando a gustar como persona, y saber que forma parte de la rutina diaria de mi hija me reconforta. Cuando se traslade a vivir aquí, ya no estará tan cerca de ella, y no puedo evitar preguntarme si eso la entristecerá.

La puerta que lleva al enorme patio trasero con vistas a las colinas es plegable. Cuando él la abre, salgo a la zona entarimada. El sol está a punto de ponerse. La vista del crepúsculo es probablemente una de las mejores de la zona. Las copas de los árboles que quedan a nuestros pies se iluminan y parece que están en llamas.

Todavía no hay muebles de jardín, por lo que me siento en los escalones y Ledger, a mi lado. Casi no he dicho nada, pero él no necesita mis halagos; ya sabe que el lugar es precioso. No me puedo imaginar lo que debe de haberle costado.

—¿Eres rico? —Suelto sin pensar. Luego me froto la cara y me disculpo—. Perdón. Eso es de mala educación.

Él se echa a reír y apoya los codos en las rodillas.

—No pasa nada. La casa parece más cara de lo que es. Roman y yo hemos hecho casi todo el trabajo. Llevamos dos años trabajando en ella. Invertí el dinero que gané con el fútbol americano y me salió bien. Me lo he gastado casi todo, pero tengo un negocio y ahora un hogar. No me puedo quejar.

Me alegro por él. Me alegra que la vida no sea tan dura con todo el mundo.

Sin embargo, todos cargamos con algún fracaso a cuestas. Me pregunto cuál será el de Ledger.

—¡Eh! —exclamo al recordar una cosa que no le salió bien—. ¿Tú no ibas a casarte este fin de semana?

Él asiente con la cabeza.

—Pues sí. Hace dos horas concretamente.

—¿Estás triste?

—Claro. No me arrepiento de la decisión que tomé, pero me entristece que no saliera bien. La quiero.

Ha dicho *quiero*, en presente. Espero a que lo corrija, pero no lo hace. Finalmente me doy cuenta de que no ha sido un error; aún la quiere.

Supongo que ser consciente de que tu vida no es compatible con la de otra persona no hace que tus sentimientos desaparezcan de un día para otro.

Una llamita de celos se enciende en mi pecho.

—¿Cómo le pediste matrimonio?

—¿En serio tenemos que hablar de esto? —Me lo pregunta riendo, como si el tema le resultara más incómodo que triste.

—Sí, soy muy cotilla.

Él respira hondo lentamente antes de responder:

—Primero le pedí permiso a su padre. Luego le compré el anillo que ella me había sugerido sin demasiada sutileza. Durante nuestro segundo aniversario, la llevé a cenar. A la salida habíamos planeado una petición de mano a lo grande, en un parque cerca del restaurante. Su familia y sus amigos nos esperaban allí. Me arrodillé y le pedí que se casara conmigo. Vamos, lo que viene siendo la petición de mano perfecta para Instagram.

—¿Lloraste?

—No. Estaba demasiado nervioso.

—¿Y ella?

Él ladea la cabeza, como si estuviera recordando.

—Creo que no. Tal vez soltó una lagrimita o dos. Era de noche. No pensé en ello, así que el vídeo de la pedida de mano no salió bien. Ella se quejó al día siguiente. Me dijo que no tenía un buen vídeo y que debería habérselo pedido antes de que se pusiera el sol.

—Parece maja.

Ledger sonríe.

—Probablemente te caería bien. Ya sé que las cosas que te cuento no la dejan en muy buen lugar, pero nos lo pasábamos bien juntos. Cuando estaba con ella no pensaba tanto en Scotty. Por eso a su lado me sentía mejor, más ligero.

Al oír esas palabras, aparto la mirada.

—¿Y yo? ¿Lo único que hago es recordarte a él?

Ledger no me contesta. No quiere herir mis sentimientos, por eso prefiere no hacerlo, pero su silencio hace que tenga muchas ganas de salir huyendo. Me dispongo a levantarme para irme, pero en cuanto empiezo a moverme, él me agarra por la muñeca y tira de mí con delicadeza.

—Siéntate. Quedémonos hasta que el sol se esconda del todo.

Vuelvo a sentarme. El sol tarda unos diez minutos en hundirse completamente entre los árboles. Ninguno de los dos dice nada. Nos limitamos a observar los rayos que desaparecen, y las copas de los árboles, que regresan a sus colores habituales, sin fuego.

Tras la puesta de sol, y sin electricidad, la casa a nuestra espalda se oscurece rápidamente.

—Me siento culpable —dice Ledger con aire contemplativo.

Bienvenido a mi estado permanente.

—¿Por qué?

—Por construir esta casa. Siento que Scotty debe de sentirse decepcionado conmigo. Diem se pone muy triste cada vez que sale el tema de que voy a poner mi otra casa en venta.

—Y, entonces, ¿por qué la construyes?

—Ha sido mi sueño durante mucho tiempo. Compré el terreno y empecé a diseñarla cuando Diem era un bebé, antes de saber que me encariñaría tanto con ella. —Me mira a los ojos—. No me malinterpretes. Ya la quería entonces, pero era distinto. Cuando empezó a hablar y caminar, cuando me mostró su extraordinaria personalidad, nos volvimos inseparables. Con el paso del tiempo, dejé de ver este lugar como mi futuro hogar y empezó a parecerme... —Trata de encontrar la palabra adecuada, pero no lo consigue.

—¿Una cárcel?

Ledger me mira como si fuera la primera persona que lo entiende.

—Sí, exacto. Me siento atrapado y la idea de no ver a Diem todos los días se me hace una montaña. Cambiará nuestra relación. Con mis horarios, probablemente solo podré verla una vez a la semana. Creo que esa es la razón por la que estoy tardando tanto en acabarla. No me apetece demasiado mudarme.

—Pues véndela. —Ledger se echa a reír, como si fuera absurdo—. Lo digo en serio. Yo preferiría que siguieras viviendo enfrente de mi hija. Sé que no puedo estar en su vida como desearía, pero saber que tú estás con ella me deja más tranquila.

Ledger se me queda mirando unos segundos en silencio. Luego se levanta y me ofrece la mano.

—Venga, a trabajar.

—Sí, no vaya a cabrearse el jefe.

Le cojo la mano y, al levantarme, quedo demasiado cerca de él. No retrocede ni me suelta la mano, y ahora está a escasos centímetros de mí, mirándome con una intensidad que siento deslizarse por mi columna vertebral.

Entrelaza los dedos con los míos y, cuando las palmas entran en contacto, me encojo por la intensidad de las emociones que me recorren el cuerpo. Ledger también lo siente. Lo sé porque sus ojos adquieren un brillo atormentado.

Es curioso que algo que debería ser agradable se convierta en doloroso cuando las circunstancias no son las adecuadas. Y, obviamente, las nuestras no lo son. Le aprieto la mano igualmente, para hacerle saber que estoy sintiendo lo mismo que él, y que estoy tan destrozada como él.

Ledger deja caer la cabeza hacia delante. Cuando nuestras frentes entran en contacto, cerramos los ojos y respiramos en silencio, compartiendo lo que sea que sea este momento. Siento todo lo que no me está diciendo. Siento incluso el beso que no me está dando. Pero, si volviéramos al momento que compartimos anoche, la herida se abriría un poco más, y yo acabaría desapareciendo, porque solo quedaría la herida.

Él sabe tan bien como yo que esto no es buena idea.

—¿Qué vas a hacer, Ledger? ¿Esconderme en tu armario hasta que Diem cumpla los dieciocho?

Él baja la vista hasta nuestras manos, que siguen unidas, y se encoge de hombros.

—Es un armario muy grande.

Tras unos breves instantes de silencio, no puedo aguantarme la risa. Él sonríe y luego me guía por la casa a oscuras hasta llegar a la camioneta.

30

Ledger

Estoy en mi despacho, ocupándome de las nóminas, mientras proceso mis pensamientos y todos los errores que he cometido en las últimas semanas.

Roman tenía razón cuando me dijo que podría haberle dado dinero a Kenna, si tantas ganas tenía de que se fuera. Quizá debería hacerlo, porque, cuanto más tiempo paso con ella, más falsas esperanzas le doy.

Los Landry no cambiarán de idea en un futuro próximo. Y si ella permanece por aquí, trabajando en el bar, corremos el riesgo de que nos descubran.

No sé en qué estaba pensando cuando la contraté. Creí que estaría segura escondida en la cocina, pero Kenna no es de ese tipo de chicas que puedes esconder. No pasa desapercibida. Alguien se fijará en ella; alguien la reconocerá.

Y entonces las consecuencias de esta mentira caerán sobre los dos.

Cojo el teléfono y le escribo un mensaje a Kenna:

Ven a mi despacho cuando
tengas un momento.

Me levanto y recorro el despacho de un lado a otro durante los treinta segundos que tarda en llegar. Cierro la puerta, regreso a mi escritorio y me siento en el borde.

Ella se queda cerca de la puerta, con los brazos cruzados. Parece nerviosa. No es mi intención ponerla nerviosa, por lo que señalo la silla que tengo delante y ella se acerca, no muy convencida, y se acaba sentando.

—Tengo la sensación de que me he metido en un lío.

—Ningún lío. Es solo que... he estado pensando. Sobre lo que oíste que me dijo Roman. Y creo que debería decirte que no hace falta que vuelvas a trabajar.

Ella parece sorprendida.

—¿Me estás despidiendo?

—No, claro que no. —Inspiro hondo antes de abrirle mi corazón—. Ambos sabemos que mis razones al contratarte fueron egoístas. Solo quiero que sepas que, si quieres irte de la ciudad y necesitas dinero, solo tienes que pedírmelo. No hace falta que trabajes más.

Me mira como si acabara de darle un puñetazo en el estómago. Se levanta y camina de un lado a otro mientras procesa la conversación.

—¿Quieres que me vaya de la ciudad?

«Joder.»

La he hecho venir para tratar de hacerle la vida más fácil, pero lo estoy diciendo todo al revés.

Niego con la cabeza.

—No. —Alargo el brazo y la agarro por la muñeca para que se esté quieta.

—Y, entonces, ¿a qué viene esto?

Podría darle varias razones. «A que quiero que sepas

que tienes varias opciones. A que, si te quedas aquí, alguien acabará por reconocerte. A que, si trabajamos juntos, acabaremos por romper lo que queda de esta endeble barrera que hemos alzado entre nosotros.»

Podría decirlo, pero no lo hago. Me limito a mirarla fijamente mientras le acaricio la muñeca con el pulgar.

—Ya sabes por qué.

Su pecho sube y baja cuando suspira.

Pero luego aparta bruscamente la mano cuando, de repente, alguien llama a la puerta. Enderezo la espalda mientras ella se cruza de brazos. Ambas reacciones nos hacen parecer culpables de algo.

Mary Anne se ha quedado en la puerta y nos observa con atención. Sonriendo, pregunta:

—¿He interrumpido algo? ¿Una evaluación laboral?

Doy la vuelta al escritorio y finjo estar concentrado en la pantalla del ordenador.

—¿Necesitas algo, Mary Anne?

—Bueno, quizá te pilla en mal momento, pero es que Leah está aquí. ¿Te suena de algo? ¿La mujer con la que ibas a casarte hoy? Pues está en el bar, y pregunta por ti.

Me supone un gran esfuerzo no volverme hacia Kenna para ver su reacción, pero logro mantener la vista en Mary Anne.

—Dile que ahora salgo.

Mary Anne se retira de la puerta, pero la deja abierta. Kenna la sigue inmediatamente, sin mirarme.

Me siento confundido. ¿Para qué habrá venido Leah? ¿Qué querrá? ¿Le habrá afectado más que a mí ver la fecha de hoy en el calendario?

Porque yo apenas he pensado en ello y creo que esa es

la mejor prueba de que tomamos la decisión adecuada. Al menos para mí.

Salgo del despacho y tengo que pasar por delante de Kenna para llegar al bar. Mantenemos el contacto visual un par de segundos y es ella la que aparta la vista.

Al entrar en el bar, miro a mi alrededor, pero no veo a Leah. Hay bastante más gente ahora que cuando me he ido a preparar las nóminas, y vuelvo a recorrer la sala con la mirada antes de ponerme detrás de la barra. Mary Anne está en el otro extremo de la sala, por lo que no puedo preguntarle dónde se ha metido Leah.

Al verme, Roman señala hacia un grupo.

—Aún no les he tomado nota.

—¿Dónde está Leah?

Roman me mira sin entender.

—¿Leah? ¿Qué?

Mary Anne se acerca a nosotros. Al llegar frente a mí, se inclina sobre la barra con una gran sonrisa en la cara.

—Roman no daba abasto y me pidió que fuera a buscarte. Lo de Leah es broma. Lo he hecho por ti, para crear un poco de drama, porque a las chicas nos encanta el drama. De nada. —Coge una bandeja llena de bebidas y se dirige a una mesa para servirlas.

Niego con la cabeza confundido. Me molesta que me haya mentido, porque ahora Kenna debe de estar dándole mil vueltas a la cabeza. Pero, al mismo tiempo, me alegro de que me haya mentido, porque no me apetecía nada ver a Leah.

Tomo nota a varias mesas y preparo algunas cuentas, pero, en cuanto Roman vuelve a tener la sala controlada, regreso a la trastienda. Kenna no está en la cocina. Miro a mi alrededor, buscándola, y Aaron señala hacia la puerta trasera para hacerme saber que se ha tomado un descanso.

Al abrir la puerta que lleva al callejón, la veo apoyada en la pared, con los brazos cruzados. Alza la vista en cuanto me oye y no puede disimular el alivio que siente al verme.

Estaba celosa. Trata de disimularlo con una sonrisa desenfadada, pero he visto la expresión de su cara antes de que la cambiara.

Me acerco y me coloco en la misma postura que ella.

—Era mentira. Leah no estaba aquí; Mary Anne se lo ha inventado.

Ella entorna los ojos sin entender.

—¿Para qué iba a...? —Se interrumpe y una sonrisilla le asoma a la cara—. Vaya, menuda lianta que está hecha. —No parece enfadada por su mentira, más bien impresionada.

Su sonrisa hace que yo sonría también.

—Estabas celosa.

Kenna pone los ojos en blanco.

—No es verdad.

—Sí lo es.

Se aparta de la pared y se dirige a los escalones, pero se detiene frente a mí. Me mira, pero no logro descifrar su expresión.

No sé qué pretende hacer, pero sé que, si me besara, me alegraría la puta noche. Estoy harto de este tira y afloja con ella. Estoy harto de ocultarla. Daría cualquier cosa por poder conocerla mejor sin tener que preocuparme de las consecuencias. Me encantaría poder hacerle preguntas sobre temas que no tengan que ver con Scotty ni con los Landry. Quiero besarla en público, llevármela a casa; quiero saber qué se siente al quedarme dormido a su lado y al despertarme a su lado también. Me gusta, joder. Y cuanto más tiempo paso a su lado, más me cuesta separarme de ella.

—Te doy mi preaviso de dos semanas —me dice.

«Mierda.»

Me muerdo el labio hasta que dejo de sentir la necesidad de arrodillarme ante ella y rogarle que se quede.

—¿Por qué?

Ella duda unos instantes antes de responder:

—Ya sabes por qué.

Vuelve a entrar en el edificio y yo me quedo fuera incubando mis putos sentimientos.

Me quedo mirando la camioneta, luchando contra las ganas de ir directo a casa de Patrick y Grace y contárselo todo. Quiero contarles que es tremendamente generosa. Y trabajadora. Quiero que sepan que no es rencorosa en absoluto, porque, aunque entre todos hemos convertido su vida en un infierno, no parece albergar ningún resentimiento contra nosotros.

Quiero hacerles saber a Patrick y a Grace todas las cosas maravillosas que he descubierto sobre Kenna, pero, más que nada, lo que quiero es decirle a Kenna que me equivoqué cuando le dije que a Diem no le beneficiaría tenerla en su vida.

¿Quién soy yo para decirle eso a una madre acerca de su hija?

¿Quién demonios soy yo para juzgar algo así?

31

Kenna

Durante el camino de vuelta a casa, empieza a llover. El sonido de la lluvia al chocar contra el parabrisas es lo único que se oye, porque ninguno de los dos hablamos. No hemos vuelto a decirnos nada desde la charla en el callejón de hace un rato.

Me pregunto si le habrá sentado mal que haya renunciado al trabajo. No sé por qué iba a sentarle mal, pues fue él quien sacó el tema; aun así, está tan callado que empiezo a sentirme incómoda.

Y es que no puedo seguir trabajando para él. ¿Cómo puedo hacer planes para un potencial traslado si las ganas que tenemos de estar juntos no dejan de crecer? Antes pensaba que la situación era complicada, pero, si no pongo remedio a esto, se va a descontrolar por completo.

Cuando él aparca debajo de mi edificio, hay una tensión muy palpable entre los dos. Algunas veces, cuando me deja en casa, ni siquiera apaga el motor, pero esta vez sí lo hace. Y luego quita las llaves del contacto, se desabrocha el cinturón de seguridad, coge un paraguas y baja de la camioneta.

En los pocos segundos que tarda en llegar a mi lado, tomo una decisión. No quiero que me acompañe a casa. Puedo subir sola. Es mejor así, no me fío de mí misma cuando él anda cerca.

Cuando abre la portezuela, trato de quitarle el paraguas.

—¿Qué haces? —me pregunta.

—Dame el paraguas; ya subo sola.

Él da un paso atrás para que pueda bajar de la camioneta.

—No. Te acompaño.

—No sé si deberías.

—No, desde luego que no debería —corrobora él, pero sigue andando, sosteniendo el paraguas sobre mi cabeza.

Me empieza a faltar el aire ya antes de acabar de subir la escalera. Rebusco en la bolsa de tela hasta que encuentro las llaves. No sé si pretende entrar o si piensa despedirse en la puerta. Cualquiera de las dos opciones me pone nerviosa. Cualquiera es demasiado. Cualquiera me servirá.

Él cierra el paraguas al llegar frente a la puerta y espera a que abra. Antes de hacerlo, me vuelvo hacia él, como si pensara despedirme sin invitarlo a entrar.

Él señala la puerta, pero permanece callado.

Inspiro silenciosamente y abro al fin. Él me sigue y cierra a su espalda.

Está actuando con toda la confianza que me falta a mí. Cojo a Ivy en brazos y la encierro en el baño para que no se escape en caso de que Ledger abra la puerta de la calle.

Cuando cierro el baño y me doy la vuelta, veo a Ledger junto a la encimera, resiguiendo con un dedo el montón de cartas que imprimí. No quiero que las lea; por eso me acerco, le doy la vuelta al fajo de papeles y lo empujo, alejándolo de él.

—¿Son las cartas? —me pregunta.

—Casi todas, aunque también tengo algunas en formato digital. De hecho, las tengo todas en digital. Hace un par de meses las copié y las guardé en Google Drive. Tenía miedo de perderlas.

—¿Me lees una?

Niego con la cabeza. Esas cartas son demasiado personales. Es la segunda vez que me lo pide, pero la respuesta sigue siendo no.

—Que me pidas que te lea una de esas cartas es como si yo te pidiera que me dejaras escuchar una de las cintas de tus sesiones de terapia.

—No voy a terapia —replica él.

—Pues tal vez deberías.

Él asiente, pensativo, mientras se muerde el labio.

—Tal vez lo haga.

Lo rodeo y abro la nevera. He ido llenándola lentamente, así que ahora mismo hay algo más que paquetes de Lunchables para salir del paso.

—¿Quieres beber algo? Hay agua, té, leche. —Cojo un envase de zumo de manzana que está a punto de acabarse—. Un trago de zumo de manzana...

—No tengo sed.

Yo tampoco, pero me acabo el zumo, bebiéndomelo a morro, como medida preventiva, porque sospecho que pronto voy a estar deshidratada, solo de verlo así, en mi casa. Su presencia aquí hace que se me seque la garganta.

Es distinto cuando estamos en el trabajo, donde hay

otras personas que impiden que mis pensamientos tomen la dirección que están tomando ahora mismo.

Pero, cuando nos quedamos a solas, en lo único que puedo pensar es en lo cerca que estamos, y en cuántas veces me latirá el corazón antes de que él elimine la distancia que nos separa y me bese.

Dejo el envase de zumo sobre la barra de desayuno y me seco la boca.

—¿Así que por eso siempre sabes a manzanas?

Lo miro mientras me pregunta eso. Es algo muy íntimo, admitir en voz alta que conoces el sabor de otra persona. Me siento como una adolescente inexperta bajo su mirada. Bajo la vista a los pies, porque no mirarlo es menos agotador.

—¿Qué quieres, Ledger?

Él se apoya en la encimera con movimientos pausados. Estamos a medio metro de distancia cuando me contesta:

—Quiero conocerte mejor.

No esperaba esa respuesta. Alzo la mirada y me arrepiento al momento, porque está muy cerca.

—¿Qué quieres saber?

—Quiero saber más de ti. Quiero saber qué te gusta, qué no te gusta, cuáles son tus objetivos, qué quieres hacer con tu vida.

Se me escapa la risa, no puedo evitarlo. Pensaba que me preguntaría por Scotty, o por algo relacionado con Diem, o mi situación actual. Pero quiere mantener una conversación informal, y no sé cómo reaccionar.

—Siempre he querido ser cerrajera.

Ahora es Ledger quien ríe.

—¿Cerrajera? —repite, y yo asiento con la cabeza—. ¿Por qué cerrajera?

—Porque nadie se enfada con los cerrajeros. Aparecen para ayudar cuando la gente está en un aprieto. Creo que tiene que ser un trabajo muy agradecido; puedes hacer que el día de mierda de alguien sea un poco menos malo.

Ledger asiente impresionado.

—Nunca había conocido a nadie que quisiera ser cerrajero.

—Pues ya no puedes decirlo. Siguiente pregunta.

—¿Por qué elegiste el nombre de Diem?

Esta vez respondo con otra pregunta.

—¿Por qué los Landry decidieron no cambiarle el nombre que le había puesto yo?

Él mueve la mandíbula antes de responder:

—Les preocupaba que Scotty y tú hubierais hablado del tema y que Diem fuera el nombre que había elegido Scotty.

—Scotty no llegó a saber que estaba embarazada.

—¿Lo sabías tú? ¿Te enteraste antes de que muriera?

Niego con la cabeza.

—No —susurro—. Nunca me habría declarado culpable si hubiera sabido que estaba embarazada de Diem.

Él le da vueltas a mis palabras.

—¿Por qué te declaraste culpable?

Me abrazo. Me empiezan a escocer los ojos, por lo que me tomo unos segundos para respirar hondo antes de contestarle.

—No estaba bien —confieso, pero no amplío la información. No puedo.

Ledger no insiste. Deja que el silencio llene el apartamento, pero luego lo vacía de golpe al preguntar:

—¿Dónde estaríamos ahora mismo si yo no conociera a Scotty?

—¿Qué quieres decir?

Su mirada se posa en mis labios. Es un instante, pero lo veo. Y lo siento.

—La noche que nos conocimos en el bar. Dijiste que no sabías quién era yo. ¿Qué habría pasado si hubiera sido un tipo cualquiera que no supiera quién era Scotty o Diem o tú? ¿Qué crees que habría pasado entre nosotros esa noche?

—Mucho más de lo que pasó —admito.

Su nuez sube y baja, como si estuviera digiriendo la respuesta. Me observa y yo le devuelvo la mirada, esperando ansiosamente su próxima pregunta o comentario o movimiento.

—A veces me pregunto si estaríamos hablando ahora mismo si no conociera a Diem.

—¿Por qué le das tanta importancia?

—Porque a veces me cuesta saber si estás conmigo por mí mismo o por mis contactos.

Aprieto los dientes y aparto la mirada porque su comentario me da mucha rabia.

—Si estuviera contigo por tus contactos, a estas alturas ya habríamos follado. —Me aparto de la encimera—. Será mejor que te vayas. —Me dirijo hacia la puerta, pero Ledger me agarra por la muñeca y tira de mí atrayéndome hacia él.

Me vuelvo y estoy a punto de soltarle un grito, pero entonces veo la expresión de sus ojos.

Está arrepentido. Y triste. Me pega a su pecho y me abraza. Es un abrazo de consuelo, pero yo sigo tensa, porque todavía estoy enfadada con él. Me coge los brazos y se rodea con ellos la cintura.

—No pretendía insultarte —me dice acariciándome la mejilla con su aliento—. Solo expresaba algunas inquietudes en voz alta.

Cuando apoya la cabeza en la mía, cierro los ojos porque la sensación es demasiado agradable. Me había olvidado de la sensación de que otra persona te necesite. Te quiera. Le gustes.

Ledger me sigue abrazando con fuerza cuando dice:

—Hace unas semanas te odiaba. Luego pasaste a gustarme y ahora pondría el mundo a tus pies. Perdóname si a veces los sentimientos se me solapan.

No sabe cómo lo entiendo. A ratos quiero gritarle por haberse interpuesto entre mi hija y yo, pero, al mismo tiempo, quiero llenarlo de besos por querer tanto a mi hija y protegerla de todo, hasta de mí.

Me apoya un dedo en la barbilla y me obliga a mirarlo.

—Desearía poder retirar lo que te dije, lo de que a Diem no le beneficiaría que estuvieras en su vida. —Desliza las manos en mi pelo y me dirige una mirada sincera—. Creo que sería muy afortunada teniendo a una mujer como tú en su vida. Eres la persona menos egoísta que conozco. Eres amable y fuerte. Eres como me gustaría que Diem llegara a ser algún día. —Me seca una lágrima que me cae por la mejilla—. No sé cómo podría hacerles cambiar de idea, pero lo voy a intentar. Voy a luchar por ti, porque sé que eso es lo que Scotty querría que hiciera.

No sé cómo gestionar todas las emociones que acaba de

despertar en mí con sus palabras. Ledger no me besa, pero solo porque yo me adelanto y lo beso primero. Uno mi boca a la suya en un gesto que expresa mucho mejor que las palabras lo agradecida que estoy por el apoyo que acaba de mostrarme. Una cosa sería decir que quiere que conozca a mi hija, pero es que acaba de decir que quiere que se parezca a mí. Es lo más bonito y amable que me han dicho en la vida.

Su lengua se desliza en la mía y siento el calor de su boca, que parece latir en mi interior. Lo pego más a mí, hasta que nuestros pechos se unen, pero no es suficiente. No era consciente de que eso era lo único que me mantenía apartada de Ledger, necesitaba saber que él creía en mí. Y ahora que lo sé, no hay ni una parte de mi cuerpo que no desee cada rincón del suyo.

Ledger me levanta y camina conmigo hasta el sofá, sin romper el beso.

El peso de su cuerpo sobre mí es tremendamente agradable. Trato de quitarle la camisa, porque quiero notar su piel contra la mía, pero él me aparta la mano.

—Espera —me pide separándose de mí—. Espera, espera, espera.

Dejo caer la cabeza hacia atrás y gruño. Estoy harta de este tira y afloja. Por fin estoy lo bastante relajada para dejar que me haga lo que quiera, pero ahora es él quien tiene dudas.

Me da un beso en la barbilla antes de decir:

—Tal vez estoy dando demasiadas cosas por supuestas, pero, si estamos a punto de acostarnos, tengo que bajar a la camioneta a por un condón antes de que me desnudes. A menos que tengas condones aquí.

Siento un gran alivio al oír que esa es la razón por la que ha parado.

—Corre. —Le doy un empujón—. Date prisa. Ve a buscar uno.

Se levanta del sofá y dos segundos más tarde ya está en la puerta. Uso la breve pausa para mirarme en el espejo del lavabo. Ivy está durmiendo en la camita que le preparé al lado de la bañera.

Me pongo un poco de pasta de dientes en el dedo y me la extiendo rápidamente por los dientes y la lengua.

Me gustaría tener tiempo de escribirle una carta a Scotty. Siento la necesidad de advertirle de lo que está a punto de pasar, lo que es absurdo porque está muerto. Él lleva cinco años muerto y yo puedo acostarme con quien quiera, pero fue la última persona con la que me acosté y lo que está a punto de pasar me parece un momento relevante.

Y, por si fuera poco, él es su mejor amigo.

—Lo siento mucho, Scotty —susurro—, pero no lo suficiente como para parar.

Oigo que se abre la puerta de la calle. Salgo del baño y veo a Ledger cerrándola con llave. Cuando se vuelve hacia mí, me echo a reír porque la lluvia lo ha empapado. El agua del pelo le cae en los ojos, y él se lo retira de la cara, echándolo hacia atrás.

—Supongo que debería haber cogido el paraguas, pero no quería perder tiempo.

Me acerco a él y lo ayudo a quitarse la camisa. Él me imita y me ayuda a desprenderme de la mía. Llevo el sujetador bueno. Me lo he puesto cada vez que he ido a trabajar al bar, porque quería estar preparada por si esto llegaba a suceder.

Me he estado diciendo que no sucedería, pero en el fondo lo esperaba.

Ledger se inclina hacia delante y me besa en la boca con los labios empapados. Su boca está fría, porque está todo mojado, lo que hace que su lengua ardiente contraste todavía más contra los labios helados.

Una espiral de calor se me arremolina en el vientre cuando él me hunde la otra mano en el pelo y me echa la cabeza hacia atrás para poder besarme más profundamente. Bajo las manos hacia sus vaqueros y se los desabrocho, ansiosa por quitárselos. Tengo muy claro que quiero sentir su piel contra la mía, pero también tengo miedo de que se me haya olvidado cómo se hacía esto.

Ha pasado tanto tiempo desde la última vez que me acosté con alguien que creo que debería advertírselo. Él camina, empujándome hacia el colchón hinchable. Me ayuda a tumbarme en él y me quita el resto de la ropa. Mientras me está bajando los vaqueros, le digo:

—No he estado con nadie desde Scotty.

Él me mira cuando acaba de quitarme los pantalones y su expresión me calma y me hace sentir segura. Se tumba sobre mí y me da un suave beso en los labios.

—Sabes que puedes cambiar de idea en cualquier momento.

Niego con la cabeza.

—No he cambiado de idea. Solo quería que supieras que ha pasado mucho tiempo. Por si no se me da demasiado...

Él me interrumpe con otro beso y luego me confiesa:

—Ya has superado mis expectativas, Kenna.

Siento que su lengua me recorre el cuello.

Se me cierran los ojos.

Me quita las bragas y el sujetador, y se deshace también de los vaqueros mientras su lengua me recorre cada centímetro de piel entre el cuello y el vientre. Cuando vuelve a ascender para besarme en la boca, lo noto firme y duro entre las piernas, y las ganas me pueden. Le doy un beso largo, profundo, cargado de intención, mientras él se ocupa de ponerse el condón.

Se sitúa a mi entrada, pero no me penetra. Lo que hace es acariciarme con un dedo y la sensación es tan inesperada que arqueo la espalda y gimo, aunque mi gemido queda apagado por un trueno. La tormenta se ha intensificado, pero no me importa. Me gusta que los truenos nos pongan la banda sonora.

Lo vuelve todo todavía más sensual.

Ledger sigue acariciándome y cuando por fin desliza el dedo en mi interior, la sensación es tan intensa que no puedo seguir besándolo. Tengo los labios abiertos y gimo mientras respiro entrecortadamente. Mantiene sus labios pegados a los míos y empieza a clavarse en mí.

No le resulta fácil. Es una experiencia lenta, casi dolorosa. Escondo la cara en su hombro mientras progresa despacio, con delicadeza.

Cuando está completamente dentro de mí, dejo caer la cabeza hacia atrás, porque el dolor se ha transformado en placer. Se retira despacio y vuelve a entrar, esta vez con un poco más de fuerza. Respira con brusquedad y noto el cosquilleo de su aliento en el hombro. Alzo las caderas, abriéndome más, y él no duda en penetrarme de nuevo.

—Kenna —susurra, y casi no puedo abrir los ojos para mirarlo. Con los labios pegados a los míos, sigue murmurando—: Esto es demasiado intenso. Joder. Joder, tengo que parar.

Sale de mí y yo protesto gimoteando. No estaba preparada para el súbito vacío que deja en mi interior.

Ledger permanece sobre mí y desliza dos dedos en mi interior, por lo que pronto los gimoteos vuelven a convertirse en gemidos. Mientras me besa debajo de la oreja, se disculpa:

—Lo siento, pero cuando vuelva a estar dentro de ti no aguantaré nada.

No me importa. Lo único que quiero es que siga haciendo lo que está haciendo con la mano. Le rodeo el cuello con un brazo y tiro de él, porque quiero sentir todo su peso sobre mí. Con el pulgar presiona en mi punto más sensible, provocándome una sacudida tan intensa que acabo mordiéndole el hombro. Él gruñe cuando le clavo los dientes en la piel y su gruñido es lo que acaba de lanzarme al vacío.

Nuestras bocas vuelven a encontrarse en un beso frenético y él se bebe mis gemidos mientras prolonga mi orgasmo. Sus caricias siguen haciéndome temblar cuando vuelve a clavarse en mí. Con las oleadas del orgasmo todavía recorriéndome de arriba abajo, se pone de rodillas, me agarra por la cintura y tira de mí. Nuestros cuerpos chocan con cada embestida.

Dios, tiene un cuerpo precioso. Los músculos de sus brazos se contraen cada vez que mueve las caderas. Se lleva una de mis piernas al hombro. Mantenemos contacto visual durante unos segundos. Él ladea la cabeza y me recorre la pierna con la lengua. No me lo esperaba. Quiero que vuelva a hacerlo, pero él me aparta la pierna a un lado y vuelve a tumbarse sobre mí.

Esta vez el ángulo de penetración es distinto y, aunque parezca mentira, es capaz de clavarse aún más profundamente. Segundos más tarde, empieza a correrse. Se tensa y se deja caer pesadamente sobre mí.

—Joder. —Gruñe y repite—: Joder.

Luego me besa. Sus besos son intensos al principio, pero, cuando se retira de mi interior, se vuelven más dulces, más suaves, más lentos.

Quiero repetir ahora mismo, pero necesito recuperar el resuello antes. Y no me vendría mal beber un poco. Nos seguimos besando durante un par de minutos. Nos cuesta mucho parar porque es la primera vez que podemos disfrutar el uno del otro sin que algo o alguien nos interrumpa bruscamente.

La lluvia que cae contra los cristales crea la banda sonora perfecta para este momento y no nos ayuda a parar. No quiero parar. Y diría que Ledger tampoco, porque cada vez que pienso que ha acabado de besarme vuelve a por más.

Al final para, aunque solo el tiempo necesario de ir al lavabo y librarse del condón. Cuando regresa a la cama, se coloca a mi espalda; me abraza por detrás, haciendo la cucharita, y me da un beso en el hombro.

Entrelaza los dedos con los míos y apoya las manos unidas de los dos sobre mi vientre.

—No me importaría que anotáramos una repetición en la agenda, para esta misma noche.

Me hace gracia su manera de expresarlo. No sé por qué me resulta tan gracioso.

—Sí, pidámosle a Siri que lo anote en la agenda para dentro de una hora —bromeo.

—¡Eh, Siri! —grita y nuestros teléfonos reaccionan al mismo tiempo—. Anota sexo con Kenna para dentro de una hora. —Me río y le doy un codazo. Luego me tumbo de espaldas en la cama. Él se cierne sobre mí y sonríe—. Duraré mucho más la segunda vez, te lo prometo.

—Probablemente yo no —admito.

Me besa y luego hunde la cara en mi pelo acercándome más a él.

Me quedo mirando el techo un buen rato.

Tal vez pasa media hora; tal vez más. La respiración de Ledger es regular; estoy casi segura de que se ha dormido.

La lluvia no ha dejado de caer, pero mi mente está demasiado activa y no me duermo. Oigo a Ivy maullar en el baño, por lo que me levanto y la dejo salir. Ella sube al sofá de un salto y se hace un ovillo.

Me acerco a la encimera y me hago con la libreta. Cojo un bolígrafo y empiezo a escribirle una carta a Scotty. No me lleva mucho tiempo. Es una carta corta, pero cuando acabo y cierro la libreta veo que Ledger me está observando. Está tumbado boca abajo, con la barbilla apoyada en los brazos.

—¿Qué has escrito? —dice.

Es la tercera vez que me pregunta por las cartas, pero esta es la primera vez que me siento predispuesta a compartirlas con él. Abro la libreta por la última carta que he escrito y acaricio el nombre de Scotty.

—Puede que no te guste.

—¿Es la verdad?

Asiento con la cabeza.

Ledger señala el lugar que he dejado vacío en la cama.

—Entonces quiero oírla. Ven.

Alzo una ceja, en un gesto de advertencia, porque no todo el mundo reacciona a la verdad tan bien como ellos se piensan. Pero parece decidido, así que me siento a su lado en la cama. Él se tumba de espaldas y empiezo a leer.

Querido Scotty:

Esta noche me he acostado con tu mejor amigo. Tal vez no te apetezca oír esto. O tal vez sí.

Tengo la sensación de que, si realmente puedes oír estas cartas desde donde estés, querrías que fuera feliz.

Y, ahora mismo, Ledger es lo único en mi vida que me hace feliz. Si te sirve de consuelo, el sexo con él ha sido bueno, pero nadie te llega a la suela de los zapatos.

Con todo mi amor,

Kenna

Cierro la libreta y la dejo sobre mi regazo. Ledger permanece en silencio unos instantes mientras observa el techo estoicamente.

—Lo has dicho para no herir sus sentimientos, ¿verdad?

Me echo a reír.

—Claro. Si eso es lo que necesitas oír.

Él coge la libreta y la echa a un lado. Luego me rodea con los brazos y me coloca sobre él.

—Pero ha estado bien, ¿no?

Apoyando un dedo en sus labios, le susurro al oído:

—Inmejorable.

En ese mismo momento, un fuerte trueno retumba en el exterior, tan fuerte que lo noto resonar en mi interior.

—¡Mierda! —exclama Ledger entre risas—. A Scotty

no le ha gustado. Será mejor que lo retires; dile que se me da de pena.

Salgo de encima de Ledger y me tumbo de espaldas.

—¡Lo siento, Scotty! ¡Eres mucho mejor que Ledger! ¡Te lo prometo!

Reímos juntos, pero luego suspiramos y nos quedamos escuchando la lluvia un rato. Poco después, me apoya la mano en la cadera y me vuelve hacia él. Me mordisquea el labio inferior antes de besarme el cuello.

—Creo que necesito otra oportunidad para limpiar mi nombre. —Sus besos se dirigen cada vez más abajo hasta que se apodera de uno de mis pezones.

Esta segunda vez duramos mucho más y, sí, es mucho mejor.

32

Ledger

La gatita ha pasado toda la noche en los brazos de Kenna. Tal vez resulte raro, pero me gusta verla interactuar con Ivy. La trata con mucho cariño. Siempre está pendiente de que no pueda escaparse cuando no está vigilándola.

Siento curiosidad por ver cómo se comportará con Diem. Porque estoy seguro de que lo presenciaré algún día. Tal vez tardemos un poco en conseguirlo, pero encontraré la manera. Kenna se lo merece y Diem también. No sé por qué, pero me fío más de mi instinto que de mis dudas.

Moviéndome lentamente, cojo el móvil para mirar la hora. Son casi las siete de la mañana. Diem se despertará pronto y se dará cuenta de que la camioneta no está aparcada en su sitio. Probablemente debería volver antes de que se vayan a casa de la madre de Patrick, pero no quiero marcharme mientras Kenna duerme. Me sentiría como un capullo si se despertara sola después de lo de anoche.

La beso suavemente en la comisura de los labios y le aparto el pelo de la cara. Ella se mueve y gime. Sé que se está despertando, pero los gemidos que salen de su boca son muy parecidos a los de hace un rato y ahora no quiero irme. Nunca.

Al final abre los ojos y me mira.

—Tengo que irme —le digo en voz baja—. ¿Puedo venir más tarde?

Ella asiente con la cabeza.

—Aquí estaré. Hoy no trabajo. —Me da un beso con los labios apretados—. Luego te daré un beso en condiciones, pero quiero lavarme los dientes antes.

Me río y le doy un beso en la mejilla. Antes de levantarme, mantenemos el contacto visual durante unos instantes en los que me parece que está pensando en algo que no quiere decir en voz alta. Me la quedo mirando, esperando a que se decida, pero, al ver que no lo hace, le doy otro beso en la boca.

—Volveré esta tarde.

He esperado demasiado. Diem y Grace están ya despiertas y en el jardín cuando llego. Diem me ve antes que Grace, y sale corriendo hacia la camioneta mientras aparco delante de casa y apago el motor.

Abro la puerta y la levanto en brazos inmediatamente. Cuando ella se aferra a mi cuello y me abraza con fuerza, le doy un beso en la cabeza. Juro por lo más sagrado que no hay nada en el mundo comparable a los abrazos de esta niña.

Aunque los de su madre ocupan la segunda posición y están muy igualados.

Grace llega a nuestro lado poco después. Me dirige una mirada burlona, como si supiera por qué he pasado la noche fuera de casa. Ella piensa que lo sabe, pero no me estaría mirando así si sospechara con quién he estado.

—Parece que no has dormido mucho esta noche —comenta.

—He dormido un montón; eres tú, que tienes la mirada sucia.

Grace se echa a reír y tira de la coleta de Diem.

—Pues llegas justo a tiempo. Diem quería despedirse de ti antes de que nos marchemos.

La niña vuelve a abrazarme.

—No te olvides de mí —me dice soltándome el cuello para que la deje en el suelo.

—Solo estarás fuera una noche, D. ¿Cómo podría olvidarte?

Rascándose la cara, responde:

—Eres viejo, y la gente vieja se olvida de las cosas.

—No soy viejo —protesto—. Esperad un momento, Grace. —Entro en casa y cojo las flores que compré para ella ayer. No he dejado pasar ni un solo año sin comprarles algo a ella y a Patrick en los Días del Padre y de la Madre.

Grace ha sido como una madre para mí desde siempre, así que probablemente le compraría flores aunque Scotty siguiera aquí.

—Feliz Día de la Madre. —Le doy el ramo y ella finge sorprenderse y alegrarse. Me abraza, pero sus palabras de agradecimiento no logran atravesar el aullido de arrepentimiento que resuena, atronador, en mi cabeza.

«Me he olvidado del Día de la Madre.» Me he despertado junto a Kenna y no le he dicho nada. Me siento como un capullo integral.

—Voy a ponerlas en agua antes de irnos. ¿Puedes colocar a Diem en el alzador y atarle el cinturón? —me pide Grace.

Cojo a la niña de la mano y cruzo la calle con ella. Patrick ya está esperando en el coche. Mientras Grace deja las flores en casa, abro la puerta trasera para sentar y asegurar a Diem en el alzador.

—¿Qué es el Día de la Madre? —me pregunta.

—Una fiesta —respondo tratando de no entrar en detalles, mientras Patrick y yo cruzamos una mirada a través del espejo retrovisor.

—Eso ya lo sé, pero ¿por qué el nono y tú le regaláis flores a la nana? Me dijiste que tu madre era Robin.

—Sí, Robin es mi madre —le confirmo—. Y la abuela Landry es la madre del nono; por eso vais a visitarla hoy. Pero en el Día de la Madre, si conoces a alguna madre y le tienes cariño, le regalas flores, aunque no sea tu madre.

Diem arruga la nariz.

—¿Debería regalarle flores a mi madre? —Últimamente ha estado muy interesada por su árbol genealógico. Es gracioso, pero también preocupante, porque algún día se dará cuenta de que a su árbol genealógico lo partió un rayo.

Patrick interviene al fin:

—Le dimos las flores a la nana anoche, ¿te acuerdas?

Diem niega con la cabeza.

—No, hablaba de mi madre, la que no está aquí; la que tiene el coche enano. ¿No tendríamos que regalarle flores?

Patrick y yo cruzamos otra mirada. Estoy seguro de que él está malinterpretando mi expresión de dolor. Seguro que piensa que estoy incómodo por la pregunta de Diem.

Le doy un beso a la niña en la frente mientras Grace regresa al coche.

—Tu madre tendrá flores —le aseguro a Diem—. Te quiero. Saluda a la abuela Landry de mi parte.

Ella sonríe y me da palmaditas en la mejilla.

—Feliz Día de la Madre, Ledger.

Me separo del coche y les deseo un buen viaje. Pero mientras se alejan el corazón se me encoge al darme cuenta de que Diem está empezando a hacerse preguntas sobre su madre. Se está empezando a preocupar. Y, aunque seguro que Patrick habrá pensado que estaba tranquilizando a la niña cuando le he dicho que su madre recibiría flores, en realidad le estaba haciendo una promesa.

Una que pienso cumplir.

La idea de Kenna pasando el día entero sin que nadie reconozca su maternidad me saca de quicio.

A ratos quiero echar la culpa de esta situación a Patrick y a Grace, pero eso tampoco sería justo. Ellos hacen lo que tienen que hacer para sobrevivir.

La verdad es que todos formamos parte de una situación jodida, donde no hay culpables. Somos un puñado de gente triste que hace lo que puede para llegar al día siguiente. Unos estamos más tristes que otros; unos estamos más dispuestos a perdonar que otros.

El rencor pesa mucho, pero supongo que, para la gente que sufre un dolor intenso, el perdón pesa todavía más.

Aparco frente al apartamento de Kenna varias horas más tarde. Me dirijo a la escalera, pero antes de llegar veo que está en el jardín trasero. Está limpiando la mesa que le dejé.

Al verme, se fija en las flores que llevo en la mano y se tensa. Me acerco a ella, que sigue con la vista fija en las flores.

—Feliz Día de la Madre —le deseo entregándoselas. Las he colocado en un jarrón, porque he supuesto que no tendría ninguno.

Por la cara que pone, empiezo a preguntarme si he hecho bien en comprarlas. Tal vez celebrar el Día de la Madre antes de conocer a su hija la haga sentir incómoda. No lo sé, pero creo que debería haberme preparado mejor este momento.

Ella acepta las flores, insegura, como si nunca le hubieran hecho un regalo antes. Luego me mira y me dice, en voz muy baja:

—Gracias.

Y sé que su agradecimiento es sincero. Por el modo en que se le llenan los ojos de lágrimas, sé que he hecho bien en comprarlas.

—¿Cómo ha ido la comida?

Ella sonríe.

—Ha sido divertido. Nos lo hemos pasado bien. —Señala hacia su casa con la cabeza—. ¿Quieres subir?

La sigo escaleras arriba y, cuando llegamos dentro, ella añade más agua al jarrón y lo deja en la encimera.

—¿Qué vas a hacer hoy? —me pregunta, y yo estoy tentado de responder: «Lo que tú hagas», pero no sé qué planes tendrá para nosotros después de lo de anoche. A veces las cosas que a priori parecen perfectas se convierten en algo muy distinto cuando tienes tiempo para reflexionar sobre ellas.

—Voy a ir a la casa nueva para trabajar un poco en los suelos. Patrick y Grace han llevado a Diem a casa de su abuela. No volverán hasta mañana. —Kenna lleva una camisa rosa que parece nueva, con una falda larga, blanca, con mucho vuelo. Nunca la he visto llevando nada que no sean vaqueros y camiseta, pero la camisa que se ha puesto tiene un poco de escote. Estoy haciendo un gran esfuerzo para no mirar hacia ahí, pero, joder, no es nada fácil. Tras unos segundos en silencio, añado—: ¿Quieres venir conmigo?

Ella me dirige una mirada cautelosa.

—¿Quieres que vaya?

Me doy cuenta de que la inseguridad que desprende probablemente se deba a que no sabe si yo me he arrepentido de lo de anoche.

—Claro que quiero.

La convicción con la que lo digo la hace sonreír, y su sonrisa rompe la barrera invisible que se había alzado entre nosotros. La atraigo hacia mí y la beso. En cuanto mi boca se posa sobre la suya, se relaja. Odio que se haya sentido insegura hasta este momento. Debería haberla besado en cuanto le he dado las flores ahí abajo.

—¿Podemos parar a tomar un granizado por el camino? —me pregunta, y yo asiento con la cabeza—. ¿Llevas la tarjeta descuento?

—No salgo de casa sin ella.

Kenna se echa a reír. Luego coge la bolsa y acaricia a Ivy para despedirse.

Al llegar abajo, Kenna y yo cerramos la mesa y las sillas, y las cargamos en la camioneta. Va perfecto, porque hacía días que tenía ganas de llevar una de las mesas a la casa nueva.

Mientras cargo las últimas sillas, aparece Lady Diana y se coloca entre la camioneta y Kenna.

—¿Te vas con el lerdo? —le pregunta a Kenna.

—Puedes dejar de llamarlo así. Se llama Ledger.

Lady Diana me examina atentamente y luego murmura:

—Lerdger.

Kenna decide ignorarla y se despide:

—Nos vemos mañana en el trabajo.

Yo, sin embargo, no puedo aguantarme la risa.

—¿Lerdger? Es muy ingenioso.

Mientras se abrocha el cinturón, Kenna asiente.

—Sí, es ingeniosa y tiene mala leche. Una combinación peligrosa.

Meto marcha atrás y salgo del aparcamiento, preguntándome si debería entregarle ya el otro regalo que tengo para ella. Ahora que estamos solos en la camioneta, me da un poco más de vergüenza que cuando se me ha ocurrido la idea. El hecho de haber pasado tanto rato preparándolo esta mañana hace que me resulte todavía más incómodo. Por eso, hasta que no estamos al menos a un kilómetro de distancia de su casa, no me atrevo a decir:

—Te he hecho una cosa.

Espero hasta que llegamos a un stop y le envío el enlace. Cuando su móvil la avisa, lo abre y se queda mirando la pantalla unos instantes.

—¿Qué es? ¿Una playlist?

—Sí, la he hecho esta mañana. Son más de veinte canciones que no tienen absolutamente nada que ver con nada que pueda traerte malos recuerdos.

Ella sigue mirando la pantalla mientras lee los títulos. Estoy esperando algún tipo de reacción por su parte, pero permanece impasible. Mira por la ventana y se tapa la boca como si se estuviera aguantando la risa. Sigo esperando, mirándola de reojo de vez en cuando, pero al final no aguanto más.

—¿De qué te ríes? ¿Te ha parecido una tontería?

Cuando se vuelve hacia mí, veo que sonríe, pero que tiene lágrimas en los ojos.

—No es ninguna tontería. En absoluto.

Me busca la mano y me la aprieta antes de volver a mirar por la ventanilla. Durante unos tres kilómetros, no puedo dejar de sonreír.

Pero luego se me borra la sonrisa de la cara, porque caigo en la cuenta de que una simple playlist no debería emocionarla hasta las lágrimas.

Su soledad empieza a dolerme. Quiero verla feliz. Quiero convencer a Patrick y a Grace de que deberían darle una oportunidad, pero todavía no sé lo que sucedió con Scotty, y temo que eso pueda impedir que las cosas salgan como ambos queremos.

Cada vez que estoy con ella, tengo las preguntas en la punta de la lengua: «¿Qué pasó?», «¿Por qué lo dejaste solo?». Pero nunca es buen momento. Y, cuando es buen momento, las emociones son ya demasiado intensas. Quería preguntárselo anoche, cuando le pregunté otras cosas, pero las palabras se me quedaron atascadas en la garganta. A veces la veo tan triste que soy incapaz de sacar temas que la hagan sentir aún peor.

Pero es que necesito saberlo. No podré defenderla con convicción ni persuadir a los Landry de que merece tener un lugar en la vida de Diem hasta que no sepa exactamente lo que pasó aquella noche y por qué.

—¿Kenna? —Nos miramos al mismo tiempo—. Quiero saber qué pasó aquella noche.

El aire se vuelve más pesado; tanto, que cuesta respirar. Ella inspira hondo, lentamente, y me suelta la mano. Flexiona los dedos y se agarra los muslos.

—Dijiste que habías escrito sobre ello —insisto—. ¿Podrías leérmelo?

Le ha cambiado la expresión de la cara. Parece asustada, como si tuviera miedo de rememorar aquella noche. O como si lo que le diera miedo fuera llevarme allí con ella. No la culpo, me sabe muy mal pedírselo, pero quiero saberlo.

Necesito saberlo.

Si voy a arrodillarme ante Patrick y Grace para rogarles que le den una oportunidad, tengo que conocer del todo a la persona a la que estoy defendiendo. Aunque, a estas alturas, nada de lo que me diga me hará cambiar de parecer sobre ella. Sé que es una buena persona. Una buena persona que tuvo una mala noche. Nos pasa a todos, a las buenas personas y a las malas. Lo que ocurre es que algunos tenemos más suerte que otros y nuestros malos momentos causan menos bajas.

Cambio la posición de las manos con las que sujeto el volante e insisto:

—Por favor, necesito saberlo, Kenna.

Tras otro breve instante de silencio, ella coge el móvil y desbloquea la pantalla. Cuando se aclara la garganta, subo mi ventanilla del todo, para que haya menos ruido en la cabina.

Parece muy nerviosa. Antes de que empiece a leer, le coloco un mechón suelto de pelo detrás de la oreja, en señal de solidaridad... o algo. No lo sé. Solo quiero tocarla, que sepa que no la estoy juzgando.

Necesito saber qué pasó. Eso es todo.

33

Kenna

Querido Scotty:

Mi lugar favorito era tu coche; no sé si te lo dije alguna vez.

Era el único sitio donde podíamos estar totalmente solos. Siempre esperaba los días en que nuestros horarios coincidían y venías a recogerme al trabajo. Subía a tu coche y era como disfrutar de todas las comodidades del hogar. Siempre me esperabas con un refresco y, cuando sabías que todavía no había cenado, me dejabas unas patatas fritas del McDonald's en el soporte para bebidas. Sabías que eran mis favoritas.

Eras un amor. Siempre tenías detalles cariñosos conmigo; gestos pequeños, en cualquier momento, cosas en las que la gente no suele pensar. Eras mucho más de lo que me merecía, aunque tú no estarías de acuerdo.

He repasado muchas veces lo que pasó la noche de tu muerte. Una vez traté de escribirlo todo al detalle, segundo a segundo. Por supuesto, es todo aproxima-

do. No sé si pasé un minuto y medio exacto lavándome los dientes aquella mañana. O si en el trabajo me tomé un descanso de quince minutos justos. O si realmente pasamos cincuenta y siete minutos en la fiesta a la que fuimos aquella noche.

Estoy segura de que mis cálculos bailan, pero, en general, puedo decir qué pasó en cada instante de ese día. Incluso las cosas que desearía poder olvidar.

Un tipo con el que estudiabas en la facultad daba una fiesta. Había sido tu compañero de cuarto durante tu primer año de universidad y dijiste que, al menos, querías hacer acto de presencia. A mí no me apetecía ir, pero ahora, al echar la vista atrás, me alegro de que pudieras ver a casi todos tus amigos aquella noche. Estoy segura de que ellos lo valoraron cuando se enteraron de tu muerte.

Aunque fuimos porque sentiste la obligación moral de ir, ya no te sentías integrado en aquel ambiente y sé que tenías ganas de marcharte. Ya habías superado la etapa de las fiestas y te estabas centrando en las partes más importantes de la vida. Acababas de empezar un posgrado y pasabas todo tu tiempo libre estudiando o conmigo.

Sabía que no pasaríamos mucho tiempo en la fiesta, así que me senté en una silla, abrazándome las rodillas, en un rincón del salón y esperé a que acabaras de saludar a todo el mundo. No sé si te diste cuenta, pero te estuve observando durante los cincuenta y siete minutos que pasamos allí. Tenías un magnetismo enorme. Los ojos de la gente se iluminaban cuando te veían. Todos se arremolinaban a tu alrededor y, cuando veías a alguien a quien todavía no habías saludado, reaccionabas con entusiasmo, haciéndolo sentir como si fuera la persona más importante de la fiesta.

No sé si era algo que practicabas, pero lo dudo. Tengo la sensación de que ni siquiera eras consciente de que tenías ese poder: el de hacer que la gente se sintiera valorada e importante.

Cuando llevábamos unos cincuenta y seis minutos allí, me viste sentada en el rincón, mirándote. Te acercaste a mí, ignorando a todos los que te rodeaban, y de repente me encontré siendo el foco de toda tu atención.

Me apresaste con tu mirada y supe que alguien me valoraba; que era importante. Te sentaste a mi lado, me besaste el cuello y me susurraste al oído:

—Siento haberte dejado sola.

Pero no me dejaste sola. Estuve contigo todo el tiempo.

—¿Quieres que nos vayamos? —me preguntaste.

—Si te estás divirtiendo, no.

—Y tú, ¿te estás divirtiendo?

Me encogí de hombros. Se me ocurrían un montón de cosas más divertidas que aquella fiesta. Por la sonrisa que me dirigiste, vi que pensabas lo mismo que yo.

—¿Quieres que vayamos al lago? —propusiste.

Y yo asentí porque esas eran mis tres cosas preferidas: ese lago, tu coche... Tú.

Robaste un pack de doce cervezas, nos escabullimos de la fiesta y condujiste hasta el lago.

Teníamos un lugar favorito al que íbamos a veces. Se accedía por un camino. Me dijiste que lo conocías porque solías ir a acampar allí con tus amigos.

No estaba lejos de donde yo vivía en un piso compartido. A veces te presentabas en plena noche y nos íbamos al lago a hacer el amor en el muelle o en el agua o en tu coche.

A veces nos quedábamos y veíamos amanecer.

Aquella noche en concreto, teníamos la cerveza que te habías llevado de la fiesta y algunos restos de comida que habías comprado la semana anterior. Nos estábamos metiendo mano en el agua, con la música de fondo que salía del coche. Aquella noche no llegamos hasta el final. A veces solo nos metíamos mano y nos enrollábamos. Y me encantaba, porque odio las relaciones en las que esas cosas desaparecen cuando el sexo se da por hecho.

Contigo, esos ratos de magreo eran tan especiales como el sexo.

Me besaste en el agua como si fuera a ser la última vez que me besaras. A veces me pregunto si tuviste algún tipo de miedo o premonición, y por eso me besaste de aquella manera. O tal vez simplemente lo recuerdo de forma especial porque fue nuestro último beso.

Salimos del agua y nos quedamos tumbados desnudos en el muelle, bajo la luz de la luna, con el universo girando sobre nuestra cabeza.

—Quiero pastel de carne —dijiste.

Me eché a reír porque lo habías dicho sin venir a cuento de nada.

—¿Pastel de carne?

Tú respondiste sonriendo:

—Sí. ¿No te apetece? Pastel de carne y puré de patatas. —Te sentaste en el muelle y me pasaste la camisa seca—. Vamos al restaurante.

Tú habías bebido más que yo y me pediste que condujera. No solíamos conducir cuando bebíamos, pero creo que esa noche, bajo la luz de la luna, nos sentimos invencibles. Éramos jóvenes, estábamos enamorados. ¿Cómo va a morirse alguien cuando es tan feliz?

Estábamos un poco colocados, por lo que nuestras decisiones no fueron nada sensatas. Pero el caso es que, por la razón que fuera, me pediste que condujera. Y por la razón que fuera, yo no te dije que no debía.

Me metí en el coche, a pesar de que noté que resbalaba con la gravilla mientras alargaba la mano hacia la puerta. Me puse al volante, a pesar de que tuve que pestañear con fuerza para asegurarme de que estaba puesta la primera y no la marcha atrás. Y me alejé conduciendo del lago, a pesar de que estaba tan borracha que no me acordaba de cómo se bajaba el volumen. Coldplay sonaba tan fuerte que me dolían los oídos por el ruido.

No habíamos llegado muy lejos cuando pasó.

Tú conocías el camino mejor que yo. Era una carretera comarcal, yo iba demasiado deprisa y no sabía que la curva era tan cerrada.

—Frena —me dijiste, pero lo dijiste gritando y me asusté. Pisé el freno con demasiada brusquedad. Aho-

ra sé que frenar en una carretera con gravilla puede hacerte perder el control del coche por completo, y más estando bebido. Yo giraba el volante a la derecha, pero el coche se iba hacia la izquierda, como si resbalara sobre hielo.

Mucha gente tiene suerte porque, después de un accidente, no recuerda los detalles. Recuerdan cosas que pasaron antes y después del accidente. Yo, en cambio, lo recuerdo todo. Con el tiempo, cada vez he ido recordando más y más detalles, sin poder evitarlo.

La capota de tu descapotable estaba bajada. Cuando sentí que el coche llegaba a la zanja de la cuneta y empezaba a ladearse, pensé que teníamos que protegernos la cara, porque los cristales del parabrisas podrían hacernos cortes.

Esa fue mi mayor preocupación en aquel momento: unos cristales. No vi la vida pasar ante mis ojos.

Tampoco vi tu vida pasar ante mis ojos. Lo único en lo que pensé en aquel momento fue en el parabrisas.

Porque ¿cómo va a morirse alguien cuando es tan feliz?

Sentí que el mundo se ponía boca abajo y luego noté grava en la mejilla.

En la radio seguía sonando Coldplay a todo volumen.

El motor seguía en marcha.

Se me había formado un nudo en la garganta que no me dejó gritar, aunque tampoco sentí la necesidad. Seguía pensando en el coche y en que probablemente estabas enfadado. Recuerdo que susurré: «Lo siento», como si la mayor de nuestras preocupaciones fuera que íbamos a tener que llamar a una grúa.

Todo pasó muy deprisa, pero no perdí la calma. Pensé que tú también estabas tranquilo. Esperaba que me preguntaras si estaba bien, pero estábamos boca abajo en un coche descapotable. Todo lo que habíamos bebido esa noche me estaba dando vueltas en el estómago; nunca había sentido el peso de la gravedad de esa manera.

Pensé que iba a vomitar y busqué la forma de liberarme del cinturón de seguridad. Cuando lo encontré y al fin logré apretar el botón, me caí. Aunque fue poca distancia, solté un grito de sorpresa.

Tampoco entonces me preguntaste si estaba bien.

Estaba oscuro. Al percatarme de que probablemente estábamos atrapados, alargué la mano hacia ti, para seguirte. Sabía que tú encontrarías el modo de salir. Tenía plena confianza en ti; tu presencia era la única razón por la que seguía tranquila. Ya no estaba preocupada por el coche, porque sabía que tú debías de estar más preocupado por mí que por el coche.

No es que fuera demasiado deprisa ni que condujera de manera imprudente. Solo estaba un poco bebida y un poco colocada, y fui lo bastante idiota para creer que por un poco no pasaría nada. No me di cuenta de que un poco ya era demasiado.

Dimos la vuelta de campana porque la zanja de la cuneta era profunda. Como la capota no estaba subida, pensé que los daños habrían sido mínimos. Tal vez una semana o dos en el taller y el coche al que tanto cariño tenía, el coche donde me sentía como en casa, estaría como nuevo. Como tú. Como yo.

—Scotty. —Te sacudí el brazo mientras te llamaba. Quería que supieras que estaba bien. Pensé que tal vez estabas en shock y que por eso estabas tan callado.

Al ver que no te movías y que tenías el brazo colgando contra el suelo que se había convertido en nuestro cielo, lo primero que pensé fue que tal vez te habías desmayado. Pero al apartar la mano para tratar de enderezarme noté que estaba cubierta de sangre.

Sangre que se suponía que tenía que estar fluyendo por tus venas.

No me entraba en la cabeza. No concebía que un accidente tonto en la cuneta de una carretera comarcal pudiera causarnos un daño grave. Y, sin embargo, la sangre que cubría mi mano era tu sangre.

Me acerqué más a ti inmediatamente. Tiré de tu cuerpo, pero estabas boca abajo, atado con el cinturón, y no logré moverte. Volví tu cara hacia mí, pero parecías dormido. Tenías los labios entreabiertos y los ojos cerrados. Me recordaste a las veces en que dormía contigo y, al despertar, te encontraba dormido a mi lado.

Tiré de ti otra vez, pero no logré moverte porque el coche te atrapaba parcialmente. Tenías el hombro y el brazo enganchados y no podía liberarte ni alcanzar el cinturón de seguridad. Aunque estaba oscuro, me di cuenta de que la luz de la luna se reflejaba en tu sangre del mismo modo que se refleja en el mar.

Había sangre por todas partes. El hecho de que el coche estuviera boca abajo hacía que todo resultara todavía más confuso.

¿Dónde estaban tus bolsillos? ¿Dónde tenías el móvil? Necesitaba un teléfono, y me arrastré buscando a mi alrededor durante lo que me pareció una eternidad, pero solo encontré piedras y cristales.

Durante todo el rato no paré de repetir tu nombre mientras los dientes me castañeteaban: «Scotty. Scotty, Scotty. Scotty». Era como una plegaria, la única que me salía, porque nadie me había enseñado a rezar. Recordaba las palabras que habías pronunciado durante la cena en casa de tus padres, y las oraciones de mi madre de acogida, Mona. Pero lo único que había oído era a gente bendecir la comida y lo que yo quería era que te despertaras; por eso seguí pronunciando tu nombre una y otra vez, con la esperanza de que Dios me oyera, aunque no estaba nada convencida de estar llamando su atención.

La verdad es que nadie parecía prestarnos atención aquella noche.

Lo que experimenté en aquellos instantes fue indescriptible. Uno piensa que sabe cómo reaccionará ante una situación terrorífica, pero ahí está el quid de la cuestión: en una situación terrorífica es imposible pensar. Supongo que debe de haber alguna razón por la cual desconectamos y dejamos de pensar racionalmente en situaciones en las que el horror se impone. Y así fue como me sentí yo en aquella situación. Desconectada. Partes de mí se movían sin que el cerebro supiera lo que estaba sucediendo. Las manos buscaban sin saber exactamente qué estaban buscando.

Me estaba poniendo histérica porque, a cada segundo que pasaba, iba siendo consciente de lo distinta que iba a ser mi vida en adelante. Cómo un solo segundo había alterado el curso de la vida que llevábamos. Que nada volvería a ser nunca igual y que las partes de mi cerebro que se habían desconectado en el accidente no se conectarían nunca de nuevo por completo.

Logré salir de debajo del coche por el hueco que quedaba entre el suelo y la puerta. Cuando conseguí ponerme de pie, vomité.

Los faros iluminaban una hilera de árboles, pero esa luz no me servía para ver el interior. Corrí a tu lado del coche para liberarte, pero no lo logré. Allí estaba tu brazo, asomando por debajo del coche y la luz de la luna reflejándose en tu sangre. Te agarré la mano y la apreté, pero estaba fría. Seguí pronunciando tu nombre: «Scotty, Scotty, Scotty, no, no, no». Fui hacia el parabrisas y traté de romperlo a patadas, pero, a pesar de que estaba agrietado, no lo conseguí y no pude entrar ni sacarte por ahí.

Me arrodillé, apoyé la cara en el cristal y, en aquel momento, me di cuenta de lo que te había hecho. Me di cuenta de que, por mucho que quisieras a alguien, no perdías la capacidad de cometer actos despreciables que los dañaran.

Fue como si una ola de dolor indescriptible me pasara por encima haciéndome rodar con ella. Empezó por la cabeza, me obligó a ovillarme y acabó por los pies. Gruñí, sollocé y, cuando regresé a tu lado para volver a tocarte la mano, no encontré nada. Ni pulso en la muñeca ni latido en la palma ni calor en los dedos.

Grité. Grité mucho hasta que dejé de tener voz.

Y luego tuve un ataque de pánico; no sé describirlo de otra manera. Como no pude encontrar ninguno de los dos móviles, eché a correr hacia la autopista. Cuanto más corría, más confusa me sentía. No sabía si lo que acababa de pasar era real, ni si lo que estaba pasando era real. Corrí por la autopista con un solo zapato. Me veía, como si estuviera delante de mí, corriendo hacia mí, sin avanzar. Era como estar dentro de una pesadilla.

No fueron los recuerdos del accidente los que más tardé en recuperar. Los que más me costaron fueron los de esos momentos; los de la parte de la noche que había quedado borrada por la descarga de adrenalina y por la histeria que no me abandonaba. Empecé a emitir sonidos que no sabía que era capaz de hacer.

No podía respirar, porque tú estabas muerto. ¿Cómo iba a respirar yo si tú no tenías aire?

Fue la peor revelación de mi vida. Me dejé caer de rodillas y grité en la oscuridad.

No sé cuánto tiempo estuve en la cuneta de la carretera. Los coches pasaban a mi lado. Seguía teniendo las manos manchadas con tu sangre. Estaba asustada, enfadada y no dejaba de ver la cara de tu madre. Te había matado; todo el mundo iba a echarte de menos. Ya no estarías en el mundo para hacer que los demás se sintieran queridos y valorados. Era culpa mía y yo solo quería morirme.

Todo lo demás me daba igual.

Solo quería morirme.

Caminé y me quedé en medio de la carretera. Calculo que serían las once de la noche. Un coche tuvo que dar un volantazo para esquivarme. Lo intenté tres veces, con tres coches distintos, pero ninguno de ellos me alcanzó. Todos se enfadaron mucho conmigo. Me insultaron por estar en medio de la carretera en plena noche e hicieron sonar la bocina con rabia, pero nadie puso fin a mi sufrimiento ni me ayudó.

Había recorrido casi dos kilómetros. No sabía cuánto faltaba para llegar a mi apartamento, que estaba en un cuarto piso; pero sabía que, si llegaba, podría saltar desde el balcón. En aquellos instantes, fue lo único que se me ocurrió. Quería estar contigo, pero en mi mente tú ya no estabas atrapado bajo el coche volcado. Estabas en otra parte, flotando en la oscuridad, y yo estaba decidida a reunirme contigo porque ¿qué sentido tenía vivir si tú no estabas?

Tú eras lo que le daba sentido a mi vida.

A cada segundo que pasaba me iba encogiendo más y más hasta que me sentí invisible.

Y eso es lo último que recuerdo. Hay un largo lapso vacío entre el momento en que te abandoné y el momento en que fui consciente de que te había abandonado.

Pasaron horas.

A tu familia le dijeron que me había ido a casa y me había echado a dormir, pero no fue eso lo que sucedió. Estoy casi segura de que me desmayé del shock, porque cuando la policía aporreó la puerta de mi dormitorio a la mañana siguiente, estaba en el suelo. Vi un pequeño charco de sangre al lado de mi cabeza. Supongo que me golpeé al caerme, pero no tuve tiempo de examinarme la herida porque la policía entró en el dormitorio. Uno de ellos me agarró del brazo y tiró de mí para que me levantara.

Fue la última vez que vi mi dormitorio.

Recuerdo que mi compañera de piso, Clarissa, parecía horrorizada. Y no porque se sintiera mal por mí, sino por ella. Me miraba como si yo fuera una asesina con la que hubiera estado conviviendo todo ese tiempo sin saberlo. Su novio, del que no logro recordar ni el nombre —Jason o Jackson o Justin— la estaba consolando como si yo le hubiera estropeado el día.

Estuve a punto de disculparme, pero no logré que mi voz conectara con mis pensamientos. Quería hacer preguntas, estaba confusa, débil, y sentía un dolor inmenso. Pero la más poderosa de todas las emociones que me embargaban era la soledad.

Qué poco me imaginaba entonces que esa sensación iba a perpetuarse; que se convertiría en algo permanente. Mientras me hacían entrar en el asiento trasero del coche de policía caí en la cuenta de que mi vida había alcanzado su punto culminante contigo, y de que nada que viniera después de ti tendría importancia.

Había habido un antes de ti y un durante.

Pero por algún motivo nunca pensé que habría un después de ti.

Pero lo hubo, y me vi inmersa en él.
Estaré inmersa en él eternamente.

Todavía no he acabado de leer, pero tengo la garganta seca y los nervios a flor de piel. Tengo miedo de lo que Ledger esté pensando de mí ahora mismo. Está agarrando el volante con tanta fuerza que se le han puesto los nudillos blancos.

Busco la botella de agua y doy un largo trago. Ledger sigue conduciendo hasta el desvío de su casa y, cuando llegamos, aparca y apoya el codo en la puerta. No me mira cuando dice:

—Sigue leyendo.

Me tiemblan las manos. No sé si voy a ser capaz de seguir leyendo sin llorar, pero tengo la sensación de que a Ledger le daría igual. Doy otro trago y empiezo a leer el siguiente capítulo.

Querido Scotty:

Así fueron las cosas en la sala de interrogatorios.

Ellos: ¿Cuánto alcohol bebió?

Yo: Silencio.

Ellos: ¿Quién la llevó a casa después del accidente?

Yo: Silencio.

Ellos: ¿Toma alguna sustancia ilegal?

Yo: Silencio.

Ellos: ¿Pidió ayuda?

Yo: Silencio.

Ellos: ¿Sabía que estaba vivo cuando huyó del lugar del accidente?

Yo: Silencio.

Ellos: ¿Sabía que aún estaba vivo cuando lo encontramos hace hora y media?

Yo: Gritos.

Muchos gritos.

Gritos que duraron hasta que me encerraron de nuevo en una celda y me dijeron que vendrían a buscarme cuando me calmara.

Cuando me calmara.

No me calmé, Scotty.

Creo

que

ese

día

me

volví

un

poco

loca.

Me llevaron a la sala de interrogatorios dos veces más a lo largo de las siguientes veinticuatro horas. No había dormido, tenía el corazón roto, no había comido ni bebido; no me entraba nada.

Solo. Quería. Morirme.

Y cuando me dijeron que seguirías con vida si hubiera pedido ayuda, me morí. Era un lunes, creo. Dos días después del accidente. A veces quiero comprarme una lápida y escribir en ella la fecha de aquel día, aunque sigo fingiendo que sigo viva. En mi epitafio pondría: «Kenna Nicole Rowan. Murió dos días después de la muerte de su amado Scotty».

Ni se me pasó por la cabeza llamar a mi madre en ningún momento. Estaba demasiado deprimida para llamar a nadie. Y ¿cómo iba a contarles a mis amigos lo que había hecho?

Estaba avergonzada y triste, y por eso nadie de mi vida anterior a ti se enteró de lo que había pasado. Y como tú ya no estabas y tu familia me odiaba, no tuve visitas.

Me asignaron un abogado de oficio, pero nadie pagó mi fianza. Me daba igual. Si alguien la hubiera pagado, no habría tenido ningún sitio al que ir. Prefería estar allí, en aquella celda. Si no podía estar contigo en tu coche, prefería estar en una celda donde podía rechazar la comida que me ofrecían. Tal vez un día mi corazón dejaría de latir tal como me imaginé que lo había hecho el tuyo aquella noche.

Al final resultó que no había dejado de latir. El único que había muerto era tu brazo. Podría entrar en detalles escabrosos sobre cómo quedó tan aplastado y retorcido durante el accidente que el flujo sanguíneo quedó interrumpido. Por eso cuando te toqué la mano pensé que estabas muerto. Y, sin embargo, te despertaste y, no sé cómo, lograste salir del coche para buscar la ayuda que yo no te di.

Si me hubiera quedado más tiempo contigo o hubiera insistido, me habría dado cuenta. Si no me hubiera dejado cegar por el pánico y no hubiera salido corriendo. Si no hubiera permitido que la adrenalina se apoderara de mí hasta el punto de no distinguir lo real de lo irreal, aún estarías aquí.

Si hubiera podido mantenerme tan serena como

tú lo estabas siempre, seguirías con vida. Probablemente estaríamos criando a nuestra hija juntos; esa hija que no llegaste a saber que habíamos creado. Probablemente a estas alturas tendríamos ya dos hijos, o tal vez tres. Y es muy posible que yo fuera maestra o enfermera o escritora o cualquier otra cosa. Sé que tu presencia me habría dado fuerzas para descubrir mi vocación.

Dios, cómo te añoro.

Te echo muchísimo de menos, aunque nadie lo notara al mirarme. Nunca les habría parecido que te añoraba lo suficiente.

A veces me pregunto si mi estado mental influyó en mi sentencia. Me sentía hueca por dentro y estoy segura de que mi vacío interior se asomaba a mis ojos cada vez que tenía que mirar a alguien.

Cuando tuve que declarar por primera vez ante el juez, dos semanas después de tu muerte, seguía sin importarme nada. El abogado me dijo que lucharíamos, que lo único que tenía que hacer era declararme no culpable. Que él demostraría que no estaba en plenas facultades mentales aquella noche y que yo me arrepentía mucho mucho mucho mucho mucho mucho.

Pero yo no le hice ni caso. Quería ir a la cárcel. No quería volver a un mundo donde iba a tener que ver coches y carreteras con grava, donde tendría que escuchar a Coldplay en la radio o pensar en todas las cosas que iba a tener que hacer sin ti.

Al echar la vista atrás, me doy cuenta de que estaba en un estado depresivo peligroso, pero creo que nadie se percató de ello, o al menos a nadie le importó. Todo el mundo era de tu equipo, del #TeamScotty, como si tú y yo no hubiéramos estado siempre en el mismo equipo.

Todo el mundo quería justicia y, desgraciadamente, en aquella sala no había espacio para la justicia y la empatía al mismo tiempo.

Lo más curioso de todo es que yo estaba de su lado. Quería justicia para ellos. Empatizaba con ellos, con tu madre, con tu padre, con todos tus amigos y conocidos que abarrotaban la sala del juzgado.

Me declaré culpable para disgusto de mi abogado. Tenía que hacerlo. Cuando empezaron a hablar sobre lo que sufriste aquella noche después de que yo saliera huyendo, supe que prefería morir antes que tener que soportar un juicio largo escuchando los detalles. Era horroroso, como estar viviendo una historia de terror y no mi propia vida.

«Lo siento, Scotty.»

Desconecté de todo lo que se decía repitiendo esta frase mentalmente una y otra vez. «Lo siento, Scotty. Lo siento, Scotty. Lo siento, Scotty.»

Fijaron otra fecha para la lectura de la sentencia y en algún punto entre las dos veces que acudí al juzgado caí en la cuenta de que hacía tiempo que no me venía la regla. Pensé que el ciclo se me habría alterado por lo sucedido, y no lo comenté con nadie. Si hubiera sabido antes que una parte de ti crecía en mí, estoy segura de que habría sacado fuerzas para ir a juicio y luchar por mí. Por nuestra hija.

Cuando llegó la fecha de la sentencia, traté de no escuchar a tu madre leer su declaración sobre el im-

pacto que le había causado el accidente en calidad de víctima, pero cada una de las palabras que pronunció siguen grabadas en lo más hondo de mí.

No podía quitarme de la cabeza lo que me habías contado mientras me llevabas escaleras arriba en tu casa aquella noche: que tus padres querían más hijos, pero que no llegaban. Que tú fuiste un milagro que iluminó su vida.

Eso era lo que pensaba en aquellos momentos: que había matado a su bebé milagro, que ahora no tenían ningún hijo y que era culpa mía.

Había pensado hacer una declaración, pero seguía demasiado débil y demasiado destrozada. Cuando llegó la hora en que tenía que levantarme y hablar, no pude hacerlo. No estaba en condiciones, ni física ni mental ni emocionalmente. Estaba pegada a la silla, pero traté de ponerme de pie. Mi abogado me agarró del brazo para asegurarse de que no me desplomaba y luego creo que leyó algo en voz alta, en mi nombre, no lo sé. Todavía no tengo muy claro qué pasó en la sala aquel día, porque aquel día se pareció mucho a aquella noche.

Fue como una pesadilla que yo observaba desde fuera. Veía las cosas como a través de un túnel. Sabía que había gente a mi alrededor, sabía que el juez estaba hablando, pero mi cerebro estaba exhausto y no lograba procesar lo que decía nadie. Ni siquiera cuando el juez leyó mi sentencia reaccioné, porque no asimilé lo que dijo. No fue hasta más tarde, después de que me pusieran un gotero intravenoso porque estaba deshidratada, cuando me enteré que me habían sen-

tenciado a siete años de cárcel, con la posibilidad de salir antes en libertad condicional.

«Siete años —recuerdo que pensé—. ¿De qué van? Siete años no es suficiente.»

Trato de no pensar en cómo debieron de ser tus últimas horas en aquel coche después de que yo me fuera. ¿Qué pensaste de mí? ¿Pensaste que había salido disparada del coche? ¿Me buscaste?

O quizá te diste cuenta de que te había dejado solo.

Son esas horas las que nos torturan a todos, porque nunca sabremos lo que pasó. Ni lo que pensaste. A quién llamaste. Cómo fueron tus últimos minutos.

No me imagino una tortura peor para tus padres que tener que vivir el resto de su vida con esa incertidumbre.

A veces me pregunto si esa es la razón por la que Diem llegó al mundo.

Tal vez Diem fue la manera que encontraste de ayudar a tus padres, para que pudieran seguir adelante.

Pero, si pienso eso, tengo que asumir que no tener a Diem en mi vida fue tu forma de castigarme. Me parece bien.

Me lo merezco.

Voy a luchar por recuperarla, pero sé que me lo merezco.

Cada mañana, al despertarme, me disculpo. Te pido perdón a ti, a tus padres, a Diem. Y varias veces a lo largo del día les doy las gracias a tus padres por criar a nuestra hija, ya que nosotros no podemos ha-

cerlo. Y cada noche me disculpo de nuevo antes de dormir.

Lo siento. Gracias. Lo siento.

Así son mis días; todos los días, en bucle.

Lo siento. Gracias. Lo siento.

Mi sentencia no fue justa considerando las circunstancias de tu muerte. Una condena por toda la eternidad no sería suficiente. Pero espero que tu familia sepa algún día que mis actos de aquella noche no los causó el egoísmo. Fueron el horror, el shock, la agonía, la confusión y el terror los que guiaron mis pasos. Nunca fue el egoísmo.

Nunca fui mala persona, y sé que lo sabes, estés donde estés. Y sé que me perdonas porque tú eres así. No pierdo la esperanza de que algún día me perdone nuestra hija. Y tus padres.

Tal vez entonces, si se produce un milagro, podré empezar a perdonarme.

Hasta entonces, te quiero. Te echo de menos. No te olvidaré.

Lo siento.

Gracias.

Lo siento.

Gracias.

Lo siento.

Gracias.

Lo siento.

En bucle.

34

Kenna

Cierro el documento. No puedo seguir leyendo; tengo los ojos llenos de lágrimas. Me sorprende haber podido leer tanto, pero estaba tratando de no asimilar las palabras mientras las leía en voz alta.

Dejo el móvil a un lado y me seco los ojos.

Ledger no se ha movido. Sigue en la misma posición, apoyado en la puerta, con la vista clavada al frente. Mi voz ya no llena la cabina. El silencio se vuelve espeso e incómodo, hasta el punto de que Ledger no lo soporta más. Abre la puerta bruscamente y baja de la camioneta. Se dirige a la parte trasera y se pone a descargar la mesa en silencio.

Lo observo por el espejo retrovisor. Deja la mesa en el suelo y coge una de las sillas. Tras una breve pausa, golpea la mesa con la silla tan violentamente que el ruido me resuena en el pecho.

Luego coge una segunda silla y la lanza lejos. Está tan furioso que no puedo seguir mirando.

Me echo hacia delante y me tapo la cara con las manos, arrepentida. No debería haberle leído ni una sola palabra. No sé si está furioso con la situación o conmigo, o si está lanzando sillas para librarse de las emociones que ha ido acumulando a lo largo de cinco años.

—¡Joder! —exclama un instante antes de que se oiga el estruendo de la última silla al chocar contra el suelo. Su voz reverbera en la densa arboleda que rodea la finca.

La camioneta se mueve por el impacto cuando cierra la puerta trasera con la misma rabia.

Y luego se hace el silencio. La calma.

Lo único que se oye es mi respiración rápida y superficial. Tengo miedo de bajar de la camioneta, porque no quiero tener que enfrentarme a él si su rabia iba dirigida a mí, aunque sea en parte.

Ojalá lo supiera.

Me trago el nudo que se me ha formado en la garganta al oír sus pasos crujir sobre la grava. Se detiene frente a mi puerta y la abre. Sigo echada hacia delante, con la cara oculta entre las manos. Despacio, retiro las manos y levanto la cara hacia él.

Está agarrado al techo de la camioneta, inclinado hacia mí, con la cabeza apoyada en el brazo. Tiene los ojos rojos, pero no hay odio en su expresión, ni siquiera enfado. En todo caso, parece arrepentido; como si supiera que su arrebato me ha asustado y se siente mal.

—No estoy enfadado contigo. —Presiona los labios y mira al suelo negando con la cabeza suavemente—. Es que son demasiadas cosas que asimilar.

Asiento con la cabeza, porque no puedo hablar. Tengo el corazón desbocado, la garganta hinchada y tampoco sabría qué decir.

Él sigue con la cabeza gacha cuando suelta la camioneta. Busca mi mirada mientras apoya la mano derecha en mi muslo izquierdo y la mano izquierda debajo de mi rodilla derecha. Tira de mí hacia el borde del asiento y me hace girar hasta que quedamos frente a frente.

Ledger me toma la cara entre las manos y la inclina hacia atrás para que lo mire a los ojos. Espira lentamente, como si estuviera a punto de decir algo muy difícil.

—Siento que perdieras a Scotty.

No soy capaz de detener las lágrimas. Es la primera vez que alguien reconoce que yo también perdí a Scotty aquella noche. No creo que Ledger sea consciente de lo importantes que son sus palabras para mí.

Con una expresión agónica en la cara, sigue hablando:

—¿Y si Scotty pudiera ver cómo te hemos estado tratando? —Una lágrima le cae por la mejilla. Una única lágrima, solitaria, que me entristece muchísimo—. Formo parte de todo lo que ha estado despedazándote durante estos años. Lo siento, Kenna. Lo siento muchísimo.

Le apoyo la mano en el pecho.

—No pasa nada. Lo que escribí no cambia lo que pasó; sigue siendo culpa mía.

—Claro que pasa. Está todo mal.

Me abraza y apoya la mejilla en mi cabeza, mientras me acaricia la espalda formando círculos con la mano derecha.

Pasa un buen rato así y yo no quiero que pare. Es la primera persona con la que he sido capaz de compartir los detalles de aquella noche, y no sabía si eso mejoraría las cosas o las empeoraría.

Pero me siento mucho mejor, y eso debe de significar algo.

Siento como si me hubiera quitado un peso enorme de

encima. No es el peso que me mantiene hundida bajo la superficie del agua. De ese no me libraré hasta que no pueda abrazar a mi hija. Pero una pequeña parte de mi dolor ha quedado adherida a la compasión de Ledger. Es como si hubiera tirado de mí hasta la superficie, permitiéndome respirar unos minutos.

Al cabo de un rato, se separa para observarme. Debe de ver algo en mi expresión que hace que sienta la necesidad de consolarme, porque me besa en la frente mientras me retira el pelo de la cara con delicadeza. Luego me da un beso en la nariz para acabar con un pico en los labios.

Creo que no se esperaba que le devolviera el beso, pero mis sentimientos hacia él en este momento son más intensos que nunca. Lo agarro de la camisa, suplicándole en silencio un beso de verdad. Y él me lo concede.

Sus besos saben a perdón y a promesas. Supongo que los míos deben de saber a disculpas, porque él vuelve a besarme una y otra vez cada vez que nos separamos.

Acabo tumbada sobre el respaldo. Él se cierne sobre mí, con medio cuerpo dentro de la camioneta, sin separarse de mi boca.

Cuando hemos empezado ya a empañar los cristales, se aparta de mi cuello y veo algo en su mirada. Es un brillo fugaz, un destello, pero lo bastante elocuente para saber que quiere más. Yo también quiero más, por eso asiento con la cabeza y él abre la guantera.

Coge un condón y empieza a abrirlo con los dientes mientras yo me bajo las bragas y me arremango la falda larga hasta la cintura.

Cuando tiene el envoltorio abierto, se detiene. El instante empieza a alargarse y él no hace más que contemplarme, arrobado.

Deja el condón a un lado y vuelve a inclinarse sobre mí para besarme. Me besa en los labios y noto su cálido aliento en la mejilla cuando me dice:

—Te mereces una cama.

Le acaricio el pelo.

—¿No tienes cama aquí?

—Nop —responde negando con la cabeza.

—¿Ni siquiera un colchón hinchable?

—Nuestras dos primeras veces han sido sobre un colchón hinchable. Te mereces una cama de verdad. Y no, aquí no tengo ninguna de las dos cosas.

—¿Ni una hamaca?

Él sonríe, pero niega con la cabeza.

—¿Una esterilla de yoga? No soy exigente.

Él se echa a reír y me da un beso en la nariz.

—Para o terminaremos follando en la camioneta.

Le rodeo la cintura con las piernas.

—¿Y dónde está el problema?

Él gruñe con la cara escondida en mi cuello y, cuando alzo las caderas, se rinde. Recupera el condón y acaba de abrirlo. Yo, mientras tanto, le desabrocho la cremallera de los vaqueros.

Se coloca el condón y tira de mí hasta que quedo en el borde del asiento. La camioneta tiene la medida perfecta para esto. Ninguno de los dos tiene que forzar la postura. Simplemente me agarra por las caderas y se hunde en mí. Y aunque no estamos en una cama de verdad, vuelve a ser tan fantástico como la noche pasada.

35

Ledger

No sé de dónde saqué las fuerzas para separarme de ella y entrar en la casa para dedicarles un rato a los suelos.

Me imaginé que se quedaría sentada, mirándome o escribiendo en su libreta, pero cuando le dije que tenía que acabar una cosa me preguntó en qué podía ayudar.

Llevamos aquí tres horas. Básicamente hemos trabajado, con alguna breve pausa para hidratarnos y besarnos un poco más, pero casi hemos acabado el suelo de lo que será el salón.

Habríamos terminado ya si no fuera por la camisa que se ha puesto con esa falda. Ha estado trabajando a cuatro patas ayudando a colocar las lamas del suelo, y cada vez que me vuelvo hacia ella me quedo embobado mirándole el escote.

Estoy tan empanado que me extraña no haberme hecho daño.

No hemos hablado de ningún asunto importante desde que salimos de la camioneta. Es como si los hubiéramos dejado encerrados en la cabina y hubiéramos acordado no llevarnos nada de peso a la casa.

El día ya ha sido lo bastante intenso, así que estoy tratando con todas mis fuerzas de hablar solo de cosas intrascendentes. Ambos nos estamos esforzando. Yo no he sacado el tema de la carta y ella no ha mencionado la orden de alejamiento. Yo no he mencionado el Día de la Madre y ninguno de los dos hemos sacado el tema de lo que supone nuestra nueva conexión física, ni cómo vamos a llevarla adelante. Creo que ambos sabemos que las conversaciones tendrán que llegar, pero en este momento los dos queremos lo mismo, que es disfrutar del subidón de estar juntos sin pensar en nada más.

Creo que Kenna y yo necesitábamos un día como el de hoy; sobre todo ella. Kenna siempre parece cargar con el peso del mundo sobre los hombros, pero hoy da la sensación de que flote. Parece que hoy la gravedad no le afecta.

Ha sonreído y reído más veces durante las últimas horas que en todo el tiempo que hemos compartido. Y eso me lleva a preguntarme si yo sería uno de los responsables del peso que cargaba.

Kenna coloca una lama del parquet, fijándola por su lado, y luego coge una botella de agua. Cuando me sorprende con la vista clavada en el escote, se echa a reír.

—Hoy te está costando mirarme a los ojos.

—Creo que me he obsesionado con tu camisa. —Normalmente lleva camisetas, pero hoy lleva una camisa de un tejido que se ajusta a sus curvas. Además, tras tres horas de trabajo, se le pega a todas las partes por donde está sudando—. Es jodidamente bonita.

Ella se echa a reír y quiero volver a besarla. Avanzo hacia ella a cuatro patas y, cuando llego a su lado, pego la boca a la suya con tanto énfasis que se cae de espaldas en el suelo. Sigo besándola mientras ella ríe y acabo sobre ella.

Odio que no haya muebles en la casa. Cada dos por tres acabamos en el suelo de madera que estamos instalando. Es un suelo bonito, pero daría cualquier cosa por poder besarla sobre algo más cómodo; algo tan suave y mullido como sus labios.

—No vas a acabar nunca los suelos —musita ella.

—Que les den a los suelos.

Nos besamos un rato más. Cada vez se nos da mejor. Hay tirones, apretones y mucho disfrute mutuo. No nos cansamos de probarnos una y otra vez. Las cosas se vuelven un poco caóticas y esa camisa que me tiene jodidamente loco acaba en el suelo, a nuestro lado.

Estoy admirando su sujetador, besándola justo donde acaba la tela, cuando ella murmura:

—Tengo miedo. —Tiene las manos hundidas en mi pelo, y no las aparta cuando yo alzo la cabeza lo justo para mirarla—. ¿Y si nos descubren antes de que hayas podido hablar con ellos? Esto es una imprudencia.

No quiero que piense en eso ahora, porque hoy es un buen día. Además, están fuera de la ciudad, por lo que es tontería preocuparse antes de que vuelvan. Le doy un beso en la frente para tranquilizarla.

—Preocuparte no va a arreglar nada —le digo—. Están fuera de la ciudad, y lo que tenga que pasar pasará, nos lo montemos ahora mismo o no.

Ella sonríe.

—Visto así...

Me agarra por la nuca y me atrae hacia su boca.

Me dejo caer sobre ella susurrando:

—¿Qué es lo peor que podría pasar si decido mantenerte escondida aquí para siempre? Ya has visto el armario, Kenna. Es inmenso. Te encantaría. —Ella se ríe pegada a mi boca—. Podría instalarte una neverita y un televisor. Y cuando vengan de visita, tú te metes en tu armario y te imaginas que estás de vacaciones.

—No sé qué gracia le encuentras, la verdad —protesta, pero lo dice riendo.

La beso hasta que ninguno de los dos se acuerda de reír, y luego salgo de encima y me coloco a su lado, mirándola desde arriba. Es la primera vez que nos miramos a los ojos sin tener la tentación de apartar la mirada. Es jodidamente perfecta.

No se lo digo en voz alta, porque no quiero quitarle valor a todas las cosas maravillosas que me gustan de ella piropeando su cara. Creo que es inteligente, compasiva, resiliente, fuerte. No quiero que piense que solo me parece guapa.

Aparto la vista de su rostro impecable y deslizo un dedo por el centro de su escote hasta que se estremece.

—Tengo que acabar los suelos. —Bajo la mano hasta cubrirle un pecho y lo aprieto con delicadeza—. Deja de distraerme con este par; vuelve a ponerte la camisa.

Ella se ríe al mismo tiempo que alguien se aclara la garganta desde el otro extremo del salón.

Me incorporo rápidamente colocándome delante de Kenna para protegerla de la mirada indiscreta de quien sea que haya entrado en mi casa. Al levantar la vista, veo a mis padres en la puerta, mirando al techo. Kenna se esconde detrás de mí y susurra:

—Oh, Dios mío. ¿Quiénes son?

—Mis padres —murmuro. De verdad, abochornarme es su pasatiempo favorito. Alzo la voz para que me oigan desde donde están—: ¡Gracias por avisarme de que ibais a venir hoy!

Ayudo a Kenna a levantarse y a ponerse la camisa mientras mis padres siguen mirando a todas partes menos a nosotros.

—Te he avisado; me he aclarado la garganta al llegar. ¿Qué más necesitas?

Pensaba que me sentiría más avergonzado. Tal vez me estoy inmunizando a sus bromas, pero Kenna no ha tenido tiempo de hacerlo.

Ahora que ya está vestida y medio escondida a mi espalda, mi padre señala hacia las novedades en la casa.

—Parece que habéis progresado mucho... en el suelo.

—En más de un sentido —añade mi madre, que parece divertirse. Kenna, en cambio, esconde la cara en mi brazo—. ¿Quién es tu amiga, Ledger?

Mi madre sonríe, pero tiene muchas sonrisas distintas y no siempre significan algo bonito. Esta en concreto es su sonrisa de estar pasándoselo bien. Es su sonrisa de «oh-pero-qué-divertido-es-esto».

—Es..., mmm...

No tengo ni idea de cómo presentarles a Kenna. Ni siquiera sé qué nombre usar. Es evidente que si uso el nombre de Kenna la reconocerán al momento, pero estoy casi seguro de que van a reconocerle la cara igualmente, así que es bastante absurdo mentir.

—Es mi nueva empleada —digo al cabo. Tengo que preguntarle a Kenna cómo quiere que abordemos esto. La abrazo por los hombros para llevarla al dormitorio—. Disculpadnos un segundo; tenemos que coordinar nuestras mentiras —les digo por encima del hombro.

Kenna y yo entramos en el dormitorio y, cuando ya no nos ven, me mira con los ojos muy abiertos.

—No puedes decirles quién soy —susurra.

—No puedo mentirles. Mi madre seguramente te reconocerá cuando te observe con atención. Estuvo durante la lectura de la sentencia y nunca olvida una cara. Además, sabe que has vuelto.

Kenna parece estar a punto de hacerse un ovillo. Echa a andar de un lado a otro y veo que vuelve a cargar el peso del mundo sobre sus hombros.

Cuando me mira, percibo miedo en sus ojos.

—¿Me odian?

Sus palabras se me clavan en el corazón, y más al ver que se le están empezando a llenar los ojos de lágrimas. Y entonces me doy cuenta de que piensa que todo el mundo que conoció a Scotty la odia.

—No. Por supuesto que no te odian —contesto para tranquilizarla, aunque no sé si es verdad.

A mis padres también les afectó mucho la muerte de Scotty. Él era tan importante para ellos como yo lo soy para Patrick y Grace, pero no recuerdo haber comentado con ellos qué opinaban de Kenna. Han pasado cinco años desde el accidente. No me acuerdo de las conversaciones que mantuvimos ni de qué opinaban sobre los detalles. Y en la actualidad apenas sacamos el tema.

Al verme pensativo, Kenna empieza a alterarse.

—¿No podrías llevarme a casa? Puedo salir por la puerta de atrás y nos reunimos en la camioneta.

Puede que mis padres la reconozcan o puede que no,

pero ella no los conoce; no sabe qué tipo de personas son. No sabe que no ha de preocuparse por ellos.

Le tomo la cara entre las manos.

—Kenna, son mis padres. Si te reconocen, me apoyarán igualmente. —Mis palabras la calman un poco—. De momento, te presentaré como Nicole. Te llevaré a casa y luego me encargaré de hablar con ellos y contarles la verdad, ¿vale? Son buena gente, igual que tú.

Cuando ella asiente, le doy un beso rápido, la tomo de la mano y salimos del dormitorio. Mis padres están en la cocina, inspeccionando las novedades que Roman y yo hemos añadido desde la última vez que estuvieron aquí. Cuando se dan cuenta de que hemos vuelto, ambos se apoyan despreocupados en la encimera esperando la presentación.

—Es Nicole —digo señalándola. Luego señalo a mis padres—. Mi madre, Robin. Y mi padre, Benji.

Kenna les estrecha la mano sonriendo, pero luego vuelve a pegarse a mí como si tuviera miedo de apartarse demasiado. Le cojo la mano, la escondo detrás de su espalda y se la aprieto para darle seguridad.

—Ha sido una sorpresa muy agradable no encontrarte solo —comenta mi madre—. Pensábamos que te encontraríamos llorando por las esquinas.

Me da miedo preguntar, pero lo hago igualmente.

—¿Por qué iba a hacerlo?

Echándose a reír, mi madre se vuelve hacia mi padre.

—Me debes diez pavos, Benji. —Alarga la mano y mi padre saca un billete de la cartera y se lo planta sonoramente en la palma extendida. Ella se lo guarda en un bolsillo de los vaqueros antes de añadir—: Apostamos sobre si te acordarías de que hoy era el día en que se suponía que ibas a irte de luna de miel.

No puedo decir que me sorprenda que apuesten sobre ello.

—¿Y cuál de los dos apostó a que me olvidaría de que hoy era también el Día de la Madre?

Mi madre levanta la mano.

—Pues no me he olvidado. Comprueba el correo electrónico. Te he enviado una tarjeta regalo, ya que no tenía ni idea de dónde estabais esta semana para poder mandarte flores.

Mi madre se saca el billete del bolsillo y se lo devuelve a mi padre. Se acerca a mí y al fin me da un abrazo.

—Gracias —me dice sin mirar a Kenna, porque a medio abrazo le llama la atención el patio—. ¡Oh! Ha quedado mucho mejor de lo que me imaginaba. —Me suelta y se acerca a la puerta tipo acordeón para jugar con ella.

Mi padre sigue observándonos. Sé que está a punto de tratar de ser educado incluyendo a Kenna en la conversación, pero también sé que lo único que ella quiere ahora mismo es pasar desapercibida.

—Nicole tiene que volver al trabajo —anuncio sin pensar—. Tengo que llevarla en coche. Nos vemos luego, en casa.

Mi madre hace un ruido de fastidio.

—Acabamos de llegar. Quería que me enseñaras las novedades.

Mi padre no aparta la vista de Kenna.

—¿En qué trabajas, Nicole? Aparte de... —Mueve la mano en mi dirección—. Aparte de en Ledger.

Ella contiene el aliento antes de responder con un hilo de voz:

—Oh. Bueno, yo no... Yo no me trabajo a Ledger.

Le aprieto la mano porque sé que mi padre no se refería a eso. Aunque, técnicamente...

—Creo que se refería a dónde trabajas aparte de... trabajar para mí. —Ella me mira sin comprender—. Porque antes les he dicho que eras mi empleada y ahora acabo de mentir diciendo que tenías que irte a trabajar y ellos saben que mi bar cierra los domingos; por eso ha asumido que tienes otro trabajo aparte del bar y por eso ha preguntado en qué trabajas aparte de... —Me estoy enrollando, y no hago más que empeorar las cosas porque mis padres no se pierden detalle y están disfrutando como niños, los muy cabrones.

Mi madre regresa junto a mi padre con una gran sonrisa de satisfacción.

—Por favor, llévame a casa —me ruega Kenna.

Asiento con la cabeza.

—Sí, esto es una tortura.

—No para mí —replica mi madre—. Creo que está siendo mi Día de la Madre favorito.

—Y nosotros pensando que iba a estar triste porque no llegó a casarse. ¿Con qué crees que nos sorprenderá para el Día del Padre?

—No me lo puedo ni imaginar.

—Sois muy pesados. Tengo casi treinta años. ¿Cuándo vais a parar de tomarme el pelo?

—Tienes veintiocho —me corrige mi madre—. Eso no es casi treinta. Veintinueve es casi treinta.

—Vámonos —le digo a Kenna.

—No, que venga a cenar —me ruega mi madre.

—No tiene hambre. —Llevo a Kenna hacia la puerta—. ¡Nos vemos en casa!

Estamos ya casi en la camioneta cuando me doy cuenta de lo que implica dejar solos a mis padres en casa. Me detengo y digo:

—Ahora vuelvo. —Señalo la camioneta para que Kenna sepa que puede seguir sin mí. Me vuelvo, regreso a la casa y me quedo apoyado en el marco de la puerta—. Nada de sexo en mi casa.

—Oh, vamos —protesta mi padre—, ¿cómo se te ocurre algo así?

—Lo digo en serio. Es mi casa nueva y no me da la gana de que la bauticéis ya.

—Nunca haríamos eso. —Mi madre hace un gesto para que me vaya.

—Estamos ya demasiado viejos para esas cosas —declara mi padre—. Unos carcamales. Nuestro hijo tiene casi treinta años.

Me aparto de la puerta y les hago un gesto para que salgan.

—Vamos, largo de aquí. No me fío ni un pelo de ninguno de los dos. —Espero a que salgan y cierro la puerta con llave. Señalando su coche, agrego—: Nos vemos en casa.

Me dirijo a la camioneta sin hacer caso de sus bromas y burlas. Espero a que se hayan ido y luego Kenna y yo suspiramos al mismo tiempo.

—A veces me superan —admito.

—¡Joder! Ha sido...

—Lo normal en ellos. —Me vuelvo hacia ella y veo que está sonriendo.

—Me he muerto de la vergüenza, pero la verdad es que me han caído bien. —Un instante después, añade—: Aunque no pienso ir a cenar con ellos.

No la culpo. Meto marcha atrás y señalo hacia la parte central del asiento. Ahora que hemos cruzado la frontera que ambos nos habíamos marcado, quiero tenerla tan cerca de mí como sea posible. Ella se desliza por el asiento hasta llegar a mi lado y, con la mano apoyada en su rodilla, me alejo de la casa.

—Lo haces mucho —afirma.

—¿El qué?

—Señalas todo el rato. Es de mala educación. —Pero no parece ofendida, sino divertida.

—No señalo todo el rato.

—Oh, sí. Sí que lo haces. Me fijé ya la primera noche que entré en el bar. Por eso dejé que me besaras, porque me pareció muy sexy verte señalar las cosas.

Sonrío.

—Acabas de decir que es de mala educación. ¿Te parece que es sexy ser maleducado?

—No, la amabilidad me parece sexy. Tal vez *maleducado* no sea la palabra adecuada. —Apoya la cabeza en mi hombro—. Verte señalar me parece sexy.

—¿En serio? —Aparto la mano de su rodilla y señalo un buzón—. Mira, un buzón. —Luego señalo un árbol—. Mira ese árbol. —Piso el freno cuando nos acercamos a un stop y señalo la señal—. Mira eso, Kenna. ¿Qué es eso? ¿Es una puta paloma?

Ella ladea la cabeza y me mira con curiosidad. Cuando acabamos de detenernos en el stop, dice:

—Scotty decía eso a veces. ¿Qué significa?

Niego con la cabeza.

—Es una frase que solía decir.

Patrick es el único al que le he contado el origen de esa expresión y, aunque no hay ningún secreto ni historia rara detrás, me resisto a compartirla.

Kenna no insiste. Se acerca a mí y me da un beso antes de que vuelva a arrancar. Está sonriendo, y verla sonreír así es una sensación fantástica. Con la mirada en la carretera, vuelvo a colocarle la mano en la rodilla.

Ella apoya la cabeza en mi hombro y, tras unos instantes de silencio, comenta:

—Me habría gustado verte con Scotty. Estoy segura de que teníais que ser muy divertidos juntos.

Me encanta que lo reconozca y lo diga en voz alta. Creo que es muy bueno porque, en algún momento, todos tendremos que superar las circunstancias en las que murió. Personalmente, he llegado a un punto en el que me apetece que el recuerdo de Scotty vaya acompañado solo de emociones positivas. Quiero ser capaz de hablar de él con otras personas, sobre todo con su padre, pero sin que esas charlas hagan llorar a Patrick.

Todos conocimos a Scotty, pero todos lo hicimos de maneras distintas. Todos tenemos diferentes recuerdos de él. Creo que sería bueno para Patrick y Grace conocer los recuerdos que Kenna guarda de él, recuerdos que ninguno de nosotros tenemos.

—Me habría gustado verte con Scotty —admito.

Kenna me da un beso en el hombro y vuelve a apoyar la cabeza allí. Permanecemos en silencio hasta que levanto la mano y señalo a un tipo que va en bicicleta.

—Mira esa bici. —Luego señalo una gasolinera—. Mira

esos surtidores. —Señalando hacia el cielo, añado—: Mira esa nube.

Kenna se ríe, pero gruñe al mismo tiempo.

—Para. Está dejando de parecerme sexy.

Dejé a Kenna en su apartamento hace un par de horas. Me costó hacerlo. Estuve besándola unos quince minutos antes de lograr separarme y volver a la camioneta. No quería irme. Quería seguir con ella, besándola durante lo que quedaba de tarde y probablemente durante toda la noche también, pero mis padres son unos capullos que no creen en las agendas ni en los horarios, y que siempre se presentan en los momentos más inoportunos.

Al menos esta vez han llegado de día. Una vez se presentaron a las tres de la madrugada y me desperté porque mi padre había puesto Nirvana a todo volumen y estaba preparando unos bistecs en la barbacoa.

Esta noche ha hecho hamburguesas. Hemos cenado hace una hora y me he pasado la cena entera esperando a que me preguntaran por Kenna. O Nicole, mejor dicho. Pero ninguno de los dos ha sacado el tema. Solo hemos hablado de sus últimas aventuras en la carretera y mis últimas aventuras con Diem.

Se han disgustado un poco cuando se han enterado de que los Landry y Diem no estaban en casa. Les he sugerido que avisen la próxima vez que se dejen caer por aquí. Nos haría la vida mucho más fácil a todos.

Mis padres siempre se han llevado bien con los de Scotty, pero los Landry tuvieron a Scotty más tarde, es decir, que son un poco mayores que mis padres. Diría que son también más maduros que mis padres, pero *inmaduros* no es la palabra que mejor los define. Sería más acertado llamarlos «desenfadados» y «anárquicos». Y aunque no diría que son amigos íntimos, sí que comparten un vínculo a causa de mi amistad con Scotty.

Y como Diem es como una hija para mí, ha pasado a ser como una nieta para mis padres. Y eso significa que es importante para ellos, y que quieren lo mejor para ella.

Esa es probablemente la causa de que, en cuanto mi padre vuelve al patio a limpiar la parrilla, mi madre se siente en uno de los taburetes de la barra de la cocina y me dirija una de sus variadas sonrisas. Esta en concreto es su sonrisa de «tienes un secreto y más te vale soltarlo».

Sin hacerles caso a ella ni a su sonrisa, sigo fregando los platos. Pero mi madre insiste:

—Ven a hablar conmigo antes de que vuelva tu padre.

Me seco las manos y me siento con ella a la barra. Me mira como si conociera todos mis secretos. No me sorprende. Cuando digo que mi madre nunca olvida una cara, no estoy exagerando. Es como un superpoder.

—¿Lo saben los Landry? —me pregunta.

Yo me hago el tonto.

—¿El qué?

Ella ladea la cabeza.

—Sé quién es, Ledger. La reconocí el día que entró en el bar.

Un momento. ¿Qué?

—¿El día que estabais borrachos?

Ella asiente. Ahora que lo pienso, recuerdo que se la quedó mirando cuando entró en el bar aquel día. ¿Por qué no me dijo nada? Ni siquiera comentó nada cuando hablé por teléfono con ella unos días más tarde y le conté que Kenna había vuelto.

—La última vez que hablamos me dijiste que iba a marcharse.

—Es verdad. —Me siento culpable al decirlo, porque espero con todas mis fuerzas que no sea verdad—. O al menos lo era entonces. Ya no lo sé.

—¿Saben Patrick y Grace que vosotros dos estáis...?

—No.

Mi madre coge aire y lo suelta suavemente.

—¿Qué estás haciendo?

—No lo sé —respondo con sinceridad.

—Esto no va a acabar bien.

—Lo sé.

—¿La quieres?

Esta vez soy yo quien inspira y suelta el aire de forma lenta y pesada.

—Lo que está claro es que ya no la odio.

Ella bebe un sorbo de vino y deja macerar la conversación unos segundos.

—En fin. Espero que hagas lo correcto.

Alzo una ceja.

—¿Qué es lo correcto?

Mi madre se encoge de hombros.

—No lo sé. Solo espero que lo consigas.

Se me escapa una breve risa.

—Gracias por el no consejo.

—Para eso estoy aquí. Para pasar de puntillas sobre esta cosa que llaman «maternidad». —Sonriendo, me busca la mano y la aprieta—. Sé que preferirías estar con ella ahora mismo. No nos importa si nos abandonas esta noche.

Titubeo unos segundos, no porque no quiera ir a casa de Kenna, sino porque me sorprende que mi madre sepa quién es y no parezca importarle.

—¿Crees que Kenna es culpable? —le pregunto tras una breve pausa.

Mi madre me dirige una mirada honesta.

—Scotty no era mi hijo y por eso lo sentí por todos los implicados, incluida Kenna. Pero, si lo que le pasó a Scotty te hubiera pasado a ti, supongo que habría actuado igual que Patrick y Grace. Creo que en una tragedia de esta envergadura hay sitio para que todo el mundo tenga razón y se equivoque. En cualquier caso, soy tu madre. Y si tú has visto algo especial en ella, sé que tiene que tener algo especial.

Tras dar unas vueltas a sus palabras, cojo las llaves y el móvil, y le doy un beso en la mejilla.

—¿Estaréis aquí mañana?

—Sí, nos quedaremos dos o tres días. Le daré a tu padre las buenas noches de tu parte.

36

Kenna

Estoy en la ducha cuando oigo que llaman a la puerta. Me sobresalto porque alguien la está aporreando sin parar. Lady Diana no llama así, y es la única persona que ha estado en casa aparte de Ledger.

Acabo de aclararme el acondicionador, así que abro la puerta del baño y grito:

—¡Un momento!

Me seco el cuerpo y el pelo a toda prisa para no ir goteando hasta la puerta.

Me pongo una camiseta y unas bragas. Cojo los vaqueros y me dirijo a la puerta para echar un vistazo por la mirilla. Cuando veo que es Ledger, abro la puerta y me pongo los pantalones mientras él entra. Parece que verme medio desnuda lo altera. Se queda inmóvil, contemplándome hasta que me abotono los vaqueros. Sonriendo, le pregunto:

—¿Te has librado de tus padres?

Él me sorprende agarrándome y tirando de mí para besarme. Me toma por sorpresa, sobre todo porque este beso es más que un beso. Pega sus labios a los míos como si lleváramos semanas sin vernos aunque solo haga tres horas que nos separamos.

—Qué bien hueles —me dice hundiendo la cara en mi pelo mojado.

Desliza las manos por mi cuerpo hasta los muslos y me levanta, haciendo que le rodee la cintura con las piernas. Va andando hasta el sofá y se deja caer en él, conmigo encima.

—Esto no es una cama —bromeo.

Él me muerde el labio inferior.

—No pasa nada. Ya no me siento tan considerado como hace un rato. Ahora mismo lo haría contigo en cualquier parte.

—En ese caso, te sugiero que me traslades al colchón hinchable, porque este sofá deja mucho que desear.

Él no se lo hace repetir. Me levanta y vuelve a dejarme en el colchón, pero, mientras me besa el cuello, Ivy empieza a maullar. Se sube y empieza a lamer la mano de Ledger. Él se detiene y mira a la gatita.

—Esto es un poco incómodo.

—La dejaré en el baño.

Tras dejar a la gatita en el baño con agua y comida, soy yo quien me tumbo sobre Ledger esta vez. Me siento sobre su regazo y él me acaricia los muslos mientras me examina de arriba abajo.

—¿Todavía te sientes cómoda con esto? —me pregunta.

—¿Con qué? ¿Con lo nuestro?

Él asiente.

—Nunca me he sentido cómoda con lo nuestro. Lo nuestro es una idea espantosa.

Él me agarra de la camisa y tira de mí hasta que nuestras bocas están casi rozándose.

—Lo digo en serio.

Sonrío, porque no puede pretender que me lo tome en serio mientras se clava en mí de esta manera.

—¿De verdad piensas mantener una conversación seria mientras estoy encima de ti?

Él se da la vuelta hasta quedar sobre mí.

—He traído condones. Quiero quitarte la ropa y quiero acostarme otra vez contigo, pero siento que debería hablar con los Landry antes de que esto se complique más.

—Es solo sexo.

Él suspira y dice:

—Kenna. —Pronuncia mi nombre como si me estuviera riñendo, pero luego pega sus labios a los míos y su beso es dulce, suave y muy distinto a todos los anteriores.

Entiendo lo que trata de decirme, pero estoy cansada de darle vueltas a este tema. Preferiría no pensar en todo esto durante un rato.

Cada vez que estoy con él, solo puedo pensar en mi situación. Es dura y, para ser sincera, me asusta.

Le quito una pelusa del sofá que se le ha quedado pegada a la mejilla.

—¿De verdad quieres saber cómo me siento?

—Sí, por eso te lo pregunto.

—Hemos entrado en bucle. Tú te preocupas, y entonces me preocupo yo, y luego tú vuelves a preocuparte. Pero preocuparnos no va a solucionar nada. Tengo la sensación de que esto no va a acabar bien. O tal vez sí. En cualquier caso, nos gusta estar juntos. Por eso, hasta que esto acabe bien o acabe horriblemente, no quiero malgastar el tiempo que pasamos juntos preocupándonos por un futuro que no podemos predecir. Así que quítame la ropa y hazme el amor.

Ledger niega con la cabeza mientras sonríe.

—Es como si me leyeras la mente.

Quizá, pero lo que acabo de decir no es lo que siento. Estoy aterrorizada. En lo más hondo de mi corazón sé que no hay nada que Ledger pueda decir que vaya a hacer cambiar de opinión a los Landry sobre mí. Porque ni siquiera están equivocados. La decisión que han tomado es la correcta, porque es la que les aportará más paz.

Voy a respetar su decisión.

Cuando acabe esta noche.

Pero ahora mismo voy a ser egoísta y voy a centrarme en la única persona en este mundo que me ve como me gustaría que me vieran los demás. Y si para ello tengo que mentir y fingir que esta historia puede tener un final feliz, eso es lo que haré.

Le quito la camisa y mi camisa no tarda en seguir su camino. Luego van los vaqueros y, segundos después, los dos estamos desnudos y él se está poniendo un condón. No sé por qué vamos tan deprisa, pero lo estamos haciendo todo con urgencia.

Nos besamos, nos tocamos, faltos de aire, como si se nos acabara el tiempo.

Él me besa descendiendo por mi cuerpo hasta que su cabeza queda entre mis piernas.

Me besa ambos muslos antes de separar mi entrada delicadamente con la lengua. La sensación es tan intensa que clavo los talones en el colchón, deslizándome hacia arriba. Él me agarra por los muslos y tira de mí hasta que vuelvo a estar a la altura de su boca. Busco algo a lo que aferrarme, pero no hay nada, ni siquiera una manta, por lo que apoyo las manos en su cabeza y las dejo ahí, moviéndose al mismo ritmo que él.

No tardo en culminar. Mientras las sensaciones me recorren de arriba abajo y se me tensan las piernas, Ledger intensifica los movimientos de la lengua. Tiemblo y gimo hasta que no lo soporto más. Lo necesito dentro de mí. Le tiro del pelo hasta que asciende por mi cuerpo. Esta vez, empuja con las caderas y se clava en mí de un golpe rápido y certero.

Mueve las caderas con fuerza, una y otra vez, hasta que terminamos en el suelo, al lado del colchón hinchable, cubiertos en sudor y sin aliento cuando los dos acabamos.

Nos metemos juntos en la ducha, con mi espalda pegada a su pecho. El agua cae sobre los dos mientras él me abraza en silencio.

La idea de tener que decirle adiós en algún momento me entristece tanto que siento ganas de hacerme un ovillo y echarme a llorar. Por eso trato de convencerme de que estoy equivocada con respecto a los Landry. Me miento a mí misma diciéndome que las cosas se arreglarán entre nosotros. Tal vez no mañana, ni este mes, pero quizá Ledger tenga razón y un día logre hacerlos cambiar de idea.

Tal vez les diga algo que haga que una semilla germine en su interior. Y esa semilla crecerá y crecerá hasta que empiecen a sentir empatía hacia mí.

Pase lo que pase, siempre le estaré agradecida por el perdón que me ha otorgado, aunque no consiga que nadie más me perdone.

Me vuelvo hacia él, alzo la mano y le acaricio la mejilla.

—Me habría enamorado de ti aunque no quisieras a Diem.

Su expresión cambia y me besa la palma de la mano.

—Yo me enamoré de ti por lo mucho que la quieres.

«Joder, Ledger.»

Lo beso, porque se lo ha ganado.

37

Ledger

La vida es bien curiosa. Ahora mismo debería estar despertándome en un resort en primera línea de mar junto a mi esposa para celebrar nuestra luna de miel.

Pero, en vez de eso, acabo de despertarme en un colchón hinchable, en un apartamento casi vacío, junto a una mujer con la que he estado enfadado durante años. Si alguien me hubiera mostrado esta escena en una bola de cristal hace un año, me habría preguntado qué habría pasado para haber tomado tantas decisiones equivocadas.

Pero ahora que estoy viviéndolo en el presente, me doy cuenta de que estoy aquí porque por fin tengo las cosas claras. Nunca me había sentido tan seguro de las decisiones que he tomado como en este momento.

No quiero que Kenna se despierte todavía. Parece relajada, en paz, y yo necesito un rato para diseñar un plan para hoy. Quiero afrontar este asunto cuanto antes.

Me asusta el resultado, por eso una gran parte de mí quiere posponer la charla un par de semanas para que

Kenna y yo podamos disfrutar de nuestra secreta felicidad, mientras seguimos esperando que las cosas se arreglen.

Pero, cuanto más esperemos, más probabilidades tenemos de meter la pata. Y lo último que quiero es que Patrick y Grace descubran que les he estado mintiendo antes de exponerles mi punto de vista tranquilamente.

Kenna mueve un brazo para cubrirse los ojos y se pone de lado. Acurrucándose contra mí, gime antes de decir con voz ronca y sexy:

—Hay demasiada luz.

Le acaricio la cintura, resigo la curva de su cadera y finalmente le agarro el muslo, cubriéndome la cadera con él. Dándole un beso en la mejilla, le pregunto:

—¿Has dormido bien?

Ella se ríe con la cara hundida en mi cuello.

—¿Si he dormido bien? Hemos echado tres polvos y he tenido que compartir el colchón hinchable contigo. Si he dormido una hora, ya he dormido mucho.

—Ya pasan de las nueve. Has dormido más de una hora.

Kenna se incorpora de golpe.

—¿Qué? Pensaba que estaba saliendo el sol. —Echa la sábana a un lado—. Tenía que estar en el trabajo a las nueve.

—Mierda, te llevaré en coche. —Busco mi ropa. Cuando encuentro la camisa, veo que la gatita de Kenna la ha usado de colchón. La levanto y la dejo en el sofá antes de ponerme los vaqueros. Kenna está en el baño, lavándose los dientes. La puerta está abierta y ella está totalmente desnuda. Me quedo quieto, a medio vestir, porque tiene un culo perfecto.

Me ve por el espejo y se echa a reír. Luego cierra la puerta de una patada y me grita:

—¡Vístete!

Acabo de vestirme, pero luego me reúno con ella en el baño, porque también quiero lavarme los dientes. Ella se echa a un lado mientras se enjuaga la boca. Empiezo a ponerme un poco de pasta de dientes en el dedo, pero ella abre un cajón y saca un envoltorio con un cepillo dentro.

—Compré un pack de dos. —Me da el cepillo extra y sale.

Nos reunimos en la puerta del apartamento.

—¿A qué hora sales de trabajar? —Tiro de ella hacia mí. Huele a menta fresca.

—A las cinco. —Nos besamos—. A menos que me despidan antes. —Nos besamos un poco más—. Ledger, tengo que irme —murmura sin apartar los labios de los míos, pero seguimos besándonos.

Llegamos al supermercado a las diez menos cuarto. Lleva tres cuartos de hora de retraso y, cuando acabamos de despedirnos, ya son cincuenta.

—Vendré a buscarte a las cinco —le digo mientras cierra la puerta.

Ella sonríe.

—No hace falta que me hagas de chófer solo porque me haya abierto de piernas.

—Ya era tu chófer antes de que te abrieras de piernas.

Rodea la camioneta y se acerca a mi ventanilla, que está bajada. Inclinándose, me da un último beso. Cuando se separa, se detiene un instante. Parece que quiere decir algo, pero no lo hace. Se queda observando algo en silencio durante unos segundos, como si tuviera algo en la punta de la lengua, pero luego se aparta y se dirige corriendo hacia el supermercado.

Cuando estoy cerca de casa me doy cuenta de que he hecho todo el camino con una ridícula sonrisa en la cara. Trato de borrarla, pero es la clásica sonrisa que reaparece cada vez que pienso en algo relacionado con ella. Y, al parecer, esta mañana todos mis pensamientos están relacionados con ella.

La autocaravana de mis padres ocupa el trozo de la entrada delante del garaje donde suelo aparcar, por lo que dejo la camioneta en la calle, cerca de casa de los Landry.

Veo que Grace y Patrick ya han vuelto. Él está regando el jardín y Diem está sentada en el caminito de entrada, con un cubo de tizas de colores.

Me esfuerzo por borrar la sonrisa de la cara. No es que piense que una sonrisa vaya a delatar todo lo que ha pasado en las últimas veinticuatro horas, pero Patrick me conoce lo suficiente para adivinar que se debe a una chica. Y si me hace preguntas, tendré que mentirle. Todavía más.

Diem se vuelve hacia mí cuando cierro la puerta de la camioneta.

—¡Ledger! —Mira a ambos lados de la calle antes de venir a buscarme. Yo la levanto en brazos y le doy un fuerte abrazo.

—¿Te lo has pasado bien en casa de la mamá del nono?

—Sí. Nos encontramos una tortuga y el nono me ha dado permiso para quedármela. Está en mi habitación, en una cosa de cristal.

—Quiero verla. —La dejo en el suelo. Ella me da la

mano, pero no llegamos ni al césped porque Patrick y yo hacemos contacto visual y se me cae el alma a los pies.

Me está dirigiendo una mirada dura. No es una mirada de bienvenida. Tiene una expresión... resignada. Es la primera vez que lo veo así.

Volviéndose hacia Diem, le dice:

—Enseguida se la enseñas. Tengo que hablar con Ledger un momento.

Diem no se da cuenta de la tensión que emana de él, y por eso entra dando saltitos en la casa mientras yo me quedo petrificado en el borde del césped que Patrick ha estado regando mecánicamente. Cuando la puerta se cierra, no dice nada. Sigue regando el césped, como si esperara que fuera yo quien admitiera que la he cagado.

Estoy muy preocupado, por más de una razón. Por su actitud tengo claro que algo va mal, pero, si hablo antes que él, puede que admita algo sin necesidad. Podría estar preocupado por alguna otra cosa. Su madre podría estar enferma, o podrían haber recibido malas noticias que no quiere que Diem oiga.

Podría ser que su actitud no tuviera nada que ver con Kenna; por eso me espero a que se decida a decir eso que parece que tanto le cuesta decir.

Suelta la boquilla de la manguera y la deja caer al suelo. Se acerca a mí, y sus pasos parecen coordinados con los latidos de mi corazón. Se detiene cuando estamos a un metro de distancia, pero mi corazón sigue su carrera desbocada. No me gusta nada este silencio que se ha instalado entre nosotros. Noto que está a punto de enfrentarse a mí, y Patrick no es una persona beligerante. Y que no esté pronunciando ninguno de sus famosos *bueeeno* para romper el hielo me acaba de preocupar del todo.

Algo le inquieta, y es grave. Trato de aliviar la tensión preguntándole en tono desenfadado:

—¿Cuándo habéis vuelto?

—Esta mañana. ¿Dónde estabas tú?

Me lo pregunta como si fuera mi padre y estuviera enfadado porque me hubiera escapado de casa en plena noche.

No sé ni qué decir. Busco una mentira que pueda ayudarme a salir del paso, pero no encuentro ninguna adecuada. No puedo decir que tenía la camioneta en el garaje, porque la autocaravana de mis padres está aparcada delante, y tampoco puedo decir que estaba en casa porque acabo de aparcar.

Patrick niega con la cabeza y, al mirarme, veo que su decepción es del tamaño de una galaxia.

—Era tu mejor amigo, Ledger.

Contengo el aliento disimuladamente. Me meto las manos en los bolsillos y me miro los pies. ¿Por qué me dice esto? No sé lo que sabe. Y no sé cómo lo sabe.

—Vimos tu camioneta delante de su casa esta mañana —me dice en voz baja, sin mirarme, como si no pudiera soportar a la persona que tiene delante—. Estaba seguro de que tenía que ser una coincidencia, que alguien con una camioneta como la tuya se había instalado allí. Pero me acerqué a echar un vistazo y vi el alzador de Diem.

—Patrick...

—¿Te acuestas con ella? —Su tono de voz, monótono, sin inflexión, me está poniendo nervioso.

Cruzo un brazo sobre el pecho y me aprieto el hombro.

Estoy tan tenso que parece que me estuvieran oprimiendo el corazón con una abrazadera.

—Creo que deberíamos sentarnos los tres a hablar del tema.

—¿Te acuestas con ella? —repite, esta vez en voz mucho más alta.

Me paso una mano por la cara, frustrado por cómo están saliendo las cosas. Solo necesitaba unas horas para prepararme. Estaba listo ya para hablar con ellos; habría sido mucho más fácil así.

—No la hemos juzgado bien; estábamos equivocados sobre ella —digo sin convicción, porque sé que da igual lo que diga ahora mismo. Está tan furioso que nada va a calar en él.

Patrick se ríe sin ganas, pero su rostro enseguida vuelve a contraerse en una mueca de tristeza y enfado. Separando las cejas, me pregunta:

—¿En serio lo crees? ¿Crees que nos hemos equivocado? —Da un paso hacia mí y, al fin, me mira a los ojos. Veo en ellos el dolor de quien se siente traicionado—. ¿No abandonó a mi hijo en una cuneta? ¿No lo dejó agonizando solo en una carretera desierta? —Se le escapa una lágrima, que se seca con brusquedad. Está tan enfadado que tiene que espirar lentamente para no echarse a gritar.

—Fue un accidente, Patrick. —Mi voz es casi un susurro—. Ella amaba a Scotty. Tuvo un ataque de pánico y se equivocó, pero pagó por su decisión. ¿En qué momento podemos dejar de culparla?

Él decide responderme sin palabras y me da un fuerte puñetazo en la boca.

Yo no reacciono, porque me siento tan culpable por haber permitido que se enteraran de esta manera que, aunque me diera un millón de puñetazos más, seguiría sin defenderme.

—¡Eh! —Mi padre ha salido corriendo de la casa y se dirige hacia nosotros. Patrick vuelve a golpearme justo cuando Grace sale de la suya. Mi padre se interpone entre nosotros antes de que Patrick pueda alcanzarme por tercera vez.

—Pero ¿qué demonios, Patrick? —grita mi padre.

No obstante, Patrick no lo mira; sigue mirándome a mí sin una pizca de arrepentimiento. Doy un paso adelante para tratar de razonar con él; no quiero que la conversación acabe así ahora que al fin hemos sacado el tema, pero en ese momento Diem sale corriendo de la casa. Patrick, que no la ve, intenta golpearme de nuevo.

—¡Por Dios! —chilla mi padre dándole un empujón—. ¡Para ya!

Diem empieza a llorar cuando se da cuenta de lo que pasa. Grace la coge de la mano y tira de ella hacia la vivienda, pero Diem quiere venir conmigo. Alarga la otra mano hacia mí, y yo no sé qué hacer.

—Quiero ir con Ledger —suplica la pequeña.

Grace se vuelve y, por la mirada que me dirige, sé que probablemente está más dolida y se siente más traicionada que Patrick.

—Grace, por favor, solo pido que me escuches.

Ella me da la espalda y desaparece con Diem dentro de la casa. Oigo a Diem llorar a través de la puerta cerrada y es como si me rasgaran el pecho.

—No te atrevas a imponernos tus elecciones —sisea Patrick—. Puedes elegir a esa mujer o puedes elegir a Diem, pero no pretendas hacernos sentir culpables por una decisión que tomamos y asumimos hace cinco años. Esto te lo has buscado tú solo, Ledger. —Da media vuelta y entra en la casa.

Mi padre me suelta el brazo y se mueve hasta quedar frente a mí. Estoy seguro de que tratará de calmarme, pero no le doy la oportunidad. Voy a buscar la camioneta y me marcho.

Llego al bar, pero, en vez de entrar, llamo a la puerta de la escalera que lleva al apartamento de Roman. Llamo y llamo sin parar hasta que me abre. Parece confundido, pero al verme el labio partido exclama:

—Oh, mierda.

Se hace a un lado para dejarme pasar y me sigue escaleras arriba. Voy directo a la cocina y mojo unas servilletas de papel para limpiarme la sangre de la boca.

—¿Qué ha pasado?

—Pasé la noche con Kenna y los Landry se han enterado.

—¿Eso te lo ha hecho Patrick?

Asiento con la cabeza.

Roman entorna los ojos.

—No le devolverías los golpes, ¿no? Ese hombre tiene sesenta años, por lo menos.

—Claro que no, pero no por su edad. Está tan fuerte como yo. No lo golpeé porque me lo merecía.

La servilleta que me retiro de la boca sale cubierta de sangre. Me dirijo al lavabo y me examino la cara en el espejo. El ojo no tiene mal aspecto. Probablemente quedará un poco morado, pero lo peor es la boca. El labio está rasgado por dentro. Creo que me ha pegado tan fuerte que me lo he cortado con un diente.

—Joder. —Me sale sangre a borbotones—. Creo que me van a tener que dar puntos.

Roman me mira la boca y hace una mueca.

—Mierda, tío. —Coge un trapo, lo moja, me lo da y dice—: Vamos, te llevo a urgencias.

38

Kenna

No puedo evitar caminar con más entusiasmo cuando salgo del supermercado y veo la camioneta de Ledger en la otra punta del aparcamiento.

Él también me ve salir y se acerca a recogerme.

Subo y me desplazo por el asiento para darle un beso, pero él no vuelve la cara, así que el beso va a parar a su mejilla.

Me sentaría en el centro, pero ha bajado la bandeja auxiliar y ha colocado una bebida en el soporte, así que me quedo en el asiento del acompañante y me abrocho el cinturón.

Lleva puestas las gafas de sol y no me ha mirado desde que me he subido a la camioneta. Empiezo a preocuparme, pero entonces él alarga el brazo buscándome la mano y eso me tranquiliza. Empezaba a temer que se hubiera arrepentido de pasar la noche conmigo, pero su modo de apretarme la mano me dice que se alegra de verme. La paranoia es un rollo.

—¿Sabes qué?

—¿Qué?

—Me han ascendido. Ahora soy cajera. Me pagan dos dólares más a la hora.

—Eso es genial, Kenna.

Aun así, sigue sin mirarme. Me suelta la mano y apoya el codo en la portezuela. Con la cabeza reclinada sobre su mano izquierda, conduce con la derecha. Me lo quedo mirando un rato, tratando de descubrir por qué lo noto distinto, más callado.

Se me empieza a secar la boca.

—¿Puedo darle un trago a tu bebida?

Ledger saca el vaso del soporte y me lo ofrece.

—Es té frío, con azúcar, pero lleva ya un par de horas hecho.

Le doy un trago sin dejar de observarlo y vuelvo a dejar el vaso en el soporte.

—¿Qué pasa?

Él niega con la cabeza.

—Nada.

—¿Has hablado con ellos? ¿Ha pasado algo?

—No pasa nada —insiste, pero se nota que está mintiendo. Creo que hasta él se da cuenta de lo poco convincente que suena, porque, tras una pausa, añade—: Espera a que lleguemos a tu casa.

Me hundo en el asiento al oírlo, porque la ansiedad me pasa por encima como si fuera una ola.

No vuelvo a insistir. Él sigue muy tenso y tengo miedo de lo que sea que lo haya puesto en ese estado. Me paso el resto del trayecto mirando por la ventanilla, sin conseguir quitarme de encima la impresión de que esta va a ser la última vez que Ledger me acompañe a casa.

Cuando llega al aparcamiento, apaga el motor. Me quito

el cinturón y bajo, pero, tras cerrar la puerta, veo que sigue dentro. Está dándole golpecitos al volante, sumido en sus pensamientos. Tras varios segundos, finalmente abre la puerta y sale.

Rodeo la camioneta para reunirme con él y tratar de averiguar qué le pasa, pero me detengo en seco al verlo frente a frente.

—¡Oh, no! —Tiene el labio hinchado. Me acerco rápidamente a él, mientras se coloca las gafas de sol en la cabeza. Y entonces veo el ojo morado. Tengo miedo de su respuesta, por eso le pregunto con un hilo de voz—: ¿Qué ha pasado?

Él se acerca a mí, me rodea los hombros con un brazo y me atrae hacia él hasta que su barbilla reposa sobre mi cabeza. Tras un rápido abrazo, me da un beso casto en la cabeza.

—Vamos dentro —me dice dándome la mano, y yo lo sigo hacia la escalera.

Espero a que estemos dentro del apartamento, pero, en cuanto cierro la puerta, le vuelvo a preguntar:

—¿Qué ha pasado, Ledger?

Él se apoya en la encimera y me busca la mano. Tira de mí y me acaricia el pelo mirándome a los ojos.

—Han visto mi camioneta aparcada aquí abajo esta mañana.

Los hilillos de esperanza que he sentido antes se evaporan como la niebla al sol.

—¿Te ha pegado él?

Cuando Ledger asiente, doy varios pasos atrás tratando de calmarme. Siento náuseas y ganas de llorar. Patrick tiene que haber estado fuera de sí para pegar a alguien. Por lo que Scotty y Ledger me han contado de él, no parece el tipo de persona que pierda los nervios con facilidad. Y eso significa... que me odian. Me odian tanto que la idea de que Ledger esté conmigo ha hecho que un hombre habitualmente pacífico haya perdido la cabeza.

«Tenía razón. Van a hacerlo elegir.»

El pánico empieza a extenderse desde mi pecho por el resto del cuerpo. Bebo un poco de agua y luego cojo en brazos a Ivy, que estaba maullando a mis pies. La acaricio buscando consuelo. Ella es lo único que va a permanecer en mi vida, porque esta historia va a acabar exactamente tal como predije. No ha habido ningún giro argumental.

Vine aquí con un único objetivo, el de forjar una relación con los Landry y con mi hija, pero ellos han dejado muy claro que no están interesados. Tal vez no puedan soportarlo emocionalmente.

Dejo a Ivy en el suelo y me cruzo de brazos. Ni siquiera soy capaz de mirar a Ledger a la cara cuando le pregunto:

—¿Te han pedido que dejes de verme?

Él hace una respiración pesada, dándome la respuesta que necesito. Trato de mantener la calma, pero no es fácil. Necesito que se vaya. O tal vez la que debe irse soy yo.

Tengo que dejar este apartamento, esta ciudad, este estado. Quiero irme tan lejos de mi hija como sea posible, porque, cuanto más tiempo paso cerca de ella sin poder verla, más tentadora me resulta la idea de ir a su casa y llevármela. Empiezo a estar tan desesperada que, si me quedo mucho más tiempo por aquí, voy a acabar haciendo una tontería.

—Necesito dinero. —Ledger me mira como si no lograra procesar para qué lo necesito—. Tengo que irme de aquí, Ledger —le aclaro—. Te devolveré el dinero de la mudanza más adelante, pero tengo que irme y no tengo dinero para entrar a vivir en otro sitio. No puedo quedarme aquí.

—Espera. —Se dirige hacia mí—. ¿Te vas? ¿Te rindes?

Sus palabras me enfurecen.

—Diría que lo he intentado con todas mis fuerzas, ¿no crees? Pero te recuerdo que han interpuesto una orden de alejamiento contra mí. Yo no llamaría a eso «rendirse».

—Y ¿qué pasa con nosotros? ¿Me vas a dejar?

—No seas capullo. Esto es más duro para mí que para ti. Al menos tú podrás seguir viendo a Diem.

Me sujeta por los hombros, pero yo aparto la mirada, por lo que sube las manos hasta mi cabeza y me obliga a mirarlo a los ojos.

—Kenna, no, por favor. Espera un poco, unas semanas, y veamos qué pasa.

—Ya sabemos lo que va a pasar. Nos seguiremos viendo en secreto y nos enamoraremos, pero ellos no cambiarán de idea y tendré que irme igualmente, con la diferencia de que me dolerá mucho más dentro de unas semanas. —Me dirijo al armario y saco la maleta. La abro, la lanzo sobre el colchón hinchable y empiezo a meter mis mierdas en ella. Iré en autobús hasta el pueblo de al lado y me quedaré en un hotel mientras decido qué hago—. Necesito dinero —repito—. Te lo devolveré todo, Ledger, te lo prometo.

Él se acerca a grandes zancadas y cierra la maleta.

—Para. —Me obliga a volverme hacia él y me da un abrazo—. Para, por favor.

Es tarde. Ya duele demasiado.

Apoyo las manos en su camisa, la agarro con fuerza y me echo a llorar. No soporto la idea de no tenerlo cerca, de no ver su sonrisa, de no notar su apoyo. Ya lo estoy echando de menos, y eso que todavía sigo aquí, entre sus brazos. Pero, por mucho que me duela la idea de dejarlo, creo que mis lágrimas siguen siendo por mi hija. Siempre lo son.

—Ledger. —Pronuncio su nombre en voz baja y luego separo la cabeza de su pecho y lo miro a los ojos—. Lo único que puedes hacer a estas alturas es volver a su casa y disculparte. Diem te necesita. Por mucho que duela, si no pueden superar lo que hice, no te corresponde a ti arreglar lo que está roto en su interior. Tu labor es apoyarlos, y no puedes hacerlo si yo sigo en tu vida.

Ledger tiene los dientes apretados. Parece que está tratando de no llorar, pero también me parece que sabe que tengo razón. Da un paso atrás, busca su billetera y la abre.

—¿Quieres mi tarjeta de crédito? —me pregunta ofreciéndomela. Saca también varios billetes de veinte dólares. Parece muy disgustado, enfadado y derrotado mientras lo deja todo en la encimera. Luego avanza hacia mí, me da un beso en la frente y se va.

Cierra dando un portazo.

Yo me echo hacia delante y apoyo los codos en la encimera. Con la cabeza apoyada en las manos, lloro más fuerte, enfadada conmigo misma por haberme permitido tener esperanza. Han pasado más de cinco años. Si tuvieran intención de perdonarme, a estas alturas ya lo habrían hecho.

No son de los que perdonan.

Hay personas que encuentran la paz en el perdón, pero hay otras que lo ven como una traición. Para Grace y Patrick, perdonarme sería traicionar a su hijo. Solo puedo esperar que cambien de idea algún día; hasta entonces, esta es mi vida. La vida me ha traído hasta aquí.

Y ahora me toca volver a empezar. Una vez más. Y voy a tener que hacerlo sin Ledger, sin su apoyo ni su fe en mí. Aunque estoy sollozando ruidosamente, oigo de todas formas que la puerta vuelve a abrirse.

Levanto la cabeza mientras él vuelve a cerrar de un portazo y se dirige hacia mí a grandes zancadas.

Me levanta y me sienta sobre la encimera para que quedemos a la misma altura y me besa con tristeza y desesperación, como si fuera nuestro último beso.

Se separa un poco de mí y, mirándome con determinación, me dice:

—Voy a ser la mejor versión de mí para tu hija. Lo prometo. Voy a darle la mejor vida posible y, cuando me pregunte por su madre, voy a contarle lo maravillosa que eres. Me aseguraré de que crezca sabiendo lo mucho que la quieres.

Me siento aún peor que antes, porque sé que voy a echarlo muchísimo de menos.

Cuando pega su boca hinchada a la mía, lo beso con delicadeza, porque no quiero hacerle daño. Nuestras frentes se encuentran. Parece estar haciendo un gran esfuerzo por mantener la compostura.

—Siento no haber podido hacer más por ti.

Empieza a retroceder apartándose cada vez un poco más de mí. Me duele demasiado verlo marchar; por eso bajo la vista al suelo.

Hay algo a mis pies; parece una tarjeta de visita. Bajo al suelo y la recojo: es la tarjeta descuento de la heladería. Debe de habérsele caído cuando lo ha sacado todo.

—Ledger, espera. —Lo alcanzo junto a la puerta y le devuelvo la tarjeta—. No te la dejes —le digo sorbiendo las lágrimas—. Estás a punto de conseguir un granizado gratis.

Él la coge y se ríe, aunque se nota que le duele, y no por la herida de la boca. Pero luego hace una mueca y apoya la frente en la mía.

—Estoy tan furioso con ellos, Kenna... No es justo.

No lo es, pero la decisión no depende de nosotros. Le doy un último beso y luego le aprieto la mano y le ruego:

—No los odies, ¿vale? Le están dando a mi hijita una buena vida. Por favor, no los odies.

Él asiente. Es un gesto casi imperceptible, pero me vale. Cuando me suelta la mano, me voy al baño y cierro la puerta, porque no quiero verlo marchar.

Unos segundos más tarde, oigo que la puerta de la entrada se cierra.

Me dejo caer al suelo y me derrumbo por completo.

39

Ledger

Ni siquiera paso por mi casa. Voy directamente a la de Patrick y Grace, y llamo a la puerta.

Nunca hubo elección. Diem siempre será la chica más importante de mi vida, da igual quién más entre en ella ahora o en el futuro, pero eso no significa que no esté hecho una auténtica mierda en estos momentos.

Es Patrick quien abre la puerta, pero Grace se acerca a él rápidamente. Creo que tiene miedo de que volvamos a pelearnos. Ambos parecen un poco sorprendidos por el estado de mis heridas, pero Patrick no se disculpa. Tampoco esperaba que lo hiciera.

Los miro a los ojos y digo:

—Diem quería enseñarme su tortuga.

Es una frase muy simple, pero que dice mucho. Podría traducirse: «He elegido a Diem. Dejemos las cosas como estaban antes».

Patrick me observa en silencio, pero Grace se hace a un lado y replica:

—Está en su habitación.

Es una frase de aceptación y de perdón. No es el perdón que deseo de ellos, pero me conformaré con él.

Diem está en el suelo cuando me asomo a su puerta. La tortuga está a unos treinta centímetros de distancia y ella trata de llamar su atención con una pieza de LEGO verde.

—Así que esta es tu tortuga, ¿eh?

Diem se sienta y me brinda una sonrisa radiante.

—Sip.

La levanta y se dirige a la cama, donde me reúno con ella. Me siento y apoyo la espalda en el cabecero.

Ella se desplaza hasta el centro de la cama, me da la tortuga y se acurruca a mi lado. Dejo la tortuga sobre la pierna, y esta se pone a andar hacia la rodilla.

—¿Por qué te ha pegado el nono? —me pregunta mirándome el labio.

—A veces los adultos toman malas decisiones, D. Dije algo que hirió sus sentimientos y se enfadó. No es culpa suya, es culpa mía.

—¿Estás enfadado con él?

—No.

—Y el nono, ¿sigue enfadado contigo?

«Lo más seguro.»

—No. —Quiero cambiar de tema—. ¿Cómo se llama la tortuga?

Diem la coge y se la coloca en el regazo.

—Ledger.

Me echo a reír.

—¿Le has puesto mi nombre?

—Sí, porque te quiero —afirma con una voz tan dulce que se me hace un nudo en el corazón. Cómo me gustaría que esas palabras fueran dirigidas a Kenna.

Le doy un beso en la coronilla.

—Yo también te quiero, D.

Dejo la tortuga en el acuario, regreso a la cama y me quedo a su lado hasta que se duerme. Y luego me quedo un rato más para asegurarme de que no vuelve a despertarse.

Sé que Patrick y Grace la quieren, y sé que me quieren a mí también, por lo que lo último que harían sería separarnos. Y aunque estén enfadados, saben que Diem me adora, por lo que, por mucho que nos cueste arreglar nuestras mierdas, seguiré formando parte de la vida de la niña. Y mientras forme parte de su vida, lucharé por lo que creo que es lo mejor para ella.

Debería haber empezado antes.

Porque lo mejor para Diem es tener a su madre en su vida.

Por eso hice lo que hice antes de irme del apartamento de Kenna.

Cuando ella se encerró en el baño, cerré la puerta de la entrada, fingiendo marcharme, pero no lo hice. Cogí su teléfono, acerté la contraseña —era fácil, el cumpleaños de Diem—, abrí el Google Docs y encontré el archivo con todas las cartas que le ha escrito a Scotty. Antes de irme de verdad, me lo envié a mi correo electrónico.

Y ahora, en el dormitorio de Diem, me conecto a la impresora de Patrick y Grace desde el móvil. Abro el correo y busco la carta que Kenna me leyó, ignorando el resto. Ya he violado bastante su privacidad usando su teléfono y mandándome las cartas. No pienso leer las demás a menos que algún día en el futuro ella me dé permiso.

Hoy solo necesito una de ellas.

Le doy a imprimir, cierro los ojos y espero a oír el sonido de la impresora activándose en el despacho de Patrick, al otro lado del pasillo.

Espero hasta que acaba de imprimir, me dirijo a la puerta y me espero unos segundos más para asegurarme de que Diem no se despierta. Parece profundamente dormida, por lo que salgo con sigilo de la habitación y entro en el despacho. Cojo la carta impresa y me aseguro de que está completa.

—Deséame suerte, Scotty —murmuro.

Encuentro a Patrick y a Grace en la cocina. Ella está mirando el móvil y él está vaciando el lavavajillas. Ambos se vuelven hacia mí al mismo tiempo.

—Tengo que deciros algo. No quiero gritar, pero lo haré si es necesario, así que creo que lo mejor será salir al jardín porque no quiero despertar a Diem.

Patrick cierra el lavavajillas.

—No queremos oír nada, Ledger. —Señala hacia la puerta—. Será mejor que te vayas.

La empatía que me despiertan es muy grande, pero creo que se me ha acabado. Siento una oleada de calor que me asciende por la nuca. Trato de controlarme, pero no es fácil. Les he dado mucho. Me vienen a la mente las últimas palabras que me ha dicho Kenna antes de irme: «Por favor, no los odies».

—He dedicado mi vida a la niña —les recuerdo—. Me lo debéis. No pienso irme hasta que hayamos hablado.

Salgo de la casa y los espero en el jardín. Pasa un minuto, tal vez dos. Me siento en una de las sillas del jardín. O salen o se van a la cama o llaman a la policía. Me quedaré aquí hasta ver qué es lo que van a hacer.

Pasan varios minutos hasta que al fin oigo abrirse la puerta a mis espaldas. Me levanto y me doy la vuelta. Patrick sale de la casa, pero solo lo necesario para dejarle espacio a Grace en la puerta. Ninguno de los dos parece predispuesto a oír lo que tengo que decir, pero lo diré igualmente. Nunca será buen momento para esta conversación. Nunca será buen momento para ponerme del lado de la chica que les destrozó la vida.

Siento que las palabras que estoy a punto de pronunciar son las más importantes que saldrán nunca de mi boca. Me gustaría haber podido prepararme mejor. Kenna se merece una defensa mejor que la mía. No es justo que mi súplica sea su única esperanza de ver a Diem.

Inspiro y suelto el aire entrecortadamente antes de hablar.

—Todas las decisiones que tomo... las tomo pensando en Diem. Rompí mi compromiso con la mujer que amaba porque me pareció que no la trataría como se merece. Creo que eso os debería dejar claro que nunca antepondría mi felicidad a la de la niña. Sé que lo sabéis, y también que estáis tratando de protegeros del dolor que os causaron los actos de Kenna, pero os estáis centrando en el peor momento de la vida de una persona y estáis reduciendo su vida a ese momento. No es justo ni para Kenna ni para Diem. Empiezo a dudar que sea justo para Scotty.

Les muestro las páginas que tengo en la mano.

—Le escribe cartas. A Scotty. Lleva cinco años escribiéndole. Esta es la única que he leído, pero me bastó para cambiar la opinión que tenía de ella.

Hago una pausa y rectifico lo dicho:

—Bueno, no es del todo cierto. En realidad, perdoné a Kenna antes de leer la carta. Pero, en cuanto me la leyó en voz alta, me di cuenta de que ha sufrido tanto como nosotros. Y la estamos matando lentamente al prolongar ese dolor. —Me presiono la frente y pongo aún más énfasis en las palabras que pronuncio a continuación—: Estamos separando a una madre de su hija. Y eso no está bien. Scotty estaría furioso con nosotros.

Cuando dejo de hablar, se hace el silencio. Un silencio absoluto, como si ni siquiera respiraran. Le entrego la carta a Grace.

—La lectura no será fácil. No os pido que la leáis porque esté enamorado de Kenna; os lo pido porque vuestro hijo estaba enamorado de ella.

Grace se echa a llorar. Patrick sigue sin mirarme a los ojos, pero se acerca a su esposa y la abraza.

—Os he dedicado los últimos cinco años de mi vida. A cambio solo os pido veinte minutos, probablemente menos. Cuando hayáis leído la carta y reflexionado sobre ella, volveremos a hablar. Respetaré la decisión que toméis, sea la que sea, lo juro. Pero, por favor, por favor, concededme estos veinte minutos. Le debéis a Diem la oportunidad de tener a alguien en su vida que la querrá tanto como Scotty la habría querido.

Sin darles la oportunidad de replicar o de devolverme la carta, me doy media vuelta y me dirijo a mi casa. Ni siquiera miro por la ventana para ver si han entrado en la suya o si están leyendo la carta en el jardín.

Estoy temblando de nervios.

Busco a mis padres y los encuentro en el jardín trasero. Mi padre ha sacado cosas de la autocaravana, las ha extendido sobre el césped y está usando la manguera para limpiarlas. Mi madre está sentada en el banquito leyendo.

Me siento a su lado. Ella levanta la vista del libro y me sonríe, pero, al verme la cara, cierra la novela.

Me la cubro con las manos y me echo a llorar. No puedo evitarlo. Siento que la vida de todos mis seres queridos pende de un hilo en estos momentos. Es abrumador, joder.

—Ledger —dice mi madre—. Oh, cariño. —Me pasa un brazo por los hombros y me abraza.

40

Kenna

Me levanto con migraña de lo mucho que lloré anoche. Pensaba que quizá Ledger me llamaría o me enviaría un mensaje, pero no lo hizo. Y es mejor así. Una ruptura limpia es mejor que una que se alarga.

Odio pensar que mis actos de aquella noche ya lejana han causado una nueva víctima años más tarde. ¿Hasta cuándo durarán las réplicas de aquello? ¿Me perseguirán las consecuencias eternamente?

A veces me pregunto si todos nacemos con la misma cantidad de bondad y maldad en el cuerpo. ¿Y si ninguna persona es más o menos mala que otra? ¿Y si solo se trata de que expulsamos nuestra maldad de maneras distintas, en momentos distintos?

Tal vez algunos de nosotros demostramos nuestro mal comportamiento cuando somos pequeños, mientras que otros somos auténticos monstruos durante la adolescencia. Y otras personas apenas usan su malicia hasta que llegan a adultos e, incluso entonces, la sueltan lentamente; un poco cada día, hasta que mueren.

Eso querría decir que también hay gente como yo: los

que liberamos toda nuestra maldad de una sola vez, durante una noche espantosa.

Cuando expulsas toda tu maldad de una sola vez, el impacto es mucho mayor que cuando lo haces despacio. La destrucción que causas abarca un radio de acción mucho más amplio y deja una huella mucho mayor en la memoria de la gente.

No quiero creer que hay gente buena y gente mala, en blanco y negro, sin grises. No quiero creer que soy peor que todos los demás, como si dentro de mí hubiera un cubo de maldad que vuelve a llenarse cada vez que se vacía. No quiero creer que sería capaz de repetir las cosas que hice en el pasado, pero, después de tantos años, aún hay gente sufriendo por mi culpa.

A pesar de la devastación que he dejado a mi paso, no soy una mala persona.

«No soy una mala persona.»

Me llevó cinco años de terapia semanal aceptarlo. Hace muy poco tiempo que conseguí decirlo en voz alta por primera vez.

«No soy una mala persona.»

He estado toda la mañana escuchando la lista de reproducción que me regaló Ledger. No son más que canciones que no tienen nada que ver con temas tristes. No sé cómo logró encontrar tantas; tuvo que pasarse media vida seleccionándolas.

Me coloco los auriculares de Mary Anne, pongo la lista en modo aleatorio y empiezo a limpiar el apartamento. Quiero que Ruth me devuelva el dinero del depósito cuando me vaya. No quiero darle motivos para negarse. Dejaré el apartamento diez veces más limpio que como lo encontré.

Cuando llevo unos diez minutos limpiando, oigo unos golpes que no se corresponden con la música que escucho. No tardo en darme cuenta de que no pertenecen a la canción.

«Están llamando.»

Me quito los auriculares y lo oigo con más fuerza. No hay duda, alguien está llamando a la puerta. Se me acelera el corazón porque no quiero que sea Ledger, pero necesito que sea Ledger. Un beso más no acabará conmigo. Supongo.

De puntillas, me acerco a la puerta y me asomo a la mirilla.

«Es Ledger.»

Apoyo la frente en la puerta y trato de tomar la decisión adecuada. Entiendo que está teniendo un momento de debilidad, pero yo no debería seguirle el juego. Sus momentos de debilidad serán mi perdición si le doy alas. Subiremos al cielo y bajaremos al infierno hasta que quedemos totalmente destrozados.

Le escribo un mensaje en el móvil:

No voy a abrir la puerta.

Por la mirilla lo observo leer la frase. Su expresión no cambia. Mirando hacia la mirilla, señala el pomo de la puerta.

Mierda.

«¿Por qué ha tenido que señalar?»

Descorro el pestillo y abro la puerta dos dedos.

—No me beses, ni me toques, ni me digas nada bonito.

Ledger sonríe.

—Haré lo que pueda.

Abro la puerta con cautela, pero ni siquiera cuando está abierta del todo trata de entrar. Plantado frente a la puerta, me pregunta:

—¿Tienes un minuto?

—Sí, pasa.

Él niega con la cabeza.

—No es para mí. —Aparta la vista de mí y señala hacia el apartamento, pero luego se separa de la puerta.

Grace aparece ante mí.

Inmediatamente me cubro la boca con la mano, porque no lo esperaba, y porque no habíamos vuelto a estar así, frente a frente, desde la muerte de Scotty. No sabía que verla me iba a dejar sin respiración.

No sé qué significa su visita. Me niego a darme permiso para creer que pueda significar algo, pero hay demasiada esperanza dentro de mí que lucha por salir al exterior.

Retrocedo, entrando en el apartamento, pero ya he empezado a llorar.

Hay tantas cosas que quiero decirle. Tantas disculpas. Tantas promesas.

Grace entra, pero Ledger permanece fuera y cierra la puerta para darnos intimidad. Cojo un trozo de papel de cocina y me seco los ojos, aunque es inútil. Creo que no había llorado tanto desde que di a luz a Diem y vi que se la llevaban.

—No he venido a disgustarte —dice Grace en tono amable, igual que su expresión.

Niego con la cabeza.

—No es... Lo siento. Necesito un minuto para poder hablar.

Ella señala hacia el sofá.

—¿Te parece que nos sentemos?

Asiento con la cabeza y las dos nos sentamos en el sofá. Me observa, como si tratara de averiguar si mis lágrimas son reales o forzadas.

Se mete la mano en el bolsillo y saca algo. Al principio, pienso que se trata de un pañuelo, pero al fijarme veo que es una bolsita de terciopelo negro. Grace me ofrece la bolsita y yo no entiendo nada.

Abro las cintas para aflojar la abertura y dejo caer el contenido en la palma de mi mano.

Contengo el aliento.

—¿Qué? ¿Cómo?

Es el anillo del que me enamoré hace años, cuando Scotty me llevó a la tienda de antigüedades. El anillo de la piedra rosada; el que no me pudo comprar porque costaba cuatro mil dólares y no se lo podía permitir. Nunca se lo he contado a nadie, por eso no entiendo cómo es posible que Grace tenga ese anillo.

—¿Cómo es que lo tienes?

—Scotty me llamó el día que visteis el anillo. Me dijo que todavía no estaba listo para pedirte matrimonio, pero que ya sabía con qué anillo iba a pedírtelo cuando llegara el día. En aquel momento no podía permitírselo, pero tenía miedo de que alguien lo comprara antes de que él pudiera hacerlo.

»Le prestamos el dinero. Él me dio el anillo y me pidió que lo guardara hasta que pudiera devolvérnoslo.

Me pongo el anillo en el dedo con las manos temblorosas. No me puedo creer que Scotty hiciera eso.

Grace exhala bruscamente.

—Te seré sincera, Kenna. No quería conservar el anillo después de que muriera. Y tampoco quería que lo tuvieras tú, porque estaba furiosa contigo. Pero cuando nos enteramos de que Diem era una niña, decidí conservarlo por si algún día se lo daba. Pero le he estado dando vueltas y he llegado a la conclusión de que no me corresponde a mí tomar esa decisión. Quiero que te lo quedes; Scotty lo compró para ti.

Me embargan tantas emociones al mismo tiempo que no soy capaz de procesarlas, por eso tardo unos instantes en reaccionar. Niego con la cabeza porque me da miedo creérmelo. Ni siquiera me doy permiso para que las palabras calen.

—Gracias.

Grace me aprieta la mano, lo que hace que levante la vista hacia ella.

—Le prometí a Ledger que no te lo diría, pero nos dejó leer una de las cartas que le escribiste a Scotty.

Niego con la cabeza ya antes de que acabe de hablar. «¿De dónde sacó Ledger las cartas? ¿Cuál de ellas les dio?»

—Me la hizo leer anoche. —Su expresión se ensombrece—. Tras leer tu versión de los hechos, me sentí todavía más destrozada y enfadada que antes. Fue muy duro conocer todos los detalles. Me he pasado la noche llorando. Pero esta mañana, al despertarme, me ha embargado una abrumadora sensación de paz. Ha sido la primera mañana que no me he despertado furiosa contigo. —Se seca las lágrimas que han empezado a caerle por las mejillas—. Durante todos estos años, creí que tu silencio durante el juicio se debió a la indiferencia. Pensaba que lo habías abandonado en el coche porque solo te preocupabas de ti misma y no querías meterte en líos legales. Tal vez quise creerlo porque era más fácil tener a alguien a quien culpar de una pérdida tan espantosa y absurda. Y sé que tu dolor no debería darme paz, Kenna, pero ahora me resulta más fácil entenderte. No podía comprender que no sufrieras en absoluto.

Grace alza la mano hacia un mechón de pelo que se me ha soltado de la coleta y me lo coloca detrás de la oreja con delicadeza. Es un gesto propio de una madre, y me cuesta entenderlo. No sé cómo ha podido pasar de odiarme a perdonarme en tan poco tiempo, así que me mantengo a la defensiva aunque las lágrimas que siguen brotando de sus ojos parecen auténticas.

—Lo siento mucho, Kenna —dice en tono sincero—. Soy responsable de haberte mantenido cinco años apartada de tu hija y no tengo excusa. Lo único que puedo hacer es asegurarme de que no pase ni un día más sin que la conozcas.

Me llevo una mano temblorosa al pecho.

—Yo..., yo... ¿voy a poder conocerla?

Grace asiente y luego me abraza cuando ve que me derrumbo. Me acaricia la cabeza para calmarme, dándome tiempo para asimilar todo lo que está pasando.

Todas las cosas que siempre había deseado se están haciendo realidad al mismo tiempo. Es abrumador, tanto física como emocionalmente. He soñado con esto más de una vez. He tenido sueños en los que Grace se presentaba y me decía que me iba a dejar conocer a Diem, pero luego me despertaba sola y me daba cuenta de que había sido una pesadilla cruel.

«Por favor, que sea real.»

—Ledger debe de estar muriéndose de ganas de saber lo que está pasando. —Grace se levanta, se dirige a la puerta y la abre.

Ledger mira a su alrededor frenéticamente hasta que sus ojos se encuentran con los míos. Cuando le sonrío, veo que se relaja de inmediato, como si mi sonrisa fuera lo único importante en este momento.

Lo primero que hace es envolver a Grace en un abrazo.

—Gracias —le susurra al oído.

Ella me dirige una última mirada antes de irse.

—Voy a preparar lasaña para esta noche; quiero que vengas a cenar.

Asiento una sola vez. Grace se marcha y Ledger me abraza antes de que la puerta acabe de cerrarse.

—Gracias, gracias, gracias —repito una y otra vez, porque sé que esto no habría pasado de no ser por él—. Gracias. —Le doy un beso—. Gracias.

Cuando dejo de besarlo y de agradecérselo el tiempo suficiente para apartarme un poco y mirarlo a la cara, veo que él también está llorando y eso me llena el pecho con un agradecimiento enorme; nunca había sentido una gratitud igual.

Le doy las gracias a él, pero al mismo tiempo doy gracias por tenerlo a él.

Y este podría ser el momento exacto en que me enamoro de Ledger Ward.

—Creo que voy a vomitar.

—¿Quieres que pare?

Niego con la cabeza.

—No, ve más deprisa.

Ledger me aprieta la rodilla dándome ánimos.

Ha sido una tortura tener que esperar hasta la tarde para ir a casa de Patrick y Grace. Por mí, le habría pedido a Ledger que me llevara a su casa en cuanto Grace se ha marchado, pero quiero hacer las cosas a su manera.

Si tengo que ser paciente, lo seré.

Voy a respetar sus reglas. Respetaré sus horarios, sus decisiones y sus deseos. Voy a mostrarles tanto respeto como ellos han mostrado por mi hija.

Sé que son buena gente; Scotty los quería. Pero les habían hecho mucho daño, por eso respeto el tiempo que han necesitado para tomar esta decisión.

Estoy nerviosa porque temo hacer algo mal o decir algo que no toca. La única vez que estuve en esa casa, todo salió mal. Necesito que esta vez sea distinto, porque me juego demasiado.

Aparcamos la camioneta frente al garaje de Ledger, pero no bajamos de inmediato. Me da una charla para motivarme y me besa diez veces, pero eso me pone todavía más nerviosa. Las emociones se apelotonan en mi interior. Como no me quite esto pronto de encima, voy a explotar.

Mientras cruzamos la calle, me aprieta la mano con fuerza. Luego pisamos el césped en el que juega Diem y llamamos a la puerta de la casa donde vive Diem.

«No llores. No llores. No llores.»

Aprieto la mano de Ledger como si estuviera en medio de una contracción de las fuertes.

La puerta se abre al fin y veo a Patrick ante mí. Parece nervioso, pero logra sonreír. Me da un abrazo y noto que no lo hace solo porque esté a punto de entrar en su casa o porque su esposa le haya pedido que lo haga.

Es un abrazo cargado de tantas emociones que, cuando al fin me suelta, Patrick tiene que secarse los ojos.

—Diem está en el patio de atrás con la tortuga —nos dice señalando hacia el pasillo.

No pronuncia ni una mala palabra y la energía que emite es positiva. No sé si debería disculparme ahora, pero, ya que nos está indicando dónde está Diem, creo que prefieren dejar la parte más formal para luego.

Ledger no me suelta la mano mientras cruzamos la casa. Ya he estado antes aquí, tanto en el interior como en el patio. Reconocer los espacios me da un poco de seguridad, muy necesaria, porque todo lo demás es aterrador.

¿Y si no le caigo bien? ¿Y si está enfadada conmigo?

Grace aparece en la puerta de la cocina y me detengo ante ella.

—¿Qué le habéis contado? ¿Sobre mi ausencia? Es para asegurarme de...

—La verdad es que no le hemos hablado de ti. Una vez preguntó por qué no vivía con su madre y le dije que tu coche era demasiado pequeño.

Se me escapa una risa nerviosa.

—¿Qué?

Grace se encoge de hombros.

—Me cogió por sorpresa y me asusté. Fue lo primero que se me ocurrió.

¿Le dijo que mi coche no era lo bastante grande? Bueno, no es tan grave. Me había imaginado que le habrían contado cosas horribles sobre mí. Debí suponer que nunca harían algo así.

—Pensamos que sería mejor que tú le contaras lo que quieras que sepa —dice Patrick—. No estábamos seguros de cuánto querrías contarle.

Asiento, sonriendo y esforzándome por no echarme a llorar. Miro a Ledger, que sigue a mi lado, como un ancla, aportándome equilibrio y seguridad.

—¿Me acompañas? —le pido.

Al acercarnos a la puerta trasera la veo sentada en el césped. La observo desde la puerta mosquitera durante un par de minutos, deseando empaparme de todo lo que tenga que ver con ella antes de dar el siguiente paso. Porque la verdad es que el siguiente paso me aterroriza. Es una sensación muy parecida a la que tuve durante el parto. Estaba aterrorizada, sin saber qué iba a pasar, pero, al mismo tiempo, más llena de ilusión, de esperanza y de amor que nunca.

Al final, Ledger me da un codazo de ánimo y abro la puerta. Diem levanta la vista y nos ve en el porche. Su mirada pasa brevemente sobre mí, pero al ver a Ledger se le iluminan los ojos. Corre hacia él, que la levanta en brazos.

Me llega el aroma de su champú de fresas.

«Tengo una hija que huele a fresas.»

Ledger se sienta en el balancín del porche con Diem y cuando señala la plaza que queda libre a su lado, me siento con ellos. Diem está en su regazo mirándome mientras se acurruca en su pecho.

—Diem, ella es mi amiga Kenna.

Cuando Diem me sonríe, casi me caigo al suelo de la impresión.

—¿Quieres ver mi tortuga? —me pregunta animándose.

—Me encantaría.

Me agarra dos dedos con su manita, se deja deslizar al suelo desde el regazo de Ledger y tira de mí. Yo miro a Ledger, que se ha levantado y me anima asintiendo con la cabeza. Diem me lleva hasta el césped y se deja caer al lado de la tortuga.

Yo me tumbo boca abajo al otro lado del animal, para mirarla a ella.

—¿Cómo se llama?

—Ledger. —Se echa a reír y la levanta—. Es igual que él.

Me río mientras ella trata de que la tortuga asome la cabeza, pero a mí me da igual, porque solo tengo ojos para ella. Verla en vídeo es una cosa, pero estar a su lado y sentir su energía es como volver a nacer.

—¿Quieres ver mi castillo de columpios? Es un regalo de cumpleaños. Cumpliré cinco años la semana que viene.

Diem ya ha echado a correr hacia los columpios, y la sigo. Me vuelvo hacia Ledger, que sigue sentado en el balancín del porche, observándonos.

La niña asoma la cabeza desde dentro de la casita de juegos y dice:

—Ledger, ¿puedes poner a Ledger en la pecera para que no se pierda?

—Claro —responde él levantándose.

Diem me da la mano y me hace entrar en su nuevo centro de juegos. Me siento más cómoda aquí. Nadie nos ve y me tranquiliza saber que nadie está juzgando cómo me relaciono con mi hija en estos momentos.

—Estos columpios eran de mi papi —me informa Diem—. El nono y Ledger los volvieron a montar para mí.

—Yo conocía a tu papi.

—¿Eras su amiga?

—Era su novia. Lo quería mucho.

Diem se echa a reír.

—No sabía que mi papi tenía novia.

Me recuerda muchísimo a Scotty en este momento. Tiene su risa. He de apartar la mirada porque no puedo contener las lágrimas, pero Diem se da cuenta igualmente.

—¿Por qué estás triste? ¿Lo echas de menos?

Yo asiento mientras me seco las lágrimas.

—Lo echo de menos, pero no lloro por eso. Lloro porque me hace muy feliz haberte conocido al fin.

Diem ladea la cabeza.

—¿Por qué?

Está a un metro de distancia de mí y yo me muero de ganas de abrazarla. Doy golpecitos en el suelo, frente a mí.

—Ven, acércate más; quiero contarte algo.

Diem se acerca a cuatro patas y se sienta con las piernas cruzadas.

—Sé que no nos habíamos visto nunca, pero... —No sé cómo decirlo, así que opto por la manera más sencilla—. Soy tu madre.

La expresión de Diem cambia, pero todavía no reconozco sus gestos y no sé si me mira con sorpresa o simple curiosidad.

—¿En serio?

Sonrío.

—Sí. Creciste dentro de mi tripa y, luego, cuando naciste, la nana y el nono te cuidaron porque yo no podía.

—¿Te has comprado ya un coche más grande?

Me echo a reír. Me alegro de que Grace haya compartido conmigo esa información, porque no habría sabido a qué se refería.

—La verdad es que no tengo coche, pero pronto tendré uno. Pero es que no podía más; tenía tantas ganas de verte que Ledger me ha traído en su coche. Hacía mucho tiempo que quería conocerte.

La reacción de Diem no es espectacular. Se limita a sonreír. Y luego se aleja a cuatro patas sobre el césped y se pone a voltear los cubos de tres en raya que forman parte del castillo de juegos.

—Tienes que venir al partido de T-ball. Es el último. —Da vueltas a un cubo con una letra escrita.

—Me encantará ir a verte jugar.

—Pero un día haré eso de las espadas. Oye, ¿tú sabes jugar a esto?

Asintiendo con la cabeza, me acerco y le enseño a jugar al tres en raya.

Soy consciente de que la situación no es tan trascendente para Diem como lo es para mí. Me había imaginado este instante miles de veces y, en cada una de las escenas que me imaginaba, Diem estaba triste o enfadada porque había tardado mucho en formar parte de su vida.

Pero ella ni siquiera se daba cuenta de que yo faltaba.

Me siento tremendamente agradecida al saber que todos esos años de preocupación y dolor solo existieron en mi cabeza, y que Diem ha llevado una vida plena y feliz.

No podría haber pedido nada mejor. Estoy entrando en su vida sin levantar oleaje, ni siquiera una ola pequeña.

Diem me coge de la mano y dice:

—No quiero jugar a esto; vamos a los columpios. —Sale a cuatro patas del centro de juegos y yo la sigo. Mientras se sienta en uno de los columpios, me comenta—: Me he olvidado de tu nombre.

—Es Kenna. —Y al decirlo, sonrío, porque ya no voy a tener que mentir nunca más sobre mi nombre.

—¿Me empujas?

Mientras empujo el columpio, ella me habla sobre una película que Ledger la llevó a ver hace poco.

En ese momento, él sale al porche y nos ve hablando. Se acerca, se coloca a mi espalda y me abraza desde atrás. Me da un beso en la sien, justo cuando Diem se vuelve hacia nosotros.

—¡Qué asco!

Ledger vuelve a besarme en el mismo sitio.

—Ve acostumbrándote, D.

Ledger ocupa mi lugar y, mientras él la empuja, yo me siento en el columpio de al lado y los observo. Diem echa la cabeza hacia atrás para mirar a Ledger.

—¿Te vas a casar con mi mamá?

Probablemente debería reaccionar a la parte relativa al matrimonio, pero en lo único que puedo pensar es en que acaba de llamarme «mamá».

—No lo sé. Todavía tenemos que conocernos mejor. —Ledger me mira y sonríe—. Tal vez un día de estos sea digno de casarme con ella.

—¿Qué significa *digno*? —pregunta ella.

—Significa lo bastante bueno.

—Ya eres lo bastante bueno —afirma Diem—. Por eso le puse Ledger a mi tortuga. —Vuelve a echar la cabeza hacia atrás—. Tengo sed. ¿Me traes un zumo?

—Ve a buscarlo tú —protesta él.

Me levanto del columpio.

—Ya voy yo a buscártelo.

Mientras me alejo, oigo que Ledger murmura:

—Eres una malcriada.

Diem se echa a reír.

—¡No es verdad!

Antes de entrar, los observo un momento desde la puerta.

Son adorables juntos. Ella es adorable. Tengo miedo de despertar y percatarme de que nada de esto es real, pero sé que es real. Y sé que llegará el día en que aceptaré que me lo merezco. Pero para ello antes tendré que mantener una conversación real con los Landry.

Entro en la cocina, donde Grace está cocinando.

—Quiere un zumo —le informo.

Grace tiene las manos llenas de tomates troceados, que deja caer sobre una ensalada.

—Están en la nevera.

Cojo un zumo, pero me quedo observando a Grace. Quiero mostrarme más participativa que la última vez que estuve aquí con Scotty.

—¿Qué puedo hacer?

Grace me sonríe.

—No hace falta que hagas nada; ve a pasar tiempo con tu hija.

Me dirijo hacia la puerta de la cocina, pero me cuesta avanzar; mis pies parecen de plomo. Quiero decirle a Grace muchas cosas que no he podido decirle antes, en mi apartamento.

Me vuelvo hacia ella, con un «lo siento» en la punta de la lengua, pero me temo que, si abro la boca, me echaré a llorar.

Cuando nuestros ojos se encuentran, ella lee el tormento en mi expresión.

—Grace —susurro.

Inmediatamente se acerca a mí y me da un abrazo.

Es un abrazo increíble: un abrazo de perdón.

—Eh —dice en tono tranquilizador—. Eh, escúchame. —Se echa un poco hacia atrás y nuestros ojos quedan casi a la misma altura. Me quita el zumo y lo deja sobre la encimera para apretarme las manos en un gesto de apoyo—. Miremos hacia delante —propone—. No es tan complicado. Yo te perdono, y tú me perdonas, y juntas seguimos adelante y le damos a esa niñita la mejor vida posible, ¿te parece?

Asiento en silencio, porque nunca me ha costado perdonarlos. Lo que me costaba era perdonarme a mí misma, pero creo que ha llegado el momento en que perdonarme me parece al fin aceptable.

Por eso lo hago.

«Estás perdonada, Kenna.»

41

Ledger

Encaja perfectamente. Es surrealista y, para ser sincero, un poco abrumador. Hemos terminado de cenar, pero no nos hemos levantado de la mesa. Diem está acurrucada en mi regazo y Kenna está sentada a mi lado.

Cuando nos hemos sentado a cenar parecía nerviosa, pero se ha relajado ya, sobre todo cuando Patrick ha empezado a contar historias sobre Diem, haciéndole un resumen de los momentos destacados de su vida. Ahora le está contando lo que pasó cuando se rompió el brazo hace seis meses.

—Se pasó dos semanas pensando que tendría que llevar la escayola siempre. A ninguno se nos ocurrió aclararle que las fracturas se curan y Diem asumió que, cuando alguien se rompía un hueso, se quedaba roto para siempre.

—Oh, no —dice Kenna riendo. Mira a Diem y le acaricia la cabeza—. Pobrecita.

Diem alarga la mano hacia Kenna, que la acepta. Como si nada, Diem se cambia de sitio y pasa a estar sentada sobre el regazo de Kenna, que la rodea con sus brazos como si fuera lo más natural del mundo.

Todos nos quedamos observándolas, pero Kenna no se da cuenta porque ha apoyado la mejilla en la cabecita de Diem. Estoy a punto de echarme a llorar. Me aclaro la garganta y tiro la silla hacia atrás.

Ni siquiera me excuso, porque temo que no me salga la voz. Me aparto de la mesa y voy al jardín trasero.

Quiero darles privacidad. He estado actuando como parachoques esta noche, pero quiero que se relacionen sin que yo esté allí. Quiero que Kenna se sienta cómoda en su presencia y que no dependa de mí para hacerlo, porque es importante que pueda relacionarse con ellos sin contar conmigo.

A Patrick y a Grace se les nota que han quedado gratamente sorprendidos por lo distinta que es a como se la imaginaban.

Lo que demuestra que el tiempo, la distancia y el sufrimiento hacen que la gente convierta en villanos a personas que ni siquiera conocen. Pero Kenna nunca fue la villana de la historia. Fue otra víctima. Todos lo fuimos.

El sol todavía no se ha puesto, pero ya son casi las ocho, la hora de acostarse de Diem. Estoy seguro de que Kenna no tiene ninguna prisa por marcharse, pero yo ya tengo ganas de que todo pase para poder estar con ella a solas. Quiero estar a su lado mientras procesa el que sin duda ha sido el mejor día de su vida.

Oigo que se abre la puerta. Es Patrick, que sale al porche, pero no se sienta. Se queda apoyado en uno de los pilares de madera observando el patio.

Cuando anoche me marché y los dejé con la carta, esperaba una reacción más inmediata. No sabía cómo reaccionarían, pero pensaba que me dirían algo, bueno o malo.

Supuse que me enviarían un mensaje, que me llamarían por teléfono o vendrían personalmente a casa, pero no.

No hubo respuesta.

Dos horas después de dejarlos, finalmente reuní el valor para mirar por la ventana. Todas las luces de su casa estaban apagadas.

Nunca me había sentido tan derrotado como en ese momento. Perdí la esperanza. Pensé que todo el esfuerzo no había servido de nada, pero esta mañana, tras pasarme la noche en blanco, he oído que llamaban a la puerta.

Al abrir, Grace estaba allí, sola, sin Patrick ni Diem. Tenía los ojos hinchados, como si hubiera estado llorando.

—Quiero reunirme con Kenna —fue todo lo que dijo.

Subimos a la camioneta y la llevé a su apartamento sin saber qué esperar; no sabía si iba a aceptarla o a rechazarla. Cuando llegamos, Grace se volvió hacia mí antes de bajar y me preguntó:

—¿Estás enamorado de ella?

Asentí sin dudarlo ni un segundo.

—¿Por qué?

Tampoco dudé al responder:

—Ya lo verás. Es mucho más fácil quererla que odiarla.

Grace permaneció en silencio unos segundos antes de bajar al fin de la camioneta. Parecía casi tan nerviosa como yo. Subimos juntos y, al llegar arriba, me dijo que quería hablar con Kenna a solas. Y por muy duro que fuera no saber lo que estaba pasando en el apartamento, me resulta mucho más duro no saber aún qué piensa Patrick de todo esto.

Todavía no hemos tenido la oportunidad de hablar; supongo que para eso ha venido.

Confío en que Grace y él piensen de la misma manera, pero no tiene por qué ser así. Tal vez solo ha aceptado a Kenna porque Grace lo necesita.

—¿En qué piensas? —le pregunto.

Patrick se rasca la mandíbula, como si le estuviera dando vueltas al tema. Cuando responde, lo hace sin mirarme.

—Si me lo hubieras preguntado hace unas horas, cuando Kenna y tú llegasteis, te habría dicho que seguía enfadado contigo y que no me arrepentía de haberte pegado. —Guarda silencio y se sienta en el primer escalón del porche. Junta las manos, que le cuelgan entre las rodillas, y se vuelve hacia mí—. Pero eso ha cambiado al verte con ella, al ver cómo la mirabas, al ver que se te llenaban los ojos de lágrimas cuando Diem se ha sentado en su regazo durante la cena. —Patrick niega con la cabeza—. Te conozco desde que tenías la edad de Diem, Ledger. Y durante todo este tiempo no me has dado ni una sola razón para dudar de tu criterio. Si tú dices que Kenna merece estar en la vida de Diem, te creo; lo menos que puedo hacer es creerte.

«Joder.»

Aparto la mirada y me seco los ojos. Todavía no sé cómo gestionar todos estos putos sentimientos. Ha habido muchos desde que Kenna ha vuelto.

Me echo hacia atrás en la silla sin tener ni idea de qué decir.

Aunque quizá no hace falta que diga nada. Quizá sus palabras sean suficiente.

Permanecemos en silencio un minuto o dos, pero esta vez es un silencio distinto. Esta vez es un silencio cómodo, tranquilo; no es triste en absoluto.

—La puta... —murmura Patrick.

Me vuelvo hacia él, que tiene la vista clavada en un punto del jardín. Sigo la dirección de su mirada hasta que...

«No. No puede ser.»

—La madre que me parió —suelto en voz baja—. ¿Es...? ¿Es una puta paloma o qué?

Lo es. Es una paloma de verdad. Una paloma blanca y gris que camina tranquilamente por el jardín, como si su aparición no fuera la más oportuna en la historia de las aves.

Patrick se echa a reír. Es una risa cargada de asombro. Se ríe tanto que acaba contagiándome.

Pero no llora. Es la primera vez que un recuerdo de Scotty no lo hace llorar. Me parece un momento trascendental, no solo porque las probabilidades de que una paloma aterrizara en este preciso jardín en este preciso momento deben de ser de una entre mil millones, sino porque Patrick y yo nunca hemos podido hablar sobre Scotty sin que yo haya tenido que marcharme discretamente para que él pudiera llorar a solas.

Pero sigue riendo, ríe sin llorar, y por primera vez desde que Scotty murió la esperanza se abre camino en mi pecho. Esperanza por él, y por todos nosotros.

La única otra vez que Kenna estuvo en mi casa fue cuando se presentó en la calle sin avisar. No fue una buena experiencia para ninguno de los dos, por lo que, cuando abro la puerta y la invito a entrar, quiero que se sienta bienvenida.

Tengo muchas ganas de quedarme a solas con Kenna, en una cama de verdad. Las pocas veces que hemos estado juntos han sido perfectas, pero siempre he sentido que ella se merecía mucho más que un colchón hinchable o mi camioneta o un suelo de madera.

Quiero enseñarle la casa, pero la necesidad de besarla es más fuerte y se impone. En cuanto cierro la puerta, la atraigo hacia mí y la beso tal como he querido hacer durante toda la noche. Es el primer beso que nos damos libre de tristeza o de miedo.

Por el momento, es mi beso favorito. Se alarga durante tanto tiempo que me olvido de enseñarle la casa. La levanto en brazos y me la llevo directamente a la cama. Cuando la dejo sobre el colchón, ella se acomoda suspirando.

—¡Oh, Ledger! ¡Qué blandita!

Cojo el mando a distancia que hay sobre la mesilla de noche y pongo la cama en modo masaje, para que vibre. Kenna suelta un gruñido y, cuando trato de tumbarme sobre ella, me aparta a patadas.

—Necesito un minuto para apreciar tu cama como se merece —me dice cerrando los ojos.

Me tumbo a su lado y me quedo contemplando su sonrisa. Alzo una mano y trazo el contorno de sus labios, sin apenas tocarlos. Luego le resigo la mandíbula y el cuello con la punta de los dedos.

—Quiero decirte algo —susurro.

Ella abre los ojos y me dirige una sonrisa llena de dulzura mientras espera a que hable.

Vuelvo a alzar la mano hasta su rostro y acaricio una vez más su boca impecable.

—Durante los últimos dos años, he tratado de ser un buen modelo que seguir para Diem. Por eso leí algunos libros sobre feminismo. Aprendí que darle demasiada importancia al aspecto de una niña puede ser perjudicial para ella, por eso en vez de decirle lo guapa que es, he destacado otras cosas más importantes, como su inteligencia o su fuerza. Y he tratado de hacer lo mismo contigo. Por eso hasta ahora nunca te he piropeado ni te he dicho lo jodidamente preciosa que eres, y me alegro de no haberlo hecho porque nunca te había visto tan hermosa como en este momento. —Le doy un beso en la punta de la nariz—. La felicidad te sienta bien, Kenna.

Ella me acaricia la mejilla sonriendo.

—Gracias a ti.

Niego con la cabeza.

—No soy yo quien lo ha logrado. No fui yo quien ahorró para mudarse a esta ciudad, ni quien ha estado yendo a pie al trabajo para...

—Te quiero, Ledger —me dice sin ningún esfuerzo, como si fuera lo más fácil que ha dicho nunca—. No hace falta que lo digas tú también. Solo quiero que sepas lo mucho que...

—Yo también te quiero.

Kenna sonríe y pega sus labios con firmeza a los míos. Trato de besarla, pero ella sigue sonriendo, aún con la boca pegada a la mía. Tengo muchas ganas de quitarle la ropa y susurrarle que la quiero una y otra vez con la boca sobre su piel, pero me limito a abrazarla, porque ambos necesitamos tiempo para procesar todo lo que ha sucedido hoy.

Han pasado tantas cosas... Y lo que queda.

—No voy a mudarme —le anuncio.

—¿Qué quieres decir?

—Que no voy a vender esta casa. Venderé la nueva; quiero quedarme aquí.

—¿Cuándo lo decidiste?

—Acabo de decidirlo. Mi gente está aquí; este es mi hogar.

Tal vez sea una locura, teniendo en cuenta la de horas que he dedicado a levantar esa casa, pero Roman también ha dedicado su tiempo. Tal vez se la venda, cobrándole solo el precio de los materiales. Es lo menos que puedo hacer, considerando que Roman quizá haya sido el catalizador que ha permitido que las cosas acabaran así. Si no me hubiera animado a volver para comprobar cómo estaba Kenna aquel día, tal vez nunca habríamos llegado hasta aquí.

Al parecer, Kenna ya no quiere hablar más. Me besa y no deja de hacerlo hasta una hora más tarde, cuando estamos los dos exhaustos, sudorosos y satisfechos, uno en brazos del otro. La observo hasta que se duerme y luego me quedo mirando el techo porque no puedo dormir.

No puedo dejar de pensar en la puta paloma.

¿Qué probabilidades hay de que Scotty no haya tenido nada que ver? ¿Qué probabilidades hay de que sí haya tenido algo que ver?

Puede haber sido una coincidencia, pero también podría haber sido una señal: un mensaje enviado desde donde quiera que esté. Tal vez no importa si es una coincidencia o una señal. Tal vez la mejor forma de enfrentarse a la pérdida de un ser querido es verlo en tantos objetos y lugares como sea posible. Y, por si acaso las personas que hemos perdido pueden oírnos, tal vez no deberíamos dejar de hablar con ellos nunca.

—Voy a portarme muy bien con tus chicas, Scotty. Te lo prometo.

42

Kenna

Desabrocho el cinturón de Diem y la ayudo a bajar de la camioneta de Ledger. Llevo la cruz en una mano y cojo el martillo con la otra.

—¿Seguro que no quieres que te ayude? —me pregunta Ledger.

Le sonrío negando con la cabeza. Esto es algo que quiero hacer con Diem.

La llevo hasta el punto de la carretera donde encontré la cruz al volver aquí y rebusco entre la hierba y las piedras con la punta de la zapatilla hasta que hallo el hueco donde estaba clavada. Le doy la cruz a Diem y le pregunto:

—¿Ves ese agujero?

Ella se echa hacia delante para inspeccionar el suelo.

—Clávala ahí.

Diem introduce la cruz en el hueco.

—¿Por qué ponemos eso ahí?

Empujo la cruz hasta asegurarme de que queda bien sujeta.

—Porque si alguna vez tu nana pasa por aquí, le gustará verla. Se alegrará de saber que está aquí.

—Y mi papi, ¿se alegrará?

Me arrodillo a su lado. Me he perdido tantas cosas de su vida que quiero que cada minuto que pasemos juntas sea auténtico. Procuro ajustarme a la verdad tanto como puedo.

—No, probablemente no. Tu papi pensaba que los memoriales eran una tontería, pero tu nana no lo cree, y a veces hacemos cosas por la gente que queremos, aunque si fuera por nosotros no las haríamos.

Diem señala el martillo.

—¿Puedo hacerlo yo?

Le doy el martillo y ella golpea varias veces, aunque la cruz no se mueve de sitio. Por eso, cuando me lo devuelve, la golpeo tres veces más, hasta que queda bien fija en el suelo.

Abrazo a Diem y las dos nos quedamos observando la cruz.

—¿Hay algo que quieras decirle a tu papi?

Ella se queda pensando unos segundos.

—¿Qué le digo? ¿Pido un deseo?

Me echo a reír.

—Puedes intentarlo, pero no es un genio, ni Santa Claus.

—Quiero pedirle un hermanito o una hermanita.

«Ni se te ocurra concederle su deseo todavía, Scotty. Solo hace cinco meses que conozco a Ledger.»

Levanto a Diem en brazos y volvemos a la camioneta.

—Hace falta algo más que un deseo para tener un hermanito.

—Ya lo sé. Tenemos que comprar un huevo en Walmart. Así se hacen los bebés.

La siento en su alzador y le abrocho el cinturón.

—No exactamente. Les bebés crecen en la tripita de sus madres. ¿Te acuerdas de que te conté que tú habías crecido en mi tripa?

—Es verdad. Entonces, ¿podrías hacer que crezca otro bebé?

Me la quedo mirando sin saber qué responderle.

—¿Y qué te parecería otro gato? Ivy necesita un amigo.

Levanta los brazos entusiasmada.

—¡Sí! ¡Otro gatito!

Le doy un beso en la cabeza y cierro la puerta.

Cuando abro la puerta del acompañante, Ledger me está mirando de reojo. Señala el asiento central, así que me desplazo hasta llegar a su lado antes de abrocharme el cinturón. Él me da la mano y entrelaza los dedos con los míos. Me mira con los ojos brillantes, como si la idea de darle un hermanito a Diem le excitara.

Me da un beso y arranca.

Por primera vez en mucho mucho tiempo, me apetece poner la radio. Quiero escuchar cualquier canción que suene, aunque sea triste. Me inclino hacia delante y la enciendo. Es la primera vez que escucho algo en esta camioneta aparte de la lista de reproducción segura que me regaló Ledger.

Él me mira al darse cuenta de lo que he hecho. Yo le sonrío y me apoyo en su hombro.

La música todavía me recuerda a Scotty, pero pensar en él ya no me resulta triste. Ahora que al fin me he perdonado, su recuerdo solo me hace sonreír.

EPÍLOGO

Querido Scotty:

Siento escribirte tan poco últimamente. Solía escribirte porque me sentía sola, así que supongo que es bueno que ya no lo haga tanto.

Todavía te echo de menos; siempre te echaré de menos, pero estoy convencida de que los huecos que dejaste solo nos duelen a nosotros, los que quedamos aquí. Estoy segura de que, dondequiera que te encuentres, tú estás completo y eso es lo que importa.

Diem está creciendo tan deprisa... Acaba de cumplir siete años. A veces me cuesta creer que no estuve aquí durante sus primeros cinco años de vida, porque parece que haya estado aquí desde siempre. Y sé que se lo debo en buena parte a Ledger y a tus padres. Me cuentan tantas anécdotas y me enseñan tantos vídeos que a veces siento que no me he perdido nada de su vida.

Tengo la sensación de que Diem ni siquiera recuerda cómo era su vida antes de que yo llegara. Para ella, yo siempre he estado aquí y sé que es porque las personas que te querían se volcaron en ella para que nunca le faltara nada cuando tú y yo no pudimos hacerlo.

Sigue viviendo con tus padres, aunque la veo todos los días. Y se queda a dormir con Ledger y conmigo al menos dos noches a la semana. Tiene una habitación para ella en las dos casas y cenamos juntos todas las noches.

Me gustaría que viviera conmigo siempre, pero sé que es importante que mantenga las rutinas que ha conocido desde que nació. Y Patrick y Grace se merecen seguir siendo el pilar de su vida; no tengo ninguna intención de quitarles eso.

Desde el día en que me aceptaron en su vida, siempre me han hecho sentir bienvenida, en todo momento. Me aceptaron sin condiciones, como si mi lugar estuviera a su lado, como todas las personas que te querían.

Siempre estuviste rodeado de buena gente, Scotty.

Tus padres, tu mejor amigo, los padres de tu mejor amigo... Nunca he conocido a una familia más cariñosa.

Las personas que estaban en tu vida son las personas que ahora están en la mía y pienso darles tanto amor y respeto como hiciste tú. Pienso dar a todas mis relaciones la misma importancia y respeto que siento a la hora de poner nombre a las cosas.

Ya sabes que me lo tomo muy en serio. Le di muchísimas vueltas al nombre de Diem cuando nació, y tardé tres días en bautizar a Ivy.

El último nombre que decidí hace dos semanas fue uno de los más importantes, pero, al mismo tiempo, uno de los más fáciles de elegir.

Cuando me pusieron a nuestro hijo recién nacido en el pecho, lo miré con los ojos llenos de lágrimas y dije:

—Hola, Scotty.

Con todo mi amor,

Kenna

PLAYLIST DE KENNA ROWAN

Raise Your Glass, P!nk
Dynamite, BTS
Happy, Pharrell Williams
Particle Man, They Might Be Giants
I'm Good, The Mowgli's
Yellow Submarine, The Beatles
I'm Too Sexy, Right Said Fred
Can't Stop the Feeling!, Justin Timberlake
Thunder, Imagine Dragons
Run the World (Girls), Beyoncé
U Can't Touch This, MC Hammer
Forgot About Dre, Dr. Dre *featuring* Eminem
Vacation, Dirty Heads
The Load Out, Jackson Browne
Stay, Jackson Browne
The King of Bedside Manor, Barenaked Ladies
Empire State of Mind, JAY-Z
Party in the U.S.A., Miley Cyrus
Fucking Best Song Everrr, Wallpaper
Shake It Off, Taylor Swift
Bang!, AJR

AGRADECIMIENTOS

Tal vez te hayas fijado en que esta historia no tiene una localización específica. Es la primera vez que me pasa esto en un libro; nunca me había costado encontrar la localización adecuada para unos personajes. Fui situando a Kenna en distintas localidades mientras escribía su historia, y ninguna me acababa de convencer, porque me convencían todas.

Hay personas como Kenna en todas partes, en cada pueblo y cada ciudad; gente que se siente sola en el mundo, da igual dónde vivan. Al acabar el libro me di cuenta de que no me había decidido por ninguna localización, pero la ambigüedad que eso proporcionaba a la historia me pareció adecuada. Os doy permiso para imaginaros que la historia transcurre donde cada uno de vosotros vivís. Da igual la aparente entereza que muestren nuestros vecinos; no tenemos ni idea de cuántos trozos rotos tienen por dentro.

Leer es una afición, pero para algunos de nosotros también es un refugio donde escapar de los problemas a los que nos enfrentamos. A todos los que escapáis en los libros, quiero daros las gracias por elegir este como tal. Aunque también quiero disculparme por no ser capaz de escribir comedias románticas, por mucho que lo intente. Empecé a escribir esta historia con la idea de que fuera una comedia romántica, pero obviamente los personajes no estaban de humor para esas cosas. Tal vez la próxima vez lo consiga.

Quiero dar las gracias también a las personas que leyeron el libro antes de su publicación y que me dieron consejos muy útiles: Pam, Laurie, Maria, Chelle, Brooke, Steph, Erica, Lindsey, Dana, Susan, Stephanie, Melinda. Estoy segura de que me llegarán opiniones y consejos cuando ya haya enviado estos agradecimientos a la editorial. Aunque no encontréis vuestro nombre escrito aquí, quiero que sepáis que os lo agradezco igualmente, a pesar de que os hayáis quedado sin reconocimiento público.

Gracias inmensas a mis dos hermanas Kenna y Rowan. Vi vuestros nombres en el grupo de lectura y me los agencié para el libro, porque me parecieron unos nombres fantásticos para el personaje. ¡Espero haberles hecho justicia!

Quiero dar las gracias a mi agente, Jane Dystel, a Lauren Abramo, la encargada de gestionar mis derechos internacionales, y al resto del equipo por ser siempre tan amables, increíbles y pacientes.

Muchísimas gracias a Montlake Publishing, en especial a Anh Schluep, Lindsey Faber, Cheryl Weisman, Kristin Dwyer, Ashley Vanicek y a todas las personas que han colaborado en la creación y distribución del libro. Trabajar con vosotros ha sido un sueño. Estoy muy agradecida a todo el equipo.

Gracias a las encargadas de darme bombo, Stephanie y Erica.

Gracias, Lauren Levine, por creer en mí. Siempre.

Unas gracias inmensas a todas las personas que se dejan la piel trabajando para el Bookworm Box y el Book Bonanza. Sin vosotros, estas organizaciones benéficas no existirían.

Gracias a mis hermanas Lin Reynolds y Murphy Fennell. Sois mis hermanas favoritas.

Gracias a Murphy Rae y a Jeremy Meerkreebs por responder a mis preguntas. De vuestros consejos nació la idea de esta novela, así que ¡muchas gracias a los dos!

Heath, Levi, Cale y Beckham, gracias por tratarme como a una reina. Me han tocado los cuatro mejores hombres del planeta, lo sé.

Ni se os ocurra responder a esto último.

A mi madre. Gracias por ser siempre mi primera lectora y la más entusiasta. No sé si habría acabado muchas de mis novelas si no fuera por ti.

A ver, ¡TikTok! ¿Qué demonios? ¿QUÉ DEMONIOS? Es que no sé ni qué decir. Los que formáis parte de BookTok, el sector literario de TikTok, habéis ayudado a que mis libros lleguen a nuevos lectores, pero no solo los míos, sino los de muchos autores. Vuestro amor por la lectura ha hecho nacer nuevos lectores y ha sido un gran apoyo para la industria editorial en general. Ha sido algo francamente bonito de ver.

Y, por último, gracias a las integrantes del grupo de Facebook Colleen Hoover's CoHorts. Siempre me animáis el día.

¡Gracias, mundo, y todos sus habitantes!

ROMPER EL CÍRCULO
COLLEEN HOOVER
EL GRAN FENÓMENO INTERNACIONAL
VOLVER A EMPEZAR
COLLEEN HOOVER
CORAZÓN ROTO
POR LA AUTORA DE ROMPER EL CÍRCULO
COLLEEN HOOVER
PRÓXIMAMENTE
A pesar de TI
COLLEEN HOOVER
Por la autora de Romper el círculo
UGLY LOVE
PÍDEME CUALQUIER COSA MENOS AMOR
COLLEEN HOOVER
COLLEEN HOOVER
9 DE NOVIEMBRE